「父上、今助け――」

全力の《総魔完全治癒《エイ・シェアル》》を行使しようとした彼の腕を、レイが握った。

「なにをする？　多少、泡沫《ほうまつ》世界に影響が出ようとも――」

ゆっくりとレイが首を左右に振った。

沈痛の表情で、彼はバルツァロンドをまっすぐ見つめる。

「手遅れだよ」

その言葉を受け、バルツァロンドは真顔になる。

わからぬはずもないだろう。彼とて深層世界の戦士だ。これまで多くの者を看取《みと》ってきたはずだ。

「……………そんなはずはない……………！」

倒れているオルドフのそばでしゃがみ込み、バルツァロンドは《総魔完全治癒《エイ・シェアル》》を使う。

レイはその魔眼《め》で、先王の深淵《しんえん》を覗《のぞ》いていた。

「鋭利な魔弾が、根源に食い込んでいる……。その魔弾があるから、かろうじて根源が崩壊していないだけだよ。撃たれた直後なら、手の施しようはあったかもしれないけど……」

「それぐらいはわかっている！」

叫ぶように言い、バルツァロンドは悲痛な表情で、オルドフの根源に突き刺さった魔弾を睨《にら》む。

「……これは、《魔深根源穿孔凶弾《ベリアリウス》》……魔弾世界エレネシアでも、二人と使い手のいない大提督ジジ・ジェーンズの魔弾魔法だ……」

僅かにレイが驚きを見せる。

「根源深くに撃ち込まれたが最後、助かる術《すべ》はない」

そう口にしながら、バルツァロンドは回復魔法の手を休めることはない。

「……だが、父は……我が父は――偉大なる先王、勇者オルドフ！　歴戦をくぐり抜け、いかな獣にも屈することのなかった本物の狩人《かりゅうど》だ。幾度となく、奇跡を起こしてきた！」

一向に回復する気配のない父の深淵《しんえん》を覗《のぞ》きながら、それでもバルツァロンドは言った。

「敗れるわけがない！　この程度の傷に、敗れるわけがないのだっ……!!」

魔力を一気に使い切るほどの勢いで、バルツァロンドはなりふり構わず《総魔完全治癒《エイ・シェアル》》を行使する。目映《まばゆ》い光がオルドフを包み込むが、しかし、そこまで根源が抉《えぐ》られた状態で今更治せるはずもない。

オルドフはすでに半歩、滅びに足を踏み入れている。それでも、彼は諦めきれぬとばかりに、ありったけの魔力を注《そそ》ぎ込んだ。

レイは、エヴァンスマナに視線を向ける。宿命を断ち切ることのできる聖剣は、しかしこの場においては沈黙している。

その本質は、やはり剣だ。いかに強大な力を取り戻したとて、滅びゆく根源を救済することはできぬ。

「…………あ…………あ……」

バルツァロンドがはっとする。

僅かに、声が聞こえたのだ。

彼は、父に顔を寄せ、全身を耳にしながらそれを聞いた。

「……………バ……ル……」

掠《かす》れきった、音にならぬほどの囁《ささや》き。

だが、確かにそれは、オルドフのものだった。

「……ツア………ンド………」

バルツァロンドの瞳に、僅かに涙が滲《にじ》む。

「……ええ、ええ、父上！　ご安心をっ……！　祝聖天主エイフェの祝福があれば、きっと。

ハイフォリアまでの航海、耐えてくださるかっ？」

ほんの僅かだけ、オルドフは瞳を動かす。

震えながら伸ばされた手は、しかしバルツァロンドとは別の方向へ向いた。

「……どこ……だ……？　いる……のか……？」

見えていないのだ。

その瞳には、目の前にいる息子の姿さえ、映っていない。

「父上」

バルツァロンドは父の手を優しく取った。そうして、《思念通信《リークス》》を送りながら言う。

「ここに。確かに、バルツァロンドは、ここに。父上」

数秒遅れ、オルドフは言った。

「……すまぬ……もう殆《ほとん》ど……聞こえぬのだ……」

今にも事切れそうな弱々しい声が、その場に響く。《思念通信《リークス》》ですら、今の彼には届かぬ。

「……だが……懐《なつ》かしい……光を感じる……」

虚《うつ》ろな瞳が、そっと霊神人剣に向けられた。ハイフォリアの象徴であるその光だけは、五感を失おうとも間違えぬとばかりに。

「……お前も……そこに……いるのだな……レブラ……ハルド……」

オルドフはミリティア世界のことなど知らぬ。霊神人剣の所有者は、レブラハルドをおいて他にいない。そう考えたところで、無理からぬことだろう。

「……必ず……来ると信じていた……やはり、お前は……真の聖王……」

掠《かす》れた声を、オルドフは絞り出す。

それはまるで、命を振り絞っているかのようだった。

「……覚えて……いるか……あの日の誓いを……災人は……」

オルドフが懸命に、もう一本の手を伸ばす。

バルツァロンドはそれを見て、唇を噛《か》みしめた。

思うように動かず、震えていた。

赤い血が滴《したた》り、ぽとりと落ちる。

「……父上。ここに、兄は――」

レイは優しく、オルドフの手を取った。

「覚えているよ」

「安心してほしい、父上。私はあの誓いを決して違《たが》えることはない」

レブラハルドの口調で、レイは言う。

それが伝わったのかは定《さだ》かでないが、オルドフが僅かに微笑《ほほえ》んだ気がした。

「……そう、か……」

バルツァロンドが感謝を示すように、レイに視線で礼を告げた。

霊神人剣が優しく三人を照らしていた。

「……私……は……幽閉……されていた……《聖遺言《バセラム》》を、封じるため、だ……」

ルナ・アーツェノンの記憶を見た限りでは、亡《な》くなる際、ハインリエル勲章に遺言を遺《のこ》すのが狩猟貴族の習わし。《聖遺言《バセラム》》はそのための魔法だ。

オルドフを遅々と滅ぼすことで、《聖遺言《バセラム》》を使えぬようにしたか。

大提督ジジ・ジェーンズが？　いや、いかに固有のものとて、魔法だけでは断定できぬ。

「……レブラハルド……最期《さいご》に……お前に伝えておくことが……」

ゆっくりとオルドフは魔法陣を描いていく。枯渇《こかつ》しかけた魔力を振り絞り、使おうとしているのは《思念通信《リークス》》だ。

「最期《さいご》などと……父上……そのような弱気な言葉は……」

バルツァロンドが言う。今にもこぼれ落ちそうな涙を、彼は必死に堪《こら》えていた。

「……お前も……だ……バルツァ……ロンド……」

父の言葉に、彼は息を呑《の》む。

「……聖王の行く道……この虹路《こうろ》は険しく、敵が多い……お前は……お前、だけは……王を支えて……やってくれ……」

「……なにを……そんなことは言われなくとも……ご安心を……」

何度もうなずき、バルツァロンドは父の手を握る。

「……言葉だけで十分と、お前は言ったが……あの日の……災人との誓いを……今こそ、見せよう……レブラハルド……バルツァロンド……」

弱々しい《思念通信《リークス》》の魔法陣が完成した。

オルドフと二人の間に魔法線がつながった。

ゆっくりと記憶の欠片《かけら》が流れ込んでくる。

そこに過去の映像が蘇《よみがえ》った――

§32. 【いと遠き日の誓い】

それは、若き日のオルドフの記憶。

歴史の裏側に秘められた、遠い日の誓い――

「引けぇ、引くのだっ!!」

銀水聖海。

数十隻の銀水船が帆をいっぱいに張り、全速力で疾走している。

聖エウロピアネスの祝福により、イーヴェゼイノの秩序を塗り替えようとしたハイフォリアの船団はあえなく撃退された。どこまでも追ってくる災人イザークを背にしながら、彼らは絶望的なまでの撤退戦を強いられていた。

強大な力を誇る獣の王。不眠不休で獲物を追い回そうと疲れを見せず、その魔力が衰える気配すらない。まるで巨大な災害が降りかかったかのように、多くの船が沈み、多くの同胞が死んだ。それでも、必死の撤退を続けた狩猟貴族たちは、命からがらハイフォリアの領海まで帰ってきた。

「すでに祝聖天主エイフェはハイフォリアに帰還なされた！」

当時の叡爵《えいしゃく》アルフォンスが銀水船から指示を出す。

「銀泡の中まで引けば、災人とて迂闊《うかつ》に追っては来られ――」

「――災人接近っ!!」

銀海に魔眼《め》を凝らしていた部下から、報告が上がった。

叡爵《えいしゃく》は冷静に部隊を指揮する。

「砲撃準備、弓を構えよ！」

銀水船の砲門に魔法陣が描かれ、狩猟貴族たちは弓に矢を番《つが》える。

「放てっ！」

「「《聖葉矢弾狩猟場《アジス・フレイヤ》》!!」」

数十隻の銀水船から、光の葉が無数に舞う。周囲に広がっていくその木の葉は、狩人《かりゅうど》たちのテリトリーを作り上げていく。同時に放たれた矢と魔法砲撃は、祝福を受け加速し、追ってきた幻魔族の群れに降り注いだ。

だが――

「温《ぬり》い」

気怠《けだる》げに響いた声とともに、無数の矢弾《やだま》が一瞬にして凍りついた。

「《災冷寒獄《ベイズ》》」

イザークの体から冷気が溢《あふ》れ出《だ》し、銀水船がみるみる凍《い》てついていく。帆が凍結し、後退する速度ががくんと半減した。

「火を放てっ！　氷を溶かすのだっ！」

「遅《おせ》え」

アルフォンス叡爵《えいしゃく》は表情を険しくする。

彼の目の前で、凍りついた船が粉々に四散した。災人によって蹴り砕かれたのだ。奴《やつ》はそのまままっすぐ船を貫通すると、また別の船を落とす。今度は反動で跳ね返り、二隻を破壊した。まるでボールのように跳ね回り、災人は次々と銀水船を大破させていく。

「まだだっ！」

声を張り上げ、アルフォンスは部隊を鼓舞する。

「離脱した狩人《かりゅうど》たちを回収せよ！　必ずや聖王陛下が滅びの獅子《しし》を倒して駆けつける。それまで──」

「甘《あめ》えな」

「な──」

一瞬の出来事だった。アルフォンス叡爵《えいしゃく》の至近距離に、獰猛《どうもう》な笑みを浮かべる災人の顔があった。

「五聖爵《おなかま》が全員やられたわりに、頑張ったじゃねえの」

「……ご……はっ……」

叡爵《えいしゃく》の口から、血が吐き出される。

青き《災牙氷掌《ガルムンク》》の手が、叡爵《えいしゃく》の体を抉《えぐ》っていた。

災人から溢《あふ》れ出《だ》した冷気により、船はたちまち凍りつき、船内にいた狩人《かりゅうど》たちが氷像と化す。

「あばよ」

叡爵《えいしゃく》は災人の腕をつかむ。

「……貴様も道連れだ、災人。この至近距離では逃れられんぞ」

その体から、根源爆発の光が漏れ始める。未来の可能性を閉ざすことで、根源が有する全魔力をかき集めているのだ。

その様子を、災人イザークは冷めた魔眼《め》で見つめた。

「それでなにが残んだ、てめえに」

「死ぬのが怖いか、災人。これが我が名誉、これこそ我が虹路《こうろ》っ！　天に代わり、我が正義の誅《ちゅう》を下す！　滅べい、獣の王っ‼」

アルフォンスの魔力が爆発的に膨れ上がる。

「《祝聖根源光滅爆《アギラ・ガヴエル》》ッ！！！」

一気に光が弾《はじ》けた――が、しかし、それが真っ二つに切断される。明滅していた光が弱まっていき、《祝聖根源光滅爆《アギラ・ガヴエル》》が強制的に止まった。

その魔法が有する宿命が、断ち切られたのだ。

「……聖王……陛……下………」

現れたのは、霊神人剣を携えた聖王オルドフである。

「我が同胞を放せ、イザーク」

「よう」

イザークは軽くアルフォンス叡爵《えいしゃく》の体を持ち上げ、船の外へ放り捨てた。

「待ってたぜ、オッサン」

オルドフは、まっすぐ災人に正対する。

イザークがなにかに気がついたように、オルドフの左腕に視線をやった。ズタズタに引き裂かれ、血で真っ赤に染まっている。回復魔法を働かせているが、効果も薄いようだ。

ちっ、と災人が舌打ちする。

「滅びの獅子《しし》がつけた爪痕はすぐには治らねえ。オレとやるには、腕一本じゃ足りねえのはわかってんだろ」

無造作に災人が距離を詰めていく。

「船団は壊滅。五聖爵は虫の息。頼みの祝聖天主も、てめえを庇《かば》ってボロボロだ」

至近距離で立ち止まり、その獰猛《どうもう》な顔を近づけた。

「で？　今日はどんな奇跡を起こすんだ？」

「私の負けだ」

イザークの表情に、苛立《いらだ》ちが混ざる。

「この首を持っていくがいい。それでこの場は引いてくれ」

「おめでてえ。んな約束を守ると思ってんのか？　てめえは滅び、祝聖天主は滅び、ハイフォリアは憐《あわ》れに滅びる」

牙を覗《のぞ》かせ、災人は笑う。

だが、オルドフの瞳に迷いはなかった。

「戦って滅びな。狩人《かりゆうど》らしくな」

「なぜ獣を狩らねばならぬのか、私は考え続けてきた」

災人は無言だ。ただオルドフを睨《にら》んでいる。

「獣と相対するとき、我が前にはいつも虹路《こうろ》が見える。燦然《さんぜん》と輝く人の良心、その正しき道が――」

聞き飽きたといった顔をしながらも、災人は無防備なオルドフを殺そうとはしない。

オルドフは背を向けた。

「戦い続けてきた」

災人は、襲いかかろうとはしない。

ただゆるりと歩いていく聖王の姿を眺めていた。

「この良心に従い、獣を狩り続けてきた。獣は我らを食らい、銀水聖海に大災をもたらす。言葉を交わせども話は通じず、ただ狩ることだけが彼らへの祝福。その正しき道を私はまっすぐ邁進《まいしん》した」

彼は振り返り、再び災人と正対した。

そうして、霊神人剣を逆手に持ち替える。

「だが、獣を狩る度に心にはしこりが残った」

彼から魔力が発せられれば、災人へ向かう輝く虹路《こうろ》が現れる。

戦え、と。

獣を狩れと訴えるように、燦然《さんぜん》と煌《きら》めいている。その純白の道に、オルドフは聖剣を突き刺した。

「この良心は、本当に私のものか？」

まっすぐ彼は問いかける。

他でもない、宿敵たる獣の王に。

「イザーク。私が歩んできた道は、本当に正しかったのか？」

冷たい息を吐き、イザークは言った。

「くだらねえ。今更、泣き言でも言いてえのか」

「いいや、ようやく気がついた。ゆえに確かめるのだ」

オルドフは戦意に満ちた表情を向ける。

「この首を持っていけ、イザーク。これが私の戦いだ。狩猟貴族の誇りにかけ、最期《さいご》まで真《まこと》に正しき道を探したい」

「つまんねえな、オッサン。最後の最後でそれかよ。期待外れもいいとこだ」

災人はそう吐き捨てた。

抵抗しない獲物に、価値はないと言わんばかりだ。

「大体てめえが死んで、誰が確かめんだ？」

するとオルドフは笑った。

「我が目の前に、相応《ふさわ》しき者が立っている」

イザークは閉口した。

「お前が自分は、獣ではないと悟ったなら私の勝ちだ」

災人は動かない。

オルドフの言葉を一蹴することなく、ただじっと考えていた。

「……おい」

乱暴な口調で災人は問う。

「なにに気がついたって？」

オルドフの言葉に興味を覚えたように、災人はそう問うた。

「――イーヴェゼイノの鳴動だ」

オルドフははっきりと答えた。

「恐らく災淵《さいえん》世界はハイフォリアを食らおうと動き始めるだろう。イーヴェゼイノと一体化している《渇望《かつぼう》の災淵《さいえん》》こそがその元凶。幻獣や幻魔族たちは、災淵《さいえん》によって己の渇望《かつぼう》を狂わせてしまう。災淵《さいえん》世界もまた然り。我々は聖エウロピアネスの祝福により、その渇望《かつぼう》を鎮《しず》めようと試みた。だが――」

静かに息を吸い、彼は言った。

「私は、疑問に思ったのだ。渇望《かつぼう》を鎮《しず》められるほどの祝福が祝聖天主にあるならば、我々狩猟貴族にも獣と同じ力が働いているのではないか？」

長年感じ続けてきた心のしこりが、疑念に変わったと言わんばかりに、オルドフは問いかける。自らに、そして眼前に立つ宿敵に。

「獣の渇望《かつぼう》は悪《あ》しき本能、狩人《かりゅうど》の理性は正しき良心。誰が決めた？」

再びオルドフは問う。

自らの心に、答えを探すように。

「今、ここにいる私の理性は、本当に私のものなのか。それを確かめることこそが、真の虹路《こうろ》を行くということ」

曇りのないまっすぐな瞳で、彼は災人を見据えた。

名を呼んで、彼は更に問いを重ねた。

「イザーク」

「今、ここにいるお前の渇望《かつぼう》は、本当にお前自身のものか？」

は、とその言葉を災人は軽く笑い飛ばす。

「オレの渇望《かつぼう》は、オレのもんに決まってんだろ」

イザークの全身から冷気が漂う。それは、船一帯を呑《の》み込み、周囲の銀海にまで広がった。

「だが」

彼はニヤリと笑う。

これまでの獰猛《どうもう》な笑みとは違い、それはひどく無邪気に思えた。

「真の虹路《こうろ》ってのは面白《おもしれ》え。お前たち狩人《かりゅうど》が気が遠くなるほど長《なげ》え間、間違え続けてきたってことだ」

災人の体が白く凍《い》てつき、その秩序と魔力さえも凍り始めた。

「なにをしている？」

「寝んだよ。眠《ねみ》い」

僅かにオルドフは目を丸くする。

「オレが眠りゃ、イーヴェゼイノも止まんだろ。真の虹路《こうろ》ってもんが本当にあんなら、その間にハイフォリアを変えてみな」

獰猛《どうもう》に笑い、イザークは牙を覗《のぞ》かせた。

「目《め》ぇ覚めたら、会いに行くぜ。てめえが間違ってれば、今日の続きだ」

「正しければどうするのだ？」

くくっ、と災人の口から笑声がこぼれた。

「こないだ、うちで最高の酒を、最高の樽《たる》に仕込んだ。起きる頃にゃ、いい具合に仕上がってんぜ」

「私は下戸だ」

氷柱が完成し、漂う冷気から声が響いた。

「──呑《の》め。大馬鹿野郎が」

§33．【消えゆく灯火】

《思念通信《リークス》》の魔法陣が消えていく。

過去の映像はぷっつりと途切れ、レイとバルツァロンドの魔眼《め》にはオルドフの姿だけが映っていた。

彼の魔力は、先程よりも失われている。今すぐ滅びぬのが不思議なほどに。

「……………即位の、日に……」

最後の力を振り絞るように、オルドフは掠《かす》れた声を発した。

「……伝えた通り、だ……レブラ……ハルド……我らを捕食……するが獣……奴《やつ》らを狩るのが、狩猟貴族………」

最早《もはや》、助かることはないとオルドフとて承知しているのだろう。それゆえ、最期《さいご》の言葉を息子たちに伝えようとしているのだ。

「渇望《かつぼう》だけの……獣を、祝福することが……狩猟貴族の本懐……渇望《かつぼう》を捨て、理性を得た獣は……人となる……」

バルツァロンドは父の言葉に耳をすます。一言一句聞き逃すまいと、全神経をそこに集中していた。

「……それが……正しき道と信じた……それが……正義と信じた……だが……」

息を呑《の》み、オルドフは問う。

「私、たちは……本当に正しかったのか……？」

それは聖王として虹路《こうろ》を邁進《まいしん》した果てに辿《たど》り着いた大きな疑問だ。ここに辿《たど》り着く以前のバルツァロンドならば、迷わず正しいと答えただろう。

だが、オルドフの過去を垣間見《かいまみ》た彼は、今際《いまわ》の際に父が訴えようとしていることの重さを肌身に感じ、そう断じることはできなかった。

「……間違っていたと……父上は、そうおっしゃいたいのか……？　我々に、正義などなかったのだと……」

数秒の沈黙が流れ、オルドフはまた口を開く。

「……わからぬ……」

最早殆《もはやほとん》ど耳が聞こえぬはずの彼に、それでもバルツァロンドの声が届いたか。あるいは、ただの偶然なのか。

息子の問いに答えるように、父は語る。

「……わからぬのだ……答えを、探した……探し続けた……どこかにあるはずの、真の虹路《こうろ》を目指し……だが、私はとうとう……」

弱々しい声に無念さが滲《にじ》む。

「それを見ることが……できなんだ……これ……以上はもう……歩くことが……できん……」

僅かにオルドフの手が震える。

「……だが、私には……」

瞳の奥に僅かな希望が見えた。それだけが、今にも消えてしまいそうな彼の命をつなぎ止めている。そんな風に思えた。

「……息、子が……いる……」

彼の想《おも》いに応えるように、レイは手を握り返す。

志半ばで、死にゆく戦士が縁《よすが》とするのは、世界が変われども同じだろう。

たとえこの場限りの嘘《うそ》であろうと、せめて安らかに逝《ゆ》けるように。

それが数多《あまた》の戦場をくぐり抜けてきたレイが、違う世界で戦い続けてきた勇者へ贈る、ささやかな手向けであった。

「……この道を、代わりに……歩む……若き勇者が……」

最早《もはや》、光を映さぬオルドフの瞳が、それでも強く訴える。

「どう、だ？　レブラ……ハルド……お前はまだ……歩ける……か……？」

痩せ衰えた体。魔弾に抉《えぐ》られ、今にも消滅しそうな根源。だが、それでも、まだオルドフは夢を諦めてはいない。

獣を狩るのではなく、獣を人に戻す祝福をお仕着せるのではなく、より理想に満ちた答えを彼は求めた。自らの世界において主神の祝福を受け、正しいとされるその虹路《こうろ》よりも、真《まこと》に正しき道を歩むという――その遥《はる》かな夢を。

「……どう、だ……？　レブラハルド……」

バルツァロンドが目を伏せる。

「……歩いているよ……」

レブラハルドを演じ、レイは言った。

死にゆく者への、礼儀とばかりに。

「父上、私は気がついた」

《聖域《アスク》》の光がレイとオルドフを包み込む。

耳が聞こえず言葉は届かずとも、重ねた想《おも》いは確かに届く。

そう信じたか、レイは老いた勇者にそっと告げる。

「正しさを求め、良心を信じ、戦い続けた日々があった。正義の名のもとに敵を討ち、断罪の名のもとに悪を裁いた。それが傲慢な行いだと、私はある世界で知った」

オルドフはなにも言わない。

だが、その目の奥が僅かに気を発したように思えた。

「信じた正義は間違いだった。敵などどこにもいなかった。ただ私たちは互いに守ろうとしただけだった」

二千年前の戦いを振り返るように彼は言う。

「だけど、そのときには見えなかった。正しい道も、本当の敵が私たちの中にある恐怖と憎しみだということも。良心に従ったからといって、欲しかった未来が手に入るわけじゃない。いや――」

静かに首を振り、レイは言い直した。

「――なにが本当に欲しかったのかすら、私たちは気がついていないときがある」

想《おも》いが流れ込むように、《聖域《アスク》》の光がオルドフの体に入っていく。レイの想《おも》いが通じているのか、彼の表情が僅かに和らいだ気がした。

「良心を疑うべきだと私は思う。自らが正義と盲信すれば、人はどれだけ残酷なことだってできてしまう」

勇者ジェルガがそうだったように、復讐《ふくしゅう》に駆られた魔族たちがそうだったように、正義はときに他の何物よりも醜悪だ。

「悩み、考え、迷い続けるべきだと私は思う。自らが正しいと信じた時点で、私たちは正しさを失ってしまう」

自らへの戒めの如《ごと》く、レイはその想《おも》いを吐露した。

「たぶん、真の虹路《こうろ》は探し続けるものなんだ。決して、私たちの前に見えることはない。これが正義と信じられる道など、どこを探しても見つかりはしない」

正しき道が虹路《こうろ》となって現れるハイフォリアでは、その考えはひどく受け入れがたいものかもしれぬ。それでも、そのハイフォリアで夢を追い求めたオルドフには伝わるはずと信じ、レイは言葉を重ねた。

「だけど、もしも……もしも、真の虹路《こうろ》を見られるときが来るとすれば」

迷いながら、レイは言う。

「それは、私たちの後ろにできるものだと思う。迷い続け、それでもまっすぐ歩んだ私たちの、その後ろに」

レイが握るオルドフの手に、目映《まばゆ》い光が集まっていく。

「父上」

優しくレイは言う。

本当の父へ、伝えるかのように。

「父上は真の虹路《こうろ》が見えないとおっしゃった。それはあなたが、今日まで正しき道を探し、歩み続けてきた証拠だ」

その想《おも》いが、確かに届いたか、薄《うっす》らとオルドフの瞳に涙が滲《にじ》む。

「私は信じている。偉大なる父の後を継ぎ、この見えない道を迷いながらも歩み続け、そして、いつの日か振り返ったとき、そこに――」

力強く、レイは訴える。

「――燦然《さんぜん》と輝く真の虹路《こうろ》があると」

満足そうに、オルドフは微笑《ほほえ》んだ。

そして、言った。

「……確かに、託したぞ……息、子よ………」

ふっと穏やかな風が吹いた。

命の灯火が消えるように、オルドフの魔力が風に流されていく。

「……父上っ……!!」

死にゆく父の意識をつなぎとめるように、バルツァロンドが叫ぶ。

「まだ……父上……まだ私は……!!」

そのときだ。

霊神人剣が光り輝き、そこに天命霊王ディオナテクが姿を現す。

手にした木簡には『延命』と描かれていた。現れた光の玉がゆっくりとオルドフの体に吸い込まれていき、そして根源と同化した。

消滅したかに思えた魔力が、僅かに回復する。

ディオナテクの声が響いた。

『……命を救うことはできない……彼の想《おも》いを……救って……』

ぱっと光が広がる。それが次第に収まっていくと、天命霊王の姿は忽然《こつぜん》と消えていた。

「父上……！」

バルツァロンドがオルドフに触れ、呼びかける。

だが、返事はない。

目を閉じたまま、ぐったりとしていた。その様子をじっと見つめ、レイはバルツァロンドに切り出す。

「僕たちの世界へ連れていこう」

「……ミリティア世界ならば、救える者がいるのか？」

バルツァロンドが問う。レイは静かに首を左右に振った。

「ならば――」

「転生はできるかもしれない。この状態じゃ、まともな転生は無理だけど、それでも他の世界で滅びるよりは可能性がある」

バルツァロンドが奥歯を噛《か》む。

「……どうなるのだ？」

「わからない。生まれ変わったとしても記憶はない。もう会うこともないかもしれない」

「馬鹿なっ！　それにいったいなんの意味があるのだっ⁉　助けなければっ！」

「想《おも》いは残るよ」

バルツァロンドがはっとしたように、言葉を失う。

「いつかどこかで、君の父は生まれ変わる」

「……それは……ハイフォリアの宗教ではない……」

転生という概念がないのだ。《転生《シリカ》》で完全に記憶が受け継げるならともかく、今回は保証すらない。まず転生が成功するかも定《さだ》かではないのだ。バルツァロンドの判断は、無理からぬことだろう。

「一度、ハイフォリアへ連れ帰りたい……」

「祝聖天主エイフェなら、可能性があるかい？」

バルツァロンドは即答できない。

難しいのだろう。それが容易《たやす》いなら、迷う必要はなにもない。

「……兄に会わせなければ……まだ命がもつのならば……」

バルツァロンドは歯を食いしばる。

苦渋の決断とばかりに、彼は言葉を絞り出した。

「……恥知らずなのは承知の上だ……父は貴公のおかげで、満足して逝《ゆ》けるだろう……感謝してもしきれない。だというのに、ミリティアの秩序を……疑うような態度は業腹《ごうはら》なはずだ……だが……」

バルツァロンドは俯《うつむ》く。

「……兄ならば、なにか手立てを……いや……」

しばし黙り込み、そして彼は言い直した。

「……手立てがなくとも、なにもしなければ後悔する……せめて、なにか、かける言葉が……」

ばつが悪そうに、バルツァロンドは顔を背けた。

彼の肩に、レイは手を置く。

「先にハイフォリアへ行こう」

「……すまない……」

バルツァロンドはオルドフを魔法で浮かせる。

速やかに、二人はその場を後にした。

§34. 【目に見えぬ渇望《かつぼう》】

災淵《さいえん》世界イーヴェゼイノ。災亀内部。

水のスクリーンに反応があり、イザークがピクリと眉を動かす。

イーヴェゼイノを覆う暗雲めがけ、光の矢が放たれていた。それは次々と雲に突き刺さり、災淵《さいえん》世界の護《まも》りを削《そ》いでいく。

「ハイフォリアさんがいらしたみたいね」

ナーガが水のスクリーンを切り替える。

銀泡の外に、ハイフォリアの銀水船がずらりと並び、狩猟貴族たちが矢を放っている。彼女は、船団の中央に位置する船に魔眼《めを》向けた。

「この船は、叡爵《えいしゃく》さんね。五聖爵最強の狩人《かりゅうど》をよこすなんて、約束を守るつもりはないって言ってるようなものじゃない？」

災人の意見を窺《うかが》うように、ナーガが言う。

「息子の命令だろ」

ハイフォリアの船団を一瞥《いちべつ》し、イザークは興味をなくしたようにそっぽを向いた。

「入ってくる勇気はねぇ」

「目の前に餌があって、うちの住人たちの押さえが利《き》くかしらね」

ナーガに背を向けたまま、災人は他人事《ひとごと》のように言った。

「行きたきゃ行きゃあいい」

「あちらの目的は恐らく、イーヴェゼイノがハイフォリアに喰《く》らいつく前に、あたしたちを狩り場に誘い込むことよ」

彼女はそう忠告する。

「災人さんなら、幻獣でも幻魔族でも止められるでしょう？」

「てめえでやんな」

ナーガがムッとした気配を漂わせつつも、笑顔でイザークに迫った。

「放っておいたら、ボボンガとコーストリアだって飛び出すわよ。止めないんだったら、今すぐ叡爵《えいしゃく》さんを滅ぼしてくれないかしらね」

「何度も言わせせんな。やりてえ奴《やつ》がやりゃいい」

「災人さんはイーヴェゼイノをどうしたいのかしら？」

　とりつく島もないイザークに、ナーガは食い下がる。

「面倒くせえ女だな」

　気怠《けだる》げにイザークが言うと、その体からどっと冷気が溢《あふ》れ、ナーガの車椅子を凍《い》てつかせる。

　彼女は反魔法を使い、その冷気を振り払った。

「食らいたきゃ食らえ、怖けりゃ逃げろ。オレを動かしたけりゃ、力尽くでやりゃいい。その凶暴な脚は飾りかよ？」

「あたしが災人さんに勝てるわけないわよね？」

「理屈は聞いてねえ。てめえの渇望《かつぼう》はなんて言ってんだ？」

　肉食獣のような魔眼《めｅ》が、ぎろりとナーガを睨《にら》む。諦めたように、彼女は深くため息をついた。

「……アノスの相手だけは、ちゃんとしていてちょうだいね」

　釘《くぎ》を刺すように言って、彼女は《転移《ガトム》》を使った。

　ガルンゼストを追い払うか、幻獣たちを押さえるつもりだろう。

「なぜ動かぬ？」

　災人へ俺は問う。

「しち面倒くせえ」

　こちらに視線を向けもせず、イザークは言った。ただぼんやりと水のスクリーンを見続けている彼に、俺は再び問う。

「オルドフが真の虹路《こうろ》を見つけてくると思っているのか？」

興味を引かれたように、イザークはこちらに振り向く。

牙を見せて、奴《やつ》は笑った。

「見つかったのかよ？」

瞬時に状況を察したか、災人はそう俺に問い返した。遊び相手がようやく来るのだと期待した無邪気な声で。

「オルドフは来られぬ」

奴《やつ》は笑みを携えたままだ。しかし、どこか、その表情からは寂しさが感じられた。

「滅びんのか？」

「もって三日だ」

真顔になり、災人はしばらく口を閉ざした。

オルドフの死に、いかなる想《おも》いが去来したか、長い沈黙がひたすらに続く。水のスクリーンには、銀水船に向かって災淵《さいえん》世界から飛び出していく災亀が映っている。コーストリアや幻獣、幻魔族たちが甲羅の上に乗っていた。

「奴《やつ》は来るぜ」

まるで独り言のように、災人は言った。

「それぐらいで諦めるようなタマじゃねえ。あの大馬鹿野郎はよ」

オルドフは最早《もはや》動けぬ。自分の口で喋《しゃべ》ることさえ、至難の業《わざ》だろう。知らずとも、もって三日と聞いたならば、それに近しい容態であることは予想がつくはずだ。

この男が理解していないわけもあるまい。だが奴《やつ》は、それでもオルドフを待っているのだ。どんな奇跡を起こしてでも、彼は来る。イザークの揺るぎない瞳からは、そんな想《おも》いがひしひしと感じられる。覚えがあるような気がした。

かつて、敵であった男を信じて待ち続けたことが俺にもあった。

「イザーク」

声をかけたその瞬間、災亀が激しく振動した。

激しい水流に揺さぶられているかのように、揺れはなかなか収まらない。水のスクリーンを見れば、不定形な泥の塊のようなものが、水底から水上へ向かい、次々と浮上していた。

それらは皆、水面の氷をすり抜け、上空へ飛翔《ひしょう》していく。幻獣たちだ。

狩猟貴族――すなわち餌食《えじき》霊杯が銀泡のそばにずっといるため、渇望《かつぼう》に駆られて飛び出してきたのだろう。

それだけではない。幻獣が起こす水流だけならば、災亀もすぐに対応するだろう。現に魔法障壁が強化され、途中から水の干渉をほぼ遮断している。にもかかわらず、災亀はまだ揺れている。

いや、これは……災亀が揺れているのではない。

「……イーヴェゼイノが加速したか」

「餌食《えじき》霊杯をぶら下げられて、我慢できなくなっちまったんじゃねえの」

くくく、と喉を鳴らしてイザークが笑う。みるみるイーヴェゼイノは速度を上げている。この分では、想定よりも早くハイフォリアに到着するだろう。

「ふむ」

幻獣たちは餌食《えじき》霊杯である狩猟貴族に釣られ、飛び出していった。そして、この災淵《さいえん》世界イーヴェゼイノもまた狩猟貴族らに飛びつくように、勢いを加速させている。

「この銀泡は一匹の獣だと言ったな？」

「それがどうした？」

「イーヴェゼイノが幻獣の本能を持っているなら、それはどこにある？」

イザークは答えない。

俺は言った。

「《渇望《かつぼう》の災淵《さいえん》》だ」

「わかってんじゃねえか」

つまり、少なくとも《渇望《かつぼう》の災淵《さいえん》》を滅ぼしてしまえばイーヴェゼイノは止まる。

「いいぜ。オレの前でそれがやれんならな」

災人は言う。

「渇望《かつぼう》をなくした幻獣がどうなるかはわかんだろ」

噂《うわさ》と伝承が消えれば、精霊は滅びる。そして幻獣は、精霊に似た生き物だ。渇望《かつぼう》をなくしたならば、幻獣は滅びるだろう。

「ならば、《渇望《かつぼう》の災淵《さいえん》》を滅ぼしたなら、イーヴェゼイノも無事にはすむまい。滅ぼさずとも止める手段はあるやもしれぬ」

「この世界が止まりてえと言ったか？」

「さて、それを聞くために、まず災淵《さいえん》世界と対話せぬことにはな」

は、と災人は笑い飛ばす。

「わかってんだろ。オレが災淵《さいえん》世界だ」

「そうは思えぬ」

虚を衝《つ》かれたように、災人が目を丸くする。

「お前はオルドフを待っている。お前が渇望《かつぼう》のままに生きているならば、このイーヴェゼイノがそれに反し、ハイフォリアを喰《く》らおうとしているのは疑問だな」

ハイフォリアの主神、祝聖天主エイフェは自らの秩序と心が乖離《かいり》していると言った。それと似たことがイーヴェゼイノで起きていたとて不思議はない。

ならば、その原因があるはずだ。

「イザーク。この世界の渇望《かつぼう》は、本当に余さずお前のものか？」

「喉から手が出るぐれえ欲しい物《もん》を、同時にぶっ壊してえと思うときもあんだろ」

冷気を吐きながら、イザークは言う。

「てめえは、てめえの渇望《かつぼう》が思い通りになると思ってんのか？」

「ならぬ」

心は常に混沌《こんとん》とし、頭で考えたようには動かぬものだ。理不尽を砕き、平和を欲《ほっ》し、愛を尊いと思うことさえ、意のままに操れるようなものではない。

「だが、それでも――いや、だからこそ、お前とは別のなにかが、この災淵《さいえん》世界を動かしてい

ないとは言い切れぬ」

渇望《かつぼう》が思い通りにはならないものだからこそ、それのみを抱えたイザークには盲点となる。

「オレが聖剣世界を滅ぼさねえと思ってるならおめでてえがなぁ」

「そのときが来れば滅ぼすだろう」

真顔の災人へ俺は言う。

「だが、今のお前がハイフォリアを喰《く》らう渇望《かつぼう》に衝《つ》き動かされているとは思えぬ」

「理由になってねえ」

殺気だった視線で、イザークが俺を睨《にら》む。

「イーヴェゼイノの中は、黒穹《こっきゅう》から《渇望《かつぼう》の災淵《さいえん》》の底まで知ってる。生まれたときからな。んなもんがあるとして、てめえなら探せんのか？」

その問いに、俺は答えた。

「真の虹路《こうろ》も目に見えぬ」

奴《やつ》の獰猛《どうもう》な眼光が、俺に突き刺さる。

「この災淵《さいえん》世界に目には見えぬ渇望《かつぼう》があったとて不思議はあるまい」

「いいぜ。案内してやるよ」

牙を覗《のぞ》かせ、災人は言った。

「真の虹路《こうろ》が見つかった後にな」

座ったまま、災人と俺は視線の火花を散らす。言わんとすることは、よく理解できた。

「オルドフは来られぬ」

「来ると言ったはずだぜ」

奴《やつ》が俺に指を向ける。すると、そこに蒼《あお》き魔法陣が描かれ、膨大な魔力が集中した。溢《あふ》れ出《だ》す蒼《あお》き冷気によって、部屋中がたちまち凍《い》てついていく。

「根拠はあるまい」

「話は終わりだ。探してえなら、喋《しゃべ》ってねえで力尽くでやりゃいい。てめえの渇望《かつぼう》はなんて言ってんだ？」

災人は獰猛《どうもう》な笑みを覗《のぞ》かせる。

「──ふむ。仕方あるまい」

指先を軽く捻《ひね》れば、黒き粒子が螺旋《らせん》を描く。放たれた黒き火種が、ゆらゆらと災人へ向かう。

「遠慮なく探させてもらおう」

奴《やつ》の指先に触れた瞬間、終末の火、《極獄界滅灰燼魔砲《エギル・グローネ・アングドロア》》が牙を剝《む》き、そしてその場の一切が炎上した──

§35. 【誰《た》がために祝福を】

聖剣世界ハイフォリア。ガルンゼスト狩猟宮殿。

大鏡の並べられた一室で、レイとバルツァロンドは待機していた。

ハイフォリアに戻った彼らは、先王オルドフを連れ、レブラハルドと謁見した。すぐに祝聖天主エイフェが呼ばれ、オルドフの治療が始められる。

清浄な魔力場を保つため、二人は席を外すこととなった。

重苦しい沈黙が続いている。バルツァロンドは厳しい面持ちのまま、ただ虚空《こくう》を睨《にら》む。しばらくして、転移の固定魔法陣が起動した。やってきたのはレブラハルドだ。

「聖王陛下」

すぐさまバルツァロンドが駆け寄った。

「先王は？」

「まだ虹水湖《こうすいこ》だよ。エイフェの権能に他の魔力が混ざるのはよくない。しばらくは近づかないように、いいね？」

「……では、治せるのですか？」

一縷《いちる》の望みにすがるようにバルツァロンドが訊《き》く。

レブラハルドはすぐに口を開かなかった。

「………二、三日だそうだ。エイフェの見立てでは。苦痛を和らげ、穏やかに過ごしてもらおう」

バルツァロンドは俯《うつむ》き、拳を握る。きつく食い込んだ爪が、血を滴《したた》らせた。

「……手立ては、ないのですか……」

「父はこの故郷の地で眠ることができる。誇り高き、勇者として。バルツァロンド卿《きょう》の尽力は無駄ではなかった」

そうレブラハルドはねぎらいの言葉をかける。

「レイ。そなたにも感謝を。おかげで、先王は絶望とともに逝《ゆ》かずに済む」

オルドフ発見時の経緯は、バルツァロンドからすでに伝わっている。レブラハルドは悼《いた》むような表情で、レイに頭を下げた。

「ミリティア世界でなら、まだ彼を救えるかもしれない」

レイは静かに切り出した。

「《転生《シリカ》》の魔法か？」

レブラハルドが問う。レイはうなずき、説明した。

「根源があの状態じゃ、完全な転生は無理だけどね。それでも、彼の想《おも》いだけはつなぐことができるかもしれない」

「転生世界ミリティアのことは、ある程度調べさせてもらったよ。《転生《シリカ》》の魔法は、ミリティアでのみ使うことのできる限定秩序。死した者が、記憶を引き継ぎ、力を引き継ぎ、そして新たな生命として生まれ変わる」

淡々とレブラハルドは言う。

「そのとき、新しい生命は、どの世界の住人として生まれることになるか、そなたは知っているか？」

「わからない」

レイはそう答えた。

知る限り、ミリティア世界以外の住人で《転生《シリカ》》を使い転生したのは、ルナだけだ。

だが彼女の場合、それ以前にイーヴェゼイノの住人である宿命を霊神人剣によって断ち切られていた。

純粋な他世界の住人が《転生《シリカ》》を使った際にどうなるのかは未知数だ。

「私の予想では恐らく、ミリティアの住人として生まれ変わる」

レブラハルドは言った。

「つまり、《転生《シリカ》》は火露《ほろ》を奪う。そなたらがそれを望まずともね」

レイの心中を覗《のぞ》くように、レブラハルドは視線を向ける。

「なんのリスクもなく、生まれ変わることができるならば誰もがそれを選ぶ。だが、そんなに都合のいいことが、この銀海にあるだろうか？」

問いを投げかけるように彼は言う。

「私にはそうは思えない。なぜなら、どんな深層世界にも生まれ変わりなど存在しない。ましてミリティアは主神のいない不完全な世界。だとすれば、そなたらの言う転生は、同じ記憶、同じ想《おも》い、同じ力を持った別人が生まれるだけのことかもしれない。それは弱き者にとっては、救いになるかもしれないね」

冷静に、ただ事実を告げるように、レブラハルドは語る。

「我々、狩猟貴族は違う。命は一度きりだ。やり直すことはできない。それではこれまでの生が軽くなってしまう」

「僕たちの世界でも、《転生《シリカ》》を手に入れるまでには苦難があった」

「言葉が悪かったね。そなたらの宗教を軽んじたわけではない。ただ私たちとは重んじるものが異なるということだ」

議論の余地はないとばかりに、レブラハルドは断言した。

「それに、先王オルドフが生まれ変わったと伝われば、死を避けられぬ者たちはこぞって転生世界ミリティアを目指す。悠久の時を経れば、ハイフォリアはなくなり、ミリティア世界に乗っ取られることになるだろう」

《転生《シリカ》》によって火露《ほろ》の移動が発生するなら、確かにそうだ。転生世界ミリティアは、戦わずして様々な世界の住人を呼び寄せ、火露《ほろ》を奪うことができる。

「そのきっかけを作ることを先王は決して望みはしない。わかってくれるね？」

個人よりも、世界を生かす。元首ならば、それもまた道理だろう。

「……先王は誇り高き勇者だ……」

ぽつり、とバルツァロンドが零《こぼ》した。

「滅びを目前にし、今もなおこのハイフォリアのことだけを思っている……我が身可愛《かわい》さに転生など望みはしない……」

レブラハルドを後押しするようでいて、しかし、その瞳は怒りに滾《たぎ》っている。

「だが、聖王陛下。あなたは先王が望んだ夢をご存じのはず」

静かに、しかし熱い想《おも》いを胸に抱えながら、バルツァロンドは言った。

「我々の前に見えるこの虹路《こうろ》を歩むことが本当に正しいのか？　獣を狩り、イーヴェゼイノを祝福することが真《まこと》に正しき道なのか？」

一歩前へ出て、彼は強く訴えた。

「先王の意思に報いるならば、即刻奴《やつ》らとの戦いをとりやめ、先王オルドフに凶弾を撃ち込んだ大提督ジジを討つべきではないのかっ⁉」

言いながら、バルツァロンドはまっすぐレブラハルドのもとへ歩いていく。

「それこそ父が求められた、真の虹路《こうろ》ではないかっ？　兄上！　なぜ魔弾世界エレネシアを放置するのだっ⁉」

「確かに《魔深根源穿孔凶弾《ベリアリウス》》は大提督殿の魔法だ。他に使い手はいない。私たちが知る限りでは、ね」

「……序列一位だからと日和《ひよ》るのか？」

「確実な証拠が必要ということだよ。《聖遺言《バセラム》》を確認してからでも遅くはない」

「父が滅び去るまで手をこまねいていろとっ⁉　最後に一言、大義はなったと伝えたくはないのかっ？」

バルツァロンドは、聖王の胸ぐらをつかみ上げる。

「命が一度きりならば、父を無念のまま逝《ゆ》かせてはならない！　狩猟貴族の誇りをお忘れかっ⁉」

「誇りで世界を守れはしない」

囁《ささや》かれた言葉に、バルツァロンドの気勢が削《そ》がれる。

「真の虹路《こうろ》とはそなたが思うほど甘い道ではない。いかなる事情があれど、イーヴェゼイノはパブロヘタラの法を犯し、我々に宣戦布告した。夢と誇りに目をくらまされて、これを討たなければ示しがつかない」

レブラハルドははっきりと言いきった。

「そのためならば、たとえ大提督殿が父の仇《かたき》であろうと力を借りよう。魔弾世界エレネシアがパブロヘタラの法を犯したという確かな証拠がつかめたなら、そのときにこそ我々は立つ」

バルツァロンドの手を、聖王は握る。

「感情に流されてはいけない。厳格な法と、それを遵守する理性こそが、すなわち正義だ。私は聖王として、この正しき道を行かねばならない」

困惑したような表情で、バルツァロンドは呆然《ぼうぜん》と聖王を見た。

「……兄上は……父との誓いを……あの夢を継いだはずではないのか……？」

「わかってくれると信じている」

兄の手を振り切り、バルツァロンドは踵《きびす》を返《かえ》した。

「ならば、滅びゆく父に頭を下げるのが礼儀ではないかっ‼」

「バルツァロンド」

「もう話はありはしないっ！」

大股で歩いていき、バルツァロンドは固定魔法陣に乗る。

魔力を送り、彼は転移していった。レイはそれを追いかけ、魔法陣の上に立つ。転移する前に、彼は振り返った。

「オルドフの行方が知れないのを隠していたのは？」

「民の不安を無闇に煽《あお》るのは得策ではない」

「君たちの主神も知らないようだったけれど？」

「彼女が動揺すれば、なおのこと世界が揺れる。先王オルドフはそれだけ大きな存在だ」

それだけ聞くと、レイは転移した。

視界が白く染まり、次の瞬間、彼の視界に屋上の船着き場が現れた。そこに、バルツァロンドが待っていた。

「魔王列車を出してくれないか？」

彼は申し訳なさそうに、そう頼んできた。

「構わないけれど、どうするんだい？」

問いには答えず、バルツァロンドは《飛行《フレス》》を使う。

「バルツァロンド卿《きょう》、どちらへ？」

屋上にいた見張りの狩猟貴族たちが、ぞろぞろ集まってくる。

「父に会うだけだ。虹水湖《こうすいこ》に人を近づけるなと聖王のお達しだ。抜かるなよ」

「「は！」」

言い含め、バルツァロンドは湖の方へ降下していく。

レイはその後を追った。

やがて、白い輝きが見えてくる。レイの魔眼《め》に映ったのは、天から虹の橋がかけられ、キラキラと光を集める幻想的な虹水湖《こうすいこ》の光景だ。

その中心で、水面をベッドにするようにオルドフが身を横たえていた。

体は衰弱しきっており、意識は戻らぬまま。服は真新しいものに取り替えられているが、ボロボロの体は依然として回復していない。

彼の傍《かたわ》らには、祝聖天主エイフェがいた。二枚の翼に虹の光を集め、手のひらで虹水湖《こうすい》を祝福している。その癒やしの力は、オルドフを優しく包み込んでいた。

「バルツァロンド」

二人の接近に気がつき、エイフェは言った。

「ここに来てはならない。祝福に乱れが生じるゆえ」

「承知の上です」

バルツァロンドとレイは湖の水面に降り立つ。

それを見て、祝聖天主は翼を折り畳み、祝福を止めた。

「天主」

バルツァロンドは、自らの世界の主神をまっすぐ見据えた。

「あなたがミリティアの者たちに話したことを伺いました。天主は自らが壊れているとお思いだそうですね」

一瞬の間、無表情のまま、祝聖天主エイフェは言った。

「……ええ。間違いなきこと」

「先王をご覧になり、いかがでしたか？」

水面に身を横たえるオルドフに、エイフェはその神眼《め》を向ける。

「オルドフの意識はなきまま。ゆえに、なにも見えることはない」

祝聖天主エイフェは言う。

意識を失った状態では、元よりオルドフの虹路《こうろ》は見えぬのだろう。今の自分が彼を見てどう思うのか、それを確かめようとした彼女だったが、オルドフがこの状態では叶《かな》わぬことだ。

しかし、そんなことはもう頭にはないようで、エイフェはただ悲しげに先王オルドフを見つめていた。

「……幾度も世界を救ったオルドフを、救ってやれぬのは悲しきこと……」

「一つだけ方法があります」

バルツァロンドが、そう切り出す。

エイフェが静かに顔を上げた。

「……それは真《まこと》か？」

「彼の世界」

バルツァロンドはレイを見やる。

「転生世界ミリティアでなら、先王を転生させることが可能とのこと。記憶はなくなりますが、想《おも》いは残ります。天主ならば、いつの日か再会することも叶《かな》いましょう」

バルツァロンドは言う。

「聖王陛下は反対しています。ハイフォリアのためにならない、と。しかし、私はそれが正しき道とは思えません」

聖王への異を唱えたバルツァロンドに、祝聖天主は温かい視線でもって応じた。

「では、なにが正しき道と？」

「私は獣を狩るしか能のない男。わかりません。しかし、確実にわかっていることが一つある。先王を救い、世界をも救う。それこそが正しき道であり、ここで先王を見捨てれば、我々は道を外れてしまうということです」

祝聖天主エイフェは僅かに神眼《め》を伏せる。

「あなたの前に虹路《こうろ》が見えない。それは迷いがあるゆえに」

「迷いなど……」

言いかけて、バルツァロンドは押し黙る。

自らの世界の主神を、誤魔化せるはずもないと知っているのだろう。

「あなたはエヴァンスマナに選定されし、次代の聖王。現聖王にとって、もっとも重き言葉を持つ者」

静謐《せいひつ》な声で、エイフェは告げる。

「されど迷いあらば、その言葉が届くことはなき」

バルツァロンドは唇を引き結ぶ。

聖王の命に背き、先王オルドフを転生させる。それが本当に正しいと信じ、エイフェに掛け合ったはずが、僅かに残った迷いを彼は振り切れないでいた。

聖剣世界の住人、それも五聖爵の地位にある者ならば無理からぬことだろう。項垂《うなだ》れるように俯《うつむ》いたバルツァロンドのその肩に、レイがそっと触れた。

「君は間違っていないと思うよ」

僅かにバルツァロンドは振り向いた。

「父親を救いたいという想《おも》いが、もしも届かないのがこの世界の宿命なら、それを断ち切るために、この聖剣は生まれたはずだ」

レイの手に光が集い、霊神人剣エヴァンスマナが姿を現す。

「オルドフを助ける。それが原因で、もしもハイフォリアから火露《ほろ》が移っていくことになっても、ミリティアがハイフォリアを乗っ取ろうなんて話は、僕たちの世界の魔王が決して許しはしない」

バルツァロンドが目を見開く。

「……レ……イ……貴公……それは…………」

驚愕《きょうがく》に染まった彼の瞳が捉えていたのは、輝く純白の虹――

虹路《こうろ》だった。

レイの足下から、オルドフの体へとその輝く道はまっすぐ続いている。

彼を救え、とまるでこの世界が祝福するように。

「約束するよ」

迷いは晴れたとばかりに、バルツァロンドが大きくうなずく。彼が前を向けば、レイと同様、虹路《こうろ》が現れ、オルドフの体へとつながった。

「もう一人のエヴァンスマナの使い手」

厳かに、エイフェは言った。

「話には聞き及んでいた。異世界の生まれながら、聖剣に選ばれし者。その不可思議は、私が壊れているがゆえと思ったが、今ここで考えを新たにした」

両手を広げ、エイフェは神聖なる光でオルドフを包み込む。それは次第に小さな光の球となって、ゆっくりと二人のもとへ飛んできた。

「あなたの優しさ、あなたの強さ、そしてその勇気を、エヴァンスマナが認めたがゆえ、祝福を与えたもうた。ただ異なる世界に生まれただけで、あなたは紛れもなく勇者なのだろう」

祝聖天主はその指先を自らの胸に当てた。

「責はすべてこの私に」

彼女は言った。

「あなた方に託す。どうかオルドフの魂を救ってやってほしい」

§36．【主と従者】

転生世界ミリティア。デルゾゲード深奥部《しんおう》。

球形の室内には、魔王列車と銀水船が停《と》められている。

ハイフォリアを出たレイたちは、銀水聖海を全速力で飛び抜け、ここまでやってきた。

転生の準備はすでに始められている。

部屋の中央には魔法陣が描かれ、先王オルドフが横たわっていた。

傍《かたわ》らでレイは手をかざし、魔力を送る。バルツァロンドとその従者たちは、緊迫した面持ちで《転生《シリカ》》の術式に魔眼《まがん》を凝らしていた。

「……レイ」

バルツァロンドが声を発する。

彼は申し訳なさそうな表情をたたえながら、静かに切り出した。

「ハイフォリアでは成せぬこと……非礼は承知の上で申し上げるが、父は偉大なる先王、勇者オルドフ。転生魔法を施すのならば、ミリティア最高の術者にお願いしたい」

微笑《ほほえ》みをたたえ、レイは答えた。

「僕がそうだよ。根源魔法においてはアノスよりも、ミーシャよりも、《転生《シリカ》》の力を引き出せる」

バルツァロンドは一瞬驚きの表情を見せた後、頭を下げた。

「非礼を詫《わ》びよう。父を頼む」

レイはうなずく。

「オルドフの根源は滅びかけている。僕がやっても、《転生《シリカ》》が成功するかは五分と五分。霊神人剣と、この世界の秩序の力を借りようと思う」

そう言って、彼は神界の門を振り向いた。

延々と水路が続く、その向こう側が、神々《こうごう》しい光を放った。目映《まばゆ》い明かりが次第に消え去っていくと、バルツァロンドがなにかに気がついたようにはっとした。

オルドフの四方に、四名の神が立っていたのだ。

一人は長い布を体に巻きつけた女性。

長い髪と薄緑の神眼《め》を持っている。

「生誕神ウェンゼル、人との友好のため、参りました」

一人は草花で編まれた服と、木の葉のマント、木の冠を身につけた賢者。

「深化神ディルフレッド、召喚に応じ参上した」

一人は白いマントとターバン、曲刀を身につけた男。

「終焉神アナヘム、推参」

一人は羽根付き帽子を被《かぶ》り、長い笛を手にした吟遊詩人。

「転変神ギェテナロス、お呼びかい？」

ミリティア世界における根源の基本原則を司《つかさど》る、樹理四神《じゅりししん》である。

エクエスとの戦いを経て世界は生まれ変わった。樹理四神たる彼らもまた転生し、その身に愛を宿し、人に優しき神となった。彼らは世界を見守り、時としてそこに生きる者に手を差し伸べる。

「彼を転生させたい。力を借りられるかい？」

レイがそう用件を切り出す。

すると、深化神ディルフレッドが《深奥《しんおう》の神眼《しんがん》》を光らせ、先王オルドフの深淵《しんえん》を覗《のぞ》く。

今にも滅びようとしている、その根源を。

「深く突き刺さった魔弾に干渉すれば、根源の形が崩壊し、滅尽する。魔弾を動かさず、慎重に、かつ遅々として《転生《シリカ》》を行使する必要がある。我々は輪廻《りんね》を遅滞させ、根源の崩壊を停留させよう」

「ありがとう」

「だけど、この人間はなにかが変さ。ボクたちの秩序からはみ出してないかい？」

歌うような声で、転変神ギェテナロスが言う。

「オルドフはこの世界の住人じゃないからね」

レイは簡潔に説明した。

「魔王が仮説した外の世界か。想定以上に深淵《しんえん》は深い」

興味深そうにディルフレッドが言う。

「くたばりぞこないだ。このアナヘムの権能から逃れる術《すべ》もなし」

「ええ、アナヘムの言う通り、大丈夫でしょう。《転生《シリカ》》を使えば、彼の根源は、わたくしたちの秩序に乗せられると思います」

生誕神ウェンゼルが言った。

レイがバルツァロンドに視線を向ける。数秒の――しかし重々しい沈黙の後、彼は覚悟を決めたようにこくりとうなずいた。

光とともに、レイの手に霊神人剣が現れる。彼はそれを床に描かれていた魔法陣に突き刺した。

「――《転生《シリカ》》」

魔法陣から漏れる温かな光に、オルドフの体が包まれていく。

「すべての根源は、生誕から――」

生誕神ウェンゼルは、紺碧《こんぺき》の盾を掲げる。

「――その始まりの一滴が、やがて池となり、母なる海となるでしょう。優しい我が子、起きてちょうだい。生誕命盾《せいたんめいじゅん》アヴロヘリアン」

淡い光が、オルドフの体を包み込み、彼女の秩序がその根源にゆっくりと浸透していく。

「生誕後、根源は更なる深化を遂げる――」

手にした杖《つえ》に、黙禱《もくとう》を捧《ささ》げるように深化神ディルフレッドは詠唱する。

「螺旋《らせん》の森に旅人ぞ知る……この葉は深き迷いと浅き悟り……。底知れぬ、底知れぬ、貴君は未《いま》だ底知れぬ。螺旋《らせん》の旅人永久《とこしえ》に、沈みゆくは思考の果てか。ついぞ及ばぬ、迷宮然り。深化《しんか》考杖《こうじょう》ボストゥム」

オルドフの左胸に、赤い木の葉が出現する。

それが体の隅々にまで、深化神の秩序を送り込んでいった。

「深化後、根源は老い、やがて終焉を迎える――」

枯焉刀《こえんとう》グゼラミの鳴き声が、不気味に響く。

「あがけどもあがけども、うぬらが築くは砂上の楼閣」

砂塵《さじん》が周囲に渦を巻く。蜃気楼《しんきろう》のように薄《うす》らと見えるのは、巨大な砂の楼閣だった。

「グゼラミの一鳴きに、すべては崩れ、枯れ落ちる」

さらさらとオルドフの体が砂となり風に流されていく。

「歌おう。詠《うた》おう。ああ、謡《うた》おう。それはそれは風のように、ときに青天の霹靂《へきれき》のように。転《てん》変神笛《へんしんてき》イディードロエンド」

ギェテナロスの笛から、死者を送る鎮魂歌が聞こえ始める。

光り輝くオルドフが浮かび上がり、魔弾に干渉をせぬよう、静かに、そしてゆっくりと終焉から転変へ向かっていく。

深化神ディルフレッドは、その根源をしばし見つめていた。

「――転生まで、約二日」

ぽつり、と彼は言う。

「順当にいくならば、終焉が転変に変わるその境にて、オルドフの根源は最後の輝きを放つ。あるいは、言葉を交わすことも可能となる」

張り詰めていた緊張が和らぎ、安堵《あんど》のため息が漏れる。バルツァロンドの部下たちが、表情を明るくし、うなずき合っていた。

「深く感謝を」

そう口にして、バルツァロンドは自らの剣を、床に突き刺す。

「このバルツァロンド、貴公らの恩に報いることをこの剣に誓おう」

彼は身を翻《ひるがえ》し、制服につけた五本剣の勲章をレイに見せた。

「私亡《な》き後、このハインリエル勲章を回収してくれ。貴公に私のすべてを譲る《聖遺言《バセラム》》を遺《のこ》す」

レイは彼の顔を見つめた。

覚悟を決めた、そんな表情であった。

「それは……縁起でもない話だね」

「最早《もはや》、生きて帰れる保証はない」

くるりと踵《きびす》を返《かえ》し、バルツァロンドは自ら乗ってきた銀水船へ向かう。

狩猟貴族たちが、すでにその前に整列している。立ち止まり、バルツァロンドは従者たちとまっすぐ向き合った。

「私は行かねばならない」

大きな声で、堂々とバルツァロンドは告げる。

「我が父、先王オルドフの名誉のために」

一人一人の顔を見て、彼は従者たちに語りかける。

「災淵《さいえん》世界イーヴェゼイノは加速し、今にも我らが世界に突っ込まんばかりだ。ハイフォリアはそれを阻止すべく、全軍を上げて迎え撃つだろう。だが──今、ここで災人を討つわけにはいかない」

誇りを持って、バルツァロンドは宣言した。

「無論、ハイフォリアを滅ぼすわけにもいかない。父の目指した真の虹路《こうろ》のため、私は災人イザークと聖王レブラハルドを止めなければならない。この命に替えようとも」

狩猟貴族たちは、事情を知らされていない。だが、それでも彼らは皆真剣な面持ちで、主の言葉に耳を傾けていた。

「先王オルドフの真意を知らば、多くの味方が立つだろう。だが、それは父の誇りにかけ決してできはしない。偉大なる父は義理を果たし、それを最期《さいご》まで、限られた人物にしか明かさなかった。私は守らなければならない」

重たい言葉が、室内を木霊《こだま》する。

「孤立無援の戦いだ。勝機は万に一つもありはしない。そして──」

バルツァロンドが魔力を発すれば、そこに虹路《こうろ》が現れた。だが、その道は彼が向いている銀水船ではなく、オルドフのもとへ続いている。

「虹路《こうろ》は、父を看取《みと》るように告げている。聖王への反逆が、正しき道であるはずもない。だが、

「それでも」

歯を食いしばり、理性を振り切るように彼は心から訴えた。

「私は行かねばならないのだ。聖剣世界ハイフォリアが、正義はなしと示そうとも。私だけは先王の歩んだ道を継がなければ、生まれ変わった父にとても顔向けできはしない」

整列する従者たちへ、バルツァロンドは言う。

「お前たちはここに残れ。正道を逸《そ》れた狩猟貴族に、もはや爵位はない」

一瞬、従者たちは驚きの表情を浮かべた。

「バルツァロンド隊は、本日をもって解散する！　これが最後の命令だ。伯爵のバルツァロンドという馬鹿な男がいたのだと、後世のハイフォリアに語り継げ！」

バルツァロンドは従者たちが整列する間を抜けて、一人、銀水船へ歩いていく。

その瞳に、死をも恐れぬ覚悟を秘め。

その胸には、父から受け継いだ誇りを抱き。

彼は、死地へと向かう。

だが――乗れなかった。

「む……これは……？」

バルツァロンドは、銀水船に魔力を送っている。

だが、まるで反応しない。どうやらタラップの下げ方がわからぬ様子だ。

「くくっ」

と、従者の一人が笑った。

「いけませんね。うちの伯爵様はタラップ一つ下ろせない」

「ああ、本当に放っておけない御方だ」

狩猟貴族が魔法陣を描けば、途端に船からタラップが下りてきて、乗船するための魔法障壁が開かれた。

「助か――」

バルツァロンドが返事をするより先に、従者たちが次々とタラップを上っていく。虚を衝《つ》かれたか、バルツァロンドはその様子を呆然《ぼうぜん》と見上げた。

「……ま、待て待てっ！」

数秒後、思わずといった風に彼は大声を上げた。

だが、彼らは止まらない。

「ええい、待てと言っているだろうにっ！　お前たち、どういうつもりだっ？　ここに残れと命じたはずだっ！」

「申し訳ございませんが、バルツァロンド卿《きょう》。その命令は聞けません」

振り向いた狩猟貴族が、はっきりと言った。

彼の従者の誰一人として、船に乗ろうとしない者はいない。いつもと変わらぬとばかりに、狩猟貴族たちは続々と乗船していく。

「あんたは一人も見捨てなかった。敵があの二律僭主《にりつせんしゅ》でも」

「誇り高き伯爵の従者である我々に、主《あるじ》を見捨てるような真似《まね》をしろとおっしゃるのですか？」

「大体、一人じゃ船を動かせないでしょう。バルツァロンド卿《きょう》は」

バルツァロンドが、部下たちを見上げる。

皆覚悟が決まったような顔で、視線を向けていた。

バルツァロンドは俯《うつむ》き、絞り出したかのような声で言った。

「……すまん。私のために死んでくれ……」

部下たちは僅かに笑った。

「この船に乗ったときから、いつかこんな日が来ると思ってましたよ」

「行きましょう。急がなければ、狩りが始まってしまいます」

うなずき、バルツァロンドはタラップを上がった。

そうして堂々と言った。

「船を出せっ！　イーヴェゼイノとハイフォリアの争いを止めるっ!!」

「「「了解っ！！！」」」

彼らの気持ちに呼応するよう、銀水船は勢いよくミリティアの空に飛び上がった。

§37.【食い込む牙】

災淵《さいえん》世界イーヴェゼイノ――領海。
唸《うな》り声が聞こえた。

獰猛《どうもう》で、狂気に満ち、腹を空かせている。何十匹もの幻獣たちが、銀海を飛び抜け、ハイフオリアの船団に襲いかかっていた。

餌食《えじき》霊杯を食らわんとばかりに無数の雄叫《おたけ》びが木霊《こだま》し、銀海が荒れ狂う。

「「《聖狩場《ラーゼ》》」」

銀水船の前方に魔法陣が描かれ、輝く暴風が銀の海をかき混ぜる。その聖なる風は、獣の視界を遮り、聴覚をかき乱した。

「「《聖砲十字覇弾《ラエル・フエノン》》!!」」

銀水船の砲門が開き、魔法陣が描かれる。

そこから、聖なる十字の砲弾が発射された。数十隻の船による一斉射撃は、みるみる幻獣たちを呑《の》み込み、その幻体を削る。実体なき獣とて、狩猟貴族たちはその天敵。彼らの魔法攻撃は渇望《かつぼう》さえも抉《えぐ》っていく。

「構え。後方の災亀へ狙いを集中」

ガルンゼスト叡爵《えいしやく》が、船団に《思念通信《リークス》》を発する。銀水船ネフェウスの甲板にいる狩猟貴族たちが、聖なる弓に矢を番《つが》えた。

「放ちなさい」

雨あられの如《ごと》く、聖なる矢が飛来し、災亀が張り巡らせた魔法障壁に次々と突き刺さる。

すぐさま反撃とばかりに、災亀の周囲にいくつもの魔法陣が浮かぶ。

そこから、巨大な岩石が撃ち放たれた。

魔法砲撃と矢により、その岩石を砕いていくが、勢いは衰えず、それは無数の破片となりてハイフォリアの船団に降り注いだ。

　魔法障壁は貫かれ、いくつもの破片が船体に突き刺さる。

「砲撃被弾。損傷軽微！　ガルンゼスト卿《きょう》、災亀のダメージは確認できませんっ！　やはり、奴《やつ》らの領海では……！」

「いいえ。これでよいのです。獣を釣り出すのが私どもの使命。その牙が届くと思えば、どこまでも追ってくるでしょう」

　動じることなくガルンゼストは言った。

「距離を保ちつつ後退。矢弾《やだま》を絶やしてはいけません。しかし、実体なき幻獣は極力狩らぬように。できるだけ多くの獣を狩り場へ誘い込みます」

「了――がっ……⁉」

　返事をしようとした狩猟貴族が、吐血する。

　その土手っ腹を、鋭い日傘の先端が貫いていた。

「誘い込む？」

　日傘が抜かれ、狩猟貴族がその場に崩れ落ちる。銀水船ネフェウスに単身乗り込んできたのは、滅びの獅子《しし》――コーストリア・アーツェノンだ。

　船体に突き刺さった岩石に、自らと相似の品を忍ばせていた。《災禍相似入替《バシュユッツ》》を使い、入れ替わったのである。

「そんな安い手に引っかかると思わないで」

　コーストリアは日傘を開く。

傘自体が魔法陣と化し、六本の親骨を通じ、その先端に黒緑の魔弾が作られた。

「《災淵黒獄反撥魔弾《レイル・フリーエル》》」

勢いよく日傘が回転し、六発の魔弾が四方八方へ発射された。

放たれた砲撃が、周囲に陣取っていた数隻の銀水船を襲う。

避けきれず、魔法障壁にて防いだが、《災淵黒獄反撥魔弾《レイル・フリーエル》》は威力を増幅させて反射し、別の船を襲う。

密集していては避けきれないため、船団は互いに大きく距離を取っていく。

再びコーストリアは日傘に魔法陣を描いた。

「アーツェノンの滅びの獅子《しし》め！」

「一匹で乗り込んできたことを後悔するがいい！」

周囲の狩猟貴族たちが一斉に矢を構え、あるいは聖剣を抜き放った。

「あっそ」

くるくると日傘を回転させ、コーストリアは《災淵黒獄反撥魔弾《レイル・フリーエル》》を乱れ撃つ。

聖剣を手に突進した狩猟貴族も、放たれた聖なる矢も、その射手も、黒緑の魔弾を受けて弾《はじ》け飛んだ。

しかし、コーストリアの狙いは彼らではない。船体にて乱反射した無数の魔弾は、弾《はじ》け飛んだ狩猟貴族たちに再び衝突し、その軌道を変えた。

「死んじゃえ。狩人《かりゅうど》」

敵の位置から、弾《はじ》け飛ぶ場所まで、すべて計算尽くだったのだろう。一六個もの魔弾が魔力を増幅させ、一斉にガルンゼスト叡爵《えいしゃく》に襲いかかる。

その刹那――

「《聖覇護道《ヘミオス》》」

ガルンゼストの周囲に無数の魔法線が広がった。それはあたかも光の道だ。そこを辿《たど》るかのように、彼の聖剣が抜き放たれる。

一六の斬撃音が一度に響き、弾《はじ》き返《かえ》された《災淵黒獄反撥魔弾《レイル・フリーエル》》は船に当たって反射し、互いに衝突して相殺《そうさい》された。

そして、その頃には、叡爵《えいしゃく》はすでにコーストリアの目前に踏み込んでいた。

「守護《しゅご》剣《けん》、秘《ひ》奥《おう》が弐――」

向かってくるガルンゼストの額を狙い、コーストリアが閉じた日傘をまっすぐ突き出す。

動きを先読みしていたのか、叡爵《えいしゃく》の剣よりも、彼女の方が早い。

「――《延《えん》》」

ガルンゼストの聖剣が鈍く輝くと、コーストリアの日傘ががくんと減速した。

額を狙ったその先端は遅々として動かず、遅れて振るったガルンゼストの刃が先にコーストリアの首を薙《な》ぐ。

間一髪で後退したコーストリアの首筋から、血が溢《あふ》れ出《で》た。追撃とばかりに大きく一歩を踏み込んだガルンゼストは、視界の端に両足のない人形を捉えた。

「《災禍相似入替《バシユッツ》》」

コーストリアの魔法と同時に、女の声が響いた。

「──執着の渇望《かつぼう》から生まれた、必中のチャクラム。獲物に当たるまで、絶対に止まることはないわ」

人形と入れ替えられたのは、もう一人の滅びの獅子《しし》、ナーガ・アーツェノン。

車椅子に乗った彼女は、黒いチャクラムを射出する。背後から迫ったそれを、振り向きもせず、ガルンゼストは弾《はじ》き返《かえ》した。

「《災炎業火灼熱砲《ジオル・ベズグム》》」

コーストリアとナーガが黒緑の火炎を集中し、ガルンゼストに十字砲火を浴びせる。叡爵《えいしゃく》はそれを反魔法で防ぎながら、一瞬の隙をつき、魔力を無にした。

「秘奥《ひおう》が弐──《延《えん》》」

守護剣が鈍く輝き、高速で放たれた《災炎業火灼熱砲《ジオル・ベズグム》》ががくんと減速した。ナーガは魔眼を光らせ、その深淵《しんえん》を即座に見抜く。

「秘奥《ひおう》《延《えん》》は、攻撃が届くまでの時間を引き延ばすのね。でも──」

ガルンゼストは十字砲火を回避する。

「次に秘奥《ひおう》を使うまでに時間がかかるんじゃないかしら？」

一度はずれた必中のチャクラムが軌道を変え、ガルンゼストの背後へ迫った。

「守護剣、秘奥《ひおう》が弐──」

叡爵《えいしゃく》の腰には、残り二本の聖剣が下げられている。手を伸ばし、奴《やつ》はもう一本の守護剣を抜く。

「《延《えん》》」

チャクラムが減速し、すかさずガルンゼストはそれを両断した。

間髪を容《い》れず、二方向から放たれた《災炎業火灼熱砲《ジオル・ベズグム》》を、彼は二本の守護剣で迎え撃つ。

「秘奥《ひおう》が壱――」

ガルンゼストが二つの剣先で二つの円を描く。

「《反《はん》》」

その秘奥《ひおう》の力により、《災炎業火灼熱砲《ジオル・ベズグム》》が反射される。

ナーガは反魔法で、コーストリアは日傘を広げて、黒緑の火炎を遮断した。二匹の獅子《しし》に対し、ガルンゼストは視線を配り、二本の守護剣を整然と構える。

「私の剣は、聖王を守護する道。この護道《ごどう》、獣風情《ふぜい》に崩せる道理はございません」

「むかつく奴《やつ》」

コーストリアが日傘を広げ、六個の魔弾をぶら下げる。

「さすがハイフォリア最強の剣士さんね。でも、あたしたちの相手ばかりしていていいのかしら？」

ナーガが言ったそのとき、銀海を泳ぐ何匹もの災亀が口から暗雲を吐き出した。それはみるみる《聖狩場《ラーゼ》》を押し返し、今度は狩人《かりゅうど》たちの視界を奪う。

突如、激しい水音が鳴り響き、銀水がハイフォリアの船団を押し流し始めた。

舵《かじ》が利《き》かぬ中、災亀から飛び出した幻魔族たちの魔法砲撃が降り注ぐ。銀水船ネフェウスの反魔法や魔法障壁が破れ、次々と船体に被弾していく。

「甘く見ないでいただきたい。私の指揮がなくとも、狩猟貴族は獣などに負けることはございません」

叡爵《えいしゃく》が告げるより一瞬早く、ナーガとコーストリアが動き出す。

《災淵黒獄反撥魔弾《レイル・フリーエル》》と必中のチャクラムが同時に放たれた。ガルンゼストはそれを難なく防ぐが、コーストリアは《災淵黒獄反撥魔弾《レイル・フリーエル》》を次々と放ち、ナーガは必中のチャクラムを量産していく。

放っておけば延々と追いかけてくるチャクラムと、反射するごとに魔力を増幅する魔弾。二本の守護剣でも、それらすべてを斬り裂くことはできず、刻一刻とチャクラムと魔弾は増え続けた。

ハイフォリア側には、まだ五聖爵の一人、レッグハイム侯爵がいる。ガルンゼストの指揮がなくとも、幻魔族たちにすぐさまやられてしまうことはなく、統率の取れた撤退を続けていた。

夥《おびただ》しい数の魔弾とチャクラム。滅びの獅子《しし》であるコーストリアとナーガの猛攻を、しかしガルンゼストは見事に防ぎきっていた。

叡爵《えいしゃく》の名に相応《ふさわ》しい剣の冴《さ》え。その鉄壁の防御の前に、彼は未《いま》だかすり傷一つ負ってはいない。

だが、それはコーストリアとナーガもさして変わらない。防戦一方のガルンゼストは攻め手に欠け、彼女らに有効な一撃を入れることができないでいた。

みるみる激しさを増していく戦闘とは裏腹に、両陣営は膠着《こうちゃく》状態に陥っている。互いに隙を窺《うかが》い、致命的な機会を待ち続けているのだろう。

数十分が経過したが状況は変わらず——そのまま数時間、激しい鬩《せめ》ぎ合いが続いた。

そして、そのときはきた。無数の《災淵黒獄反撥魔弾《レイル・フリーエル》》が、無数のチャクラムを乱反射して、ガルンゼストの頭上に降り注ぐ。

「守護剣、秘奥《ひおう》が壱――《反《はん》》」

ガルンゼストは《災淵黒獄反撥魔弾《レイル・フリーエル》》をはね返し、降り注ぐ《災淵黒獄反撥魔弾《レイル・フリーエル》》を相殺《そうさい》していく。

その最中、今度は無数のチャクラムが迫った。

「――秘奥《ひおう》が弐、《延《えん》》」

がくんと減速したチャクラムの隙間をくぐり抜けるとともに、ガルンゼスト叡爵《えいしゃく》はそれらを斬り裂いていく。

周囲のチャクラムがすべて落下していく中、彼の視界の端には、両足のない人形が映った。

ガルンゼストは、はっと魔眼《めめ》を見開く。

「《獅子災淵《アッロ・レーネ》》――」

ナーガの声と同時に、人形と彼女の体が入れ替えられる。

至近距離に現れた彼女は義足を外しており、黒き獅子《しし》の足先で黒水の魔法陣を描いている

――そして、それを蹴り抜く寸前だった。

咄嗟《とっさ》に魔力を無にして、二本の守護剣を盾にするガルンゼスト。

その剣身にナーガの足が触れた。攻撃の到達時間を延長する守護剣秘奥《ひおう》が弐《延《えん》》を使おうとも、すでに足先が触れている以上、避けられはしないだろう。

秘奥《ひおう》が壱《反《はん》》を使うには、剣で円を描かねばならぬ。

「──滅水衝黒渦《アロボロス》」

ナーガが黒き水の魔法陣をまっすぐ蹴り抜き、黒緑の水がどっと溢《あふ》れ出《だ》す。飛沫《ひまつ》が船の甲板をどろりと溶かし、一秒にも満たず、銀水船は水に変わった。

周囲の銀水船は、怒濤《どとう》の如《ごと》く広がっていく黒渦を全速力で回避していく。数隻が呑《の》み込まれ、狩猟貴族たちは必死の形相で脱出した。

「ハイフォリアが見えたからって油断しちゃって。つまんない」

黒水が渦巻く銀海の中、コーストリアが車椅子を持って飛んでくる。彼女の義眼《め》は、間近に迫った銀泡、聖剣世界ハイフォリアを見ている。狩猟貴族らが撤退戦を繰り広げる中、もう目と鼻の先に迫っていたのだ。

「ナーガ姉様があえてここまで来たのがわかんないなんて」

「──守護剣、秘奥《ひおう》が弐・参」

ナーガとコーストリアが、視線を険しくする。

響いたのはガルンゼストの声だ。

「《延堅《えんけん》》」

黒緑の飛沫《ひまつ》が消える。二本の守護剣を十字にし、ガルンゼストは《獅子災淵滅水衝黒渦《アッロ・レーネ・アロボロス》》を受けきっていた。

「コーストリアッ！　下がって！」

「残念ですが──」

完全に警戒を解いていたコーストリアへ、瞬《また》く間《ま》にガルンゼストは迫り、二本の守護剣でその体を貫いた。

「――遅かったですね」

「……こ、の……」

車椅子を捨て、魔法陣から日傘を引き抜くコーストリア。彼女がそれをガルンゼストに振るうも、秘奥《ひおう》が弐《延《えん》》にて減速された。

「ガルンゼスト叡爵《えいしゃく》！」

「よくぞ来ました！」

飛んできた部下の銀水船ネフェウスに、ガルンゼストはコーストリアを貫いたまま飛び込んだ。

「ハイフォリアへ！」

「は！　全速前進！」

ガルンゼストとコーストリアを乗せたまま、銀水船は全速力でハイフォリアへ向かう。

ナーガが追いすがるも、無数の矢が飛来し、その体を貫いた。

「コーストリアッ!!」

「私たち狩猟貴族の勝ちでございます」

確信に満ちた顔で叡爵《えいしゃく》が言い放つ。だが、ナーガは微笑していた。

「あなたは強いけれども素直ね、叡爵《えいしゃく》さん。前にお相手した人は、底意地が悪くて苦労したけれど」

不気味な水音がした。

津波のような、洪水のような、激しい水害を連想させる。

ハイフォリアの領海が荒れ狂っているのだ。まるでここがイーヴェゼイノの領海かの如《ごと》く。

「あたしたちと戦うのに夢中になって、魔眼《め》を離したんじゃないかしらね？　今、イーヴェゼイノはどの辺りにあると思う？」

「…………………まさか…………………」
ド、ドドドド、ドドドドドドドドと爆音が鳴り響く。
叡爵《えいしゃく》の目に映ったのは、暗雲を纏《まと》いし、巨大な銀泡。

勢いよく加速してきたイーヴェゼイノが、戦闘中だった者どもを残らずその世界の内側に呑《の》み込み、まるで獰猛《どうもう》な獣の如《ごと》く、聖剣世界ハイフォリアに突っ込んだ――

§38.【命の理由】

災淵《さいえん》世界イーヴェゼイノが、ぐにゃりと変形した。
それは、あたかも猛獣の頭部が如《ごと》く。獰猛《どうもう》な牙を剝《む》いた銀泡は、聖剣世界ハイフォリアにがっぷりと食らいついた。
青空と曇天が交差して、
虹と雨粒が交わり、
大地と氷床が激突した。

一方的に押しつぶされているのは、ハイフォリアだ。

青空は暗雲に覆われ、虹は雨粒にかき消され、大地を氷河が押しつぶす。災淵《さいえん》世界が、聖剣世界を呑《の》み込んでいく。

みるみる本来の形を失っていくハイフォリアの大地に、しかし、立つ者が二人いた。聖剣を携えた聖王レブラハルド。

そしてハイフォリアが主神、祝聖天主エイフェである。

二人は向かってくる巨大な銀泡――災淵《さいえん》世界を迎え撃つように、その場を一歩たりとも引こうとはしない。

「エイフェ」

「問題なきかな。元首アノスの報《しら》せ通り、災淵《さいえん》世界は渇望《かつぼう》で動いている。これは銀泡同士の衝突ではなく、餌食《えじき》霊杯への捕食行為。なればこそ、聖剣世界が完全に呑《の》み込まれるまで、一昼夜ほどの猶予がある」

祝聖天主エイフェは、背の翼を大きく広げる。虹の光が聖剣世界ハイフォリアを温かく照らし出す。

「ハイフォリアの聖王に防げぬ理由はなき」

エイフェがそう口にするや否《いな》や、レブラハルドは魔法陣を描き、その中心に手を入れる。

引き抜かれたのは、赤白《せきはく》の聖剣だ。

「祝聖礼剣《しゅくせいれいけん》エルドラムエクス」

聖王が名を告げれば、その聖剣から赤白の粒子が溢《あふ》れ出《だ》す。ゆらゆらと漂う神聖なる輝きは、辺り一帯を覆い尽くしていく。

一瞬、彼の魔眼《め》が鋭く光ったかと思えば、祝聖礼剣エルドラムエクスが厳かに天へと掲げられた。空を破り、黒穹《こっきゅう》を貫くほどの聖なる光が立ち上った。

「《破邪聖剣王道神覇《レイボルド・アンジエラム》》」

神々《こうごう》しいまでの光が弾《はじ》けるように膨れ上がった。

レブラハルドは祝聖礼剣をぐるりと回転させる。ハイフォリアの大地と空に、境界線を引くかのように、純白の道が構築された。

直後、そこへ勢いよく災淵《さいえん》世界が食らいつく。かの世界からは、夥《おびただ》しい数の氷河と暗雲が、怒濤《どとう》の如《ごと》くなだれ込んでくる。

だが、通らない。バチバチとけたたましい音を鳴り響かせながら、レブラハルドが構築した純白の道が、氷河、暗雲を阻《はば》んでいた。

銀泡が勢いのまま衝突してきたならば、難しかったやもしれぬ。だが、災淵《さいえん》世界イーヴェゼイノが行ったのは、あくまで餌食霊杯《えじき》に対する捕食行為。物質と物質の衝突とは異なる。

ならば、相応の魔力をもってすれば、幻獣を狩る魔法にて止めることができるのは道理。

《破邪聖剣王道神覇《レイボルド・アンジエラム》》は、ハイフォリアを捕食せんとばかりに迫った災淵《さいえん》世界を阻《はば》む境界を作り出していた。

「祝聖天主エイフェの名のもと、我が聖剣世界に祝福を」

エイフェがそう口にして、自らの権能を発揮する。輝く翼がハイフォリアを祝福し、氷河と暗雲に覆われた世界に、いくつもの純白の虹がかかる。

その光は闇を払い、氷を溶かす。

だが、それでも、聖剣世界ハイフォリアは完全に元に戻りはしなかった。

「──エイフェ。どれだけもっていかれた？」

祝聖天主はその神眼にて、聖剣世界の深淵《しんえん》を覗《のぞ》く。

「ハイフォリアの五分の一が、イーヴェゼイノの五分の一と交わった。されど、一方的に捕食されたわけではなく、互いの秩序は拮抗《きっこう》している」

二つの銀泡は接触しており、今、聖剣世界ハイフォリアと災淵《さいえん》世界イーヴェゼイノは地続きとなっている。

互いに五分の四の領土は平常通り、それぞれの世界の秩序が働く。

残り五分の一。両世界が交わるエリアでは、ハイフォリアとイーヴェゼイノの秩序が、今まさに鬩《せめ》ぎ合っている。

抵抗が僅かでも弱まれば、イーヴェゼイノは更にハイフォリアを呑《の》み込み、秩序のバランスが災淵《さいえん》世界側に傾くだろう。

つまり、レブラハルドの《破邪聖剣王道神覇《レイボルド・アンジエラム》》を止めるため、幻獣や幻魔族が集まってくるはずだ。ハイフォリア側がここを押さえれば、逆に災淵《さいえん》世界を祝福し、イーヴェゼイノの銀泡を奪い取ることもできる。

二つの世界が交わるこの合一エリアは、聖剣世界でも災淵《さいえん》世界でもない。秩序はどちらにも味方せず、己の実力だけが勝敗を決める。

「彼のイーヴェゼイノ行きを止めなかったのは正解だったね」

レブラハルドは遠くを見つめる。

暗雲の中、一隻の銀水船を巡って、狩猟貴族と幻魔族が激しい攻防を繰り広げていた。魔法砲撃が飛び交い、災亀が被弾覚悟で突進していく。渦中《かちゅう》の船に乗っているのは、ガルンゼスト叡爵《えいしゃく》とコーストリアだ。

銀水船ネフェウスは、ハイフォリアの領土へ入ろうと撤退を続けている。

「アーツェノンの滅びの獅子《しし》がこちらの手に落ちれば、災人はその渇望《かつぼう》を抑えきれずにハイフォリア側へ向かってくる。そうなれば、滅ぼすことも不可能ではない」

ナーガの《獅子災淵滅水衝黒渦《アツロ・レーネ・アロボロス》》が放たれる。黒水の渦に呑《の》み込まれ、銀水船ネフェウスがどろりと溶ける。だが、ガルンゼスト叡爵《えいしゃく》は間一髪、そこから脱出していた。

「――だから、アノスは敵に回るかもしれないって言ったのに」

ナーガがぼやきながら、ガルンゼストを追う。

しかし、玉砕覚悟とばかりに何人もの狩猟貴族たちが突っ込んできて彼女の行く手を阻《はば》んだ。敵《かな》わずとも、僅かに時間が稼げればよい。捕らえたコーストリアさえ、ハイフォリア側へ連れ去ってしまえば、それで勝てる。そう信じ、彼らはナーガに向かっていく。

その道は、狩猟貴族の良心、虹路《こうろ》によって彩《いろど》られていた。

味方が決死の覚悟で時間をつなぐ中、ガルンゼスト叡爵《えいしゃく》は、守護剣で串刺しにしたコーストリアを運ぶ。

勢いよく《飛行《フレス》》で暗雲を飛び抜け、そうしてハイフォリアの秩序が及ぶ空域まで一気に離脱した。

「聖王陛下」

「ご苦労だったね、ガルンゼスト卿《きょう》」

地上にいる祝聖天主エイフェ、そして聖王レブラハルドのもとへガルンゼストは、ゆっくりと降下していく。

瞬間、大地が光った。

飛び抜けてきた一隻の銀水船が、レブラハルドとガルンゼストの間を横切っていく。

味方の船のため、彼らはほんの僅かに対処が遅れた。

「…………!?」

ガルンゼストがコーストリアから守護剣を一本抜き、秘奥《ひおう》が弐《延》にて、目前に迫った赤い矢を打ち払う。

銀水船がそのまま空域を離脱していくと、なにかに引っ張られたかのように、守護剣からコーストリアが引き抜かれ、船の方へ飛んでいった。

「なに……!?」

コーストリアには赤い矢が刺さっていた。そこに魔力の糸がつけられていたのだろう。巻き取られるように、コーストリアはやってきた銀水船にさらわれた。

ガルンゼストの魔眼《め›》は、その船尾にいた射手を捉える。

同じ狩猟貴族だ。

だからこそ、ハイフォリアの秩序が及ぶ領域で十全な力を発揮できた。

「バルツァロンド卿《きょう》。どういうおつもりですか？　これは、れっきとした反逆行為でございます」

ガルンゼストは、《思念通信《リークス》》を使う。

「争いをやめるのだ」

「なに？」

バルツァロンドは、《思念通信《リークス》》を飛ばす。

そのエリア一帯へ。

「双方とも争いをやめるのだっ!!」

彼の声が大きく響き渡った。

魔力の糸に引っ張られたコーストリアは、バルツァロンドの船に回収される。

「我が父、先王オルドフの名誉のために。彼が目指した真の虹路《こうろ》のために。我々はここで災人を討つわけにはいかない。ハイフォリアを滅ぼすわけにもいかない！　この道は間違っている！」

その言葉は空《むな》しく、二つの世界の空に呑《の》まれていく。

幻魔族も狩猟貴族も、まるで聞く耳を持たず、戦闘は激化する一方だ。

止まるわけがない。そんなことは、言葉を発したバルツァロンド自身が一番よくわかっているだろう。それでも毅然《きぜん》と彼は己の主張を双方にぶつけた。

「剣を引け。牙を収めよ。さもなくば、このバルツァロンドが相手になろう！」

ドゴォオォッとバルツァロンドの船が揺れる。船底を鎖の盾がぶち破り、それがコーストリアにぐるぐると巻きついた。

「コーストリアを取り返してくれてありがとう、伯爵さん」

接近してくる災亀の上にナーガの姿が見えた。

「お礼に沢山の砲弾をあげるわね」

《災炎業火灼熱砲《ジオル・ベズグム》》が乱射され、ネフェウスの船体に風穴を空けていく。

同時にナーガは鎖の盾を思いきり引く。すると、鎖が巻き付いているコーストリアだけではなく、銀水船も引っ張られる。

コーストリアとつながっている魔力の糸が銀水船にくくりつけられているからだ。

「ぬうっ⁉　全速後退っ！」

「りょ、了解っ！」

綱引きをするように、ナーガと銀水船はコーストリアを引っ張り合う。だが、滅びの獅子《しし》の膂力《りょりょく》は凄《すさ》まじく、船はみるみるナーガの方へ引き寄せられていく。

「……ちょっと……助け方……！」

矢で貫かれ、鎖を巻きつけられ、双方から引っ張られるコーストリアは、苛立《いらだ》ったように言葉を漏らす。

「我が儘《まま》言わないの。ハイフォリアの住人になりたいの？」

「……それは、嫌……」

「じゃ、我慢しなさい」

一気にナーガが鎖を引けば、銀水船が制御を失い、二つの秩序が交わる合一エリアへ突っ込んだ。

そうはさせまいと、すかさずガルンゼストが飛び込んできて、鎖を真っ二つに切断する。

「させないわ」

ナーガとガルンゼストが同時に、宙に投げ出されたコーストリアのもとへ向かう。彼女の体には鎖が巻かれており、思うように身動きを取ることができない。

「引けっ！」

「「了解！」」

バルツァロンドの指示で魔力の糸が引かれ、コーストリアの体は、再び彼の船に戻っていく。

「撃って！」

「撃ちなさい！」

ナーガとガルンゼストの号令により、ハイフォリアの船とイーヴェゼイノの災亀から、魔法砲撃が降り注ぐ。

両陣営からの容赦ない集中砲火を浴びせられたバルツァロンドの銀水船は、なす術《すべ》もなく、破壊されていく。

「メインマスト被弾……！」

「船体損耗四割を超えました！」

「バルツァロンド卿《きょう》、もうこれ以上はっ！」

炎上しながら落ちていく銀水船へ、ガルンゼストとナーガが迫る。

狙いはバルツァロンドだ。

「虹路《こうろ》を失ったなら、私が引導を渡して差し上げましょう、バルツァロンド卿《きょう》」

「ほんと、争いをやめろなんて、今更どの口が言うのかしらね」

互いに互いを利用せんとする二人は、彼を先に始末し、その上でコーストリアを回収する算段を立てたのだろう。長距離戦ならいざしらず、ここまで接近されては、バルツァロンドの力で、真っ向から凌《しの》ぎきることはできない。

だが、どちらにもコーストリアを渡すわけにはいかなかった。

「来るがいい！　私は先王、オルドフの息子。決して引きはしないっ‼」

彼はとうに死に場所を決めている。勝機がなくとも、その誇りが退くことを許さなかった。

あっという間に迫った滅びの獅子《しし》と、叡爵《えいしゃく》。黒き獅子《しし》の脚とガルンゼストの守護剣が同時に一閃《いっせん》した。

「…………な……………」

驚きの声がこぼれ落ちる。

ガルンゼストのものだ。

その二本の守護剣を、バルツァロンドはかろうじて弓と矢にて受け止めた。

そして、ナーガの黒き獅子《しし》の脚を、白虹《はくこう》の聖剣が防いでいた。

「……霊神人剣……エヴァンスマナ……」

叡爵《えいしゃく》が呟《つぶや》く。

間に割って入ったのは、レイ・グランズドリィ。乗員の少ない魔王列車で、どうにか追いついてきたのだろう。

聖剣を警戒するように、ナーガとガルンゼストは僅かに距離を取った。

船に着地したレイは、バルツァロンドと背中合わせになり、ナーガとガルンゼストに注意を払う。

「レイ……なぜ……?」

背中越しにバルツァロンドは、困惑した表情を浮かべる。両世界を敵に回す死地へ、なぜわざわざ飛び込んできたのか、そう問いたいのだろう。

「きっと、君が正しいからね」

さらりとレイは言った。

「君と、君の父親オルドフが正しいと僕は思った」

「……だが、命をかけてまで手を貸してもらう義理などどこにも……」

「目の前に救えるかもしれない人がいる」

霊神人剣が目映《まばゆ》く輝く。本来の輝きを取り戻したその聖剣は、レイの意思に呼応するように力強い魔力を放つ。

背中越しに、彼は微笑《ほほえ》んだ。

「これを見捨てるなら、命なんてないも同然だ」

§39. 【二人の行く道】

合一エリア。空。

銀水船の船尾にて、レイとバルツァロンドは、眼前の敵を見据えていた。

空に浮かんでいるのは、アーツェノンの滅びの獅子《しし》、ナーガ。一瞬彼女の体がゆらりと動いたかと思えば、真っ向から飛び込んできた。

唸《うな》るような魔力とともに黒き脚が蹴り出される。レイがそれを霊神人剣にて切り払う。僅かに刃が食い込んだが、ナーガはその勢いを殺すように自ら回転し、逆の脚にて鋭い蹴りを放つ。

聖剣の腹にて、レイはその一撃を受け止めた。

「面白いことを言うのね。イーヴェゼイノとハイフォリア、両方を相手にして生きて帰れるつもりなのかしら？」

エヴァンスマナを封じ込めるようにその脚でぐっと押しながら、ナーガは微笑してみせた。

彼女の背後から、必中のチャクラムが八つ、風を切り裂きながら飛んでくる。

予《あらかじ》め投げていたのだろう。

狙いはレイだ。

「エヴァンスマナを研ぎ直したようだけれど、ハイフォリアの住民でもないあなたに、どこまで使いこなせるかしらね」

獅子《しし》の脚から放出される黒き粒子が、まるで生き物のように蠢《うごめ》き、霊神人剣をがっしりと摑《つか》み、レイの動きを封じにかかる。

すかさず必中のチャクラムが、ナーガの背中から弧を描くようにしてレイを襲った。

それを視界に入れながら、静かに彼は息を吐く。

「――ふっ!!」

一閃《いっせん》。白虹《はくこう》が煌《きら》めいたかと思えば、ナーガの片脚が切断されていた。

「…………っ⁉」

体勢を崩し、驚きの表情を向けながら、彼女は落下していく。片脚は再生しようとしているが、霊神人剣がつけた傷だ。そう簡単には治るまい。

返す刀で、レイは霊神人剣を真横に構えた。

「はあぁぁぁぁぁっ‼」

白き虹の如《ごと》き斬撃が、空を斬り裂く。目前に迫った必中のチャクラムすべてが切断され、その後方にいた三匹の災亀が真っ二つになった。

「さすがは、我がハイフォリアの象徴――」

レイの背後から、ガルンゼストの守護剣が襲う。それを弓にて、バルツァロンドが受け止めていた。だが、接近戦では分が悪い。押し返そうとした瞬間、ガルンゼストがその力を利用するように受け流した。

僅かにバランスを崩されたバルツァロンドの土手っ腹を、奴《やつ》の脚が蹴り飛ばした。

「ぐっ……‼」

「――されど、虹路《こうろ》なき霊神人剣は真の力を発揮できかねます」

魔眼を光らせ、ガルンゼスト叡爵《えいしゃく》はレイへと突っ込んだ。

「お返し願いましょうかっ。それは聖王陛下が持つべき剣でございます！」

「残念だけど、それはできない」

純白の光を纏《まと》わせ、レイはガルンゼストへ斬撃を振るう。災亀さえも両断する白虹《はくこう》の刃を、しかし奴《やつ》は二本の守護剣を交差して防いだ。

守護剣の秘奥《ひおう》が参《堅》《けん》。それを二つの剣にて重ねることで、比類なき強固な防護を構築したのだ。

「今度は貴公の後ろががら空きだ。ガルンゼスト卿《きょう》」

放たれたバルツァロンドの赤き矢が、ガルンゼストの背後に迫る。

奴《やつ》はそれを一本の守護剣で弾き落とす。

しかし、双剣の防御が崩れた隙を逃さず、レイはエヴァンスマナを全力で押し込んだ。さすがの叙爵《えいしゃく》とて押さえきれず、ガルンゼストは銀水船の外へ追いやられる。

「はあぁっ!!」

そのままレイはエヴァンスマナを振り下ろす。風を切って、勢いよく落下したガルンゼストは、大地に体を叩《たた》きつけられた。

レイはイーヴェゼイノの災亀と、そして――大地に立つ聖王レブラハルドを睨《にら》む。

「双方ともに兵を引け」

バルツァロンドと同じく、レイはそう《思念通信《リークス》》を飛ばす。

レブラハルドは、《破邪聖剣王道神覇《レイボルド・アンジエラム》》にて境界線を築きながらも、空にいる彼を見上げた。

「――レイ・グランズドリィ、だったかな？」

動揺することなく、落ち着いた声で彼は言った。

「君の主張は理解した。だが、少し軽率ではないだろうか？」

地上と空。遠く離れた両者の視線が、静かに交錯する。

「よく考えるといい。それは私が、ミリティアの元首に預けておいた聖剣だ。君が我々に敵対するために使うというのは、なにを意味するか」

理路整然と奴《やつ》は語る。

「ミリティアの元首にも立場というものがある。配下一人の暴走という言い訳は通らないよ。これ以上、我が聖剣世界に攻撃を加えるならば、それは転生世界ミリティアの反意と見なすが、構わないね?」

さらりとレブラハルドはレイを脅した。

自分一人の決断が、故郷の世界をも巻き込むことになるとすれば、尻込みせぬ者はいない。そう思ってのことだろう。

「レイ。君は元首と道を違《たが》えてはいないだろうか?」

その決意を揺さぶるように、レブラハルドは言う。

「元首アノスは災淵《さいえん》世界の捕食行為を止めるために単身イーヴェゼイノへ乗り込んだ。こうして争いは始まってしまった。それが現実だ。夢物語を語るのはけっこうなことだが、そのために世界を危険にさらすことが、君たちの元首が歩む正しき道かな?」

『夢物語?　なにを言っている?』

その声に、レブラハルドが視線を鋭くした。

ここで俺が口を挟むとは思っていなかったのだろう。元首がレイの行動を認めるならば、転生世界ミリティアがイーヴェゼイノとハイフォリアを敵に回したのと同義だ。

まともに考えれば、賢い方法とは言えぬ。

だが、そうでなくてはつかめぬものがある。レイとつながる魔法線を通じて、俺はそこに魔法体の自分を創り出した。

「レイ・グランズドリィは転生世界ミリティアの大勇者。常に俺と肩を並べ、平和へ邁進《まいしん》してきた朋友《ほうゆう》だ」

レブラハルドの視線が、俺の魔法体に突き刺さる。

いや、彼だけではない。

イーヴェゼイノの幻魔族、ハイフォリアの狩猟貴族、そしてバーディルーアの鉄火人。この戦場にいる者たちが、こぞってこちらに視線を向けている。

「我が後ろを、彼が歩むのではない。彼が歩んだ道こそ我が王道。俺が歩む道こそが彼の覇道だ」

戦場一帯に響き渡るように、俺は《思念通信《リークス》》を飛ばす。

「どれだけ遠く離れ、いかな方向へ進もうと、俺と友の歩む道は重なっている」

イーヴェゼイノとハイフォリアへ宣戦布告するように、俺は言った。

「このつまらぬ争いを止めることが、夢物語などと笑うような弱者は、我が配下には一人もおらぬ」

レイは僅かに笑みを見せ、霊神人剣を構える。

「血が欲しくば、かかってくるがよい。災淵《さいえん》世界イーヴェゼイノ、聖剣世界ハイフォリアよ」

両手を広げた魔法体が、陽炎《かげろう》のようにゆらゆらと揺れる。

「我々魔王軍の力を、その頭蓋に刻んでやる」

そう言い残し、俺の魔法体がふっと消える。

すぐさま、レブラハルドが動いた。

「エイフェ」

彼は背後にいるハイフォリアの主神を呼ぶ。

「霊神人剣を封じられるか？」

「今のエヴァンスマナは、よろず工房の魔女ベラミーの鍛えた剣であり、天命霊王ディオナテクの力を宿している。ハイフォリア側に引き寄せ、その力を半減させるのが限界かな」

「それで構わない――」

レブラハルドが《思念通信《リークス》》を送る。

「――ガルンゼスト卿《きょう》」

魔法陣が描かれ、そこにガルンゼスト叡爵《えいしゃく》が転移してきた。

「は」

「イーヴェゼイノの捕食を止めるため私は動けない。霊神人剣をハイフォリアの領土へ落としてくれるか？」

「……一〇分ほどお時間をいただければ」

二つの魔法陣が描かれ、そこにレオウルフ男爵とレッグハイム侯爵が現れる。

「イーヴェゼイノの注意は、エヴァンスマナの使い手に向いている様子。五聖爵三名により、事に当たります」

「任せた」

「それでは――』

素早くガルンゼストたちが、合一エリアに向かって走り出す。

「レオウルフ卿《きょう》、レッグハイム卿《きょう》」

大地を駆けながら、ガルンゼストが空を見上げる。遠くにバルツァロンドの銀水船が浮かんでいた。

「まずはあの船を落とします。レオウルフ卿《きょう》は地上より、レッグハイム卿《きょう》は空より、敵を排除しつつ、エヴァンスマナの使い手をハイフォリア側へ追いやってください」

「「了解」」

レッグハイムとレオウルフが、別方向へ向かった。

ガルンゼスト叡爵《えいしゃく》はその場に立ち止まり、目標であるバルツァロンドの船を見据えた。

銀水船ネフェウスからは、もうもうと煙が立ち上っている。船体は損傷が激しく、修復どころか、消火もままならない状況だ。

奴《やつ》は下げている三本の剣の内、一本を抜き放った。先程まで使っていた守護剣ではない。だが、強大な魔力を秘めている。

その聖剣をゆるりと振りかぶれば、煌《きら》めく光が剣身に集い始める。

「白陽剣《はくようけん》、秘奥《ひおう》が陸《ろく》――」

光はますます膨れ上がり、その熱に周囲の氷河がどろりと溶けた。

「――《爆陽《ばくよう》》」

ガルンゼストが、白陽剣を投擲《とうてき》する。

桁外れの熱を発するそれは、さながら真白な太陽だった。降り注ぐ雨を一瞬にして蒸発させながら、《爆陽《ばくよう》》は銀水船ネフェウスめがけて突っ込んでいく。

そのとき、一筋の剣閃《けんせん》が疾走した。

膨れ上がった真白な太陽が真っ二つに両断され、銀水船に当たることなく、その場で大爆発を起こす。

「む……！」

ガルンゼストが眼光を光らせる。

噴煙と炎が立ち上る中を、歩いてくる一人の男がいた。

その手には、シルク・ミューラーが鍛えし屍焔剣《しえんけん》ガラギューードスが握られている。

「お聞きになりませんでしたか？」

足を止め、その男――シンが静かに口を開いた。

「我が君は、つまらぬ争いを止めろと命ぜられた」

ガラギューードスの剣先をゆるりと向け、彼は告げる。

「暴虐の魔王の決定です。死にたくなければ、剣を捨てて投降なさるといいでしょう」

§40. 【三《み》つ巴《どもえ》の戦い】

空には巨大な災亀の姿――

その甲羅の上に、ナーガ・アーツェノンが座っていた。

切断された黒き獅子《しし》の右脚に、《総魔完全治癒《エイ・シェアル》》を使っているが、一向に治癒する気配はない。霊神人剣につけられた傷のためだ。かの聖剣は、災淵《さいえん》世界の住人――特にアーツェノンの滅びの獅子《しし》には絶大な力を発揮する。

右脚の傷を癒やすには、かなりの時間を要するだろう。

「……銀水序列戦のときは、まだまだ聖剣に振り回されていたけれど、こんなに短期間で成長するものなのね」

ナーガは魔法陣を描き、その中心に手をつっこむ。取り出したのは義足である。回復しない右脚に装着すると、彼女はすっと立ち上がった。

「上昇してちょうだい」

その指示に従い、災亀はゆっくりと上昇を始めた。ナーガは頭上を見上げる。視線の先には、レイが乗ってきた魔王列車があった。

速度は遅く、展開されている反魔法も弱い。乗員がファンユニオンだけのため、その性能を十分に発揮できていないのだ。

「先に、落としやすいところから行こうかしらね」

災亀の周囲に無数の魔法陣が描かれ、魔王列車に狙いを定める。大量の《災炎魔弾《ベズグム》》が発射された。すぐに魔王列車は進路を変えた。

「ジェシカ、回避回避ーっ！」

「絶対無理ぃぃっ!!」

「「きゃあああああああぁぁぁぁっ‼」」

機関室に木霊《こだま》するファンユニオンの悲鳴とともに、《災炎魔弾《ベズグム》》が次々と魔王列車に被弾する。反魔法は瞬《また》く間《ま》に削られていき、車体が激しく振動する。

「だ、弾幕――っ！　撃ち返してーっ！」

「砲撃準備よしっ」

「連射重視で、発射発射ーっ！」

全歯車砲から《断裂欠損歯車《アビス》》を連射し、彼女たちは《災炎魔弾《ベズグム》》を相殺《そうさい》していく。

だが、魔法砲撃に集中するあまり、回避行動が疎《おろそ》かになった魔王列車に、災亀がみるみる近づいてきていた。

甲羅の上にいるナーガは四つの魔法陣を描き、魔王列車の機関室へ狙いを定める。

「《災炎業火灼熱《ジオル・ベズグ》――」

「《深源死殺《ベブズド》》」

優美な声とともに、黒き指先が四つの魔法陣を斬り裂いた。咄嗟《とっさ》に左足で飛《と》び退《の》いたナーガの両腕から、鮮血が溢《あふ》れ出《だ》す。

「あら、《深悪戯神隠《テイテジエーヌ》》によく気がつきましたわ」

彼女の目の前に着地したのは、檳榔子黒《びんろうじぐろ》のドレスを纏《まと》った少女、真体を現したミサである。

素早くナーガはその魔眼にて、彼女の深淵《しんえん》を覗《のぞ》く。

「この間の序列戦では見なかった子ね」

ナーガとミサは魔力を解放しながら対峙《たいじ》する。魔眼を光らせ、互いの一挙手一投足を警戒していた。

「消えていたのは精霊の力かしら？　それにしては不思議ね。あなたの魔力はアノスによく似ているわ」

ふんわりとミサは微笑する。

「なにも不思議なことはありませんわ。だって――」

瞬間、ナーガの視界からミサが消えた。どれだけ魔眼《めを》を凝らしても、彼女にはその存在すら知覚できない。

《深悪戯神隠《テイテジエーヌ》》。

見ている間は存在が消える陰狼《いんろう》ジェンヌルの力を使い、ミサはナーガの背後を取った。

「――わたくしは、暴虐の魔王の伝承にて生まれた精霊ですもの」

その精霊魔法が解除され、彼女の姿が再び現れる。はっと気がつき、ナーガは素早く反転する。しかし、それよりも早く、黒き《深源死殺《ベブズド》》の手が突き出された――

◇

バルツァロンドの銀水船。

鎖の盾で体をがんじがらめにされたコーストリア・アーツェノンの姿があった。《飛行《フレス》》は使えるだろうが、胸には赤い矢が突き刺さっており、その先は魔力の糸で船につながっている。飛び上がってもそれに引きずられることになるだろう。そこから脱出するには、まず魔力の糸と鎖をどうにかせねばなるまい。

彼女は屈辱に奥歯を嚙《か》みしめながら、動かず、じっと耐え忍んでいた。バルツァロンドとレイの警戒が船内から離れるのを待つことにしたようだ。

やがて、ハイフォリアの船とイーヴェゼイノの災亀が、バルツァロンドの船に挟撃を仕掛けた。船は合計で四隻だ。

一斉に魔法砲撃が火を噴いたそのとき、バルツァロンドの注意が外へ向けられ、レイが数メートル、船から離れた。

すかさず、コーストリアは己の魔眼《め》に魔力を集中する。漆黒の眼球が八つ、彼女の周囲に浮かび、魔法陣を描く。

「《災炎業火灼熱砲《ジオル・ベズグム》》」

黒緑の火炎を、魔力の糸に集中する。瞬《またた》く間《ま》にそれは燃え尽き、コーストリアは獅子《しし》の魔眼とともに、《飛行《フレス》》で飛び上がった。だが、まだ鎖の盾で体を縛られたままだ。

「レイッ」

バルツァロンドの声に、二匹の災亀を落としたレイが振り向く。

すでに八つの眼球には魔法陣が描かれていた。それはコーストリア自身を縛りつける鎖に照準を向けている。

「《災炎業火灼熱砲《ジオル・ベズグム》》ッ‼」

溢《あふ》れ出《だ》した黒緑の火炎が彼女を包み込む。それにより、己を拘束する鎖の盾を焼き切るつもりだ。

しかし――

「……なんで……？　なにこれっ⁉」

鎖の盾は健在であり、未《いま》だコーストリアの体を縛りつけている。どこからともなく氷の壁が彼女の周囲に創造され、《災炎業火灼熱砲《ジオル・ベズグム》》を防いだのだ。

「氷の繭」

淡々とした声が響いた。

コーストリアが見たのは、月の如《ごと》き神眼を宿した少女――ミーシャ・ネクロン。彼女は《源《げん》創《そう》の神眼《しんがん》》にて、瞬《また》く間《たま》に氷の壁を創り変え、コーストリアの体を球状の氷で覆っていく。

「このっ……！」

《災炎業火灼熱砲《ジオル・ベズグム》》で氷を溶かそうとするが、次から次へと創造されるため、逃れることができない。

氷の繭は、鎖で縛りつけられたコーストリアの体を更に拘束して、《飛行《フレス》》で逃げられないよう封じた。

滅びの獅子《しし》の切り札である彼女の爪――獅子《しし》傘爪《さんそう》ヴェガルヴを使えば、氷を砕くこともできただろうが、今は鎖に縛られ体が動かせない。

彼女は恨みがましい眼《め》をしながら、内側から氷の繭を燃やし続ける。

「縛られてて助かったわ」

サーシャが空を飛んできて、氷の繭にそっと触れる。

「滅ぼすんならともかく、止めろって言うんだもの。ほんと、うちの魔王さまの無茶ぶりには困ったものよね」

そうぼやきながらも、彼女は好戦的な笑みを浮かべる。すると、ミーシャがなにかに気がついたように視線を鋭くした。

「サーシャ、上っ」

すぐさま、サーシャが空を見上げる。

暗雲が漂う更にその彼方《かなた》、黒穹《こっきゅう》に位置する場所に船があった。

分厚い装甲、長い砲塔が取りつけられた巨大な戦艦だ。

イーヴェゼイノのものでも、ハイフォリアのものでもない。

戦艦につけられているのは炎の紋章。魔弾世界エレネシアの船である。指揮しているのは、恐らく深淵《しんえん》総軍一番隊隊長ギー・アンバレッドだろう。

主砲に魔法陣が展開されたかと思えば、そこに膨大な魔力が集う。青き魔弾がコーストリアめがけて発射された。

「相殺《そうさい》するわっ‼」

《終滅《しゅうめつ》の神眼《しんがん》》にてキッと魔弾を睨《にら》みつけ、黒陽をそこに集中する。だが、破壊神アベルニユーの権能をものともせず、その魔弾は黒き光を貫き、ミーシャが創り出した氷の盾をも破壊し、二人の目前まで押し迫った。

「避けて」

ミーシャが氷に包まれたコーストリアを真横に飛ばし、サーシャはその場から離脱する。

直後、降り注いだ青き魔弾が下方にいた災亀を貫き、大地に馬鹿でかい穴を穿《うが》った。

「《聖砲十字覇弾《ラエル・フエノン》》！」

追撃とばかりに、今度は下方から放たれた十字の砲弾がミーシャとコーストリアを襲い、爆発した。

「ミーシャッ‼」

血相を変えて、サーシャが叫ぶ。

「……大丈夫」

咄嗟《とっさ》にミーシャは氷の盾を創造し、反魔法を張り巡らせていた。しかし、さすがに無傷というわけにはいかず、手から血がぽたぽたとこぼれ落ちる。

「あくまで獣を庇《かば》うか」

その空域に昇ってきたのは、十字の聖剣を手にした狩猟貴族だ。

「貴公らの行いは、ハイフォリアの安全を脅《おびや》かしている」

彼の前には、この聖剣世界における正しき道——虹路《こうろ》が現れる。

正義は我にあり、とばかりに男は言った。

「五聖爵が一人、このレッグハイム侯爵が、天主に代わり誅伐《ちゅうばつ》を下そう」

§41.【理想と現実】

ハイフォリア空域。

バーディルーアの工房船が煙を噴きながら飛んでいた。ハイフォリアの銀水船八隻と隊列を組み、交戦地帯へと向かっている。

船内に描かれた魔法陣には、災淵《さいえん》世界と聖剣世界の交わるところ、合一エリアの状況が映《み》し出されていた。ハイフォリアとイーヴェゼイノ、そしてミリティアの魔王学院が、今まさに三つ巴《どもえ》の激しい戦闘を繰り広げている。

「――しかし、正気の沙汰とは思えないねぇ」

船内の工房にて、バーディルーアの元首ベラミーが言った。

「災淵《さいえん》世界が突っ込んできたんだ。もうここまで来たら止まりゃしないよ。バルツァロンド君も、あんたとこの元首も、どうかしちまったんじゃないかい？」

彼女の大槌《おおづち》が、床に突き刺さっている。破壊された床は再構築され、そこには牢獄《ろうごく》ができていた。

中に閉じ込められているのは、一人の少女と二人の子供。エレオノール、ゼシア、エンネスオーネである。

「なあ、エレオノール」

牢獄《ろうごく》は頑丈だ。反魔法も多重に張り巡らされている。

それでも、エレオノールは、自分たちの力ならば、壊せると理解しているだろう。それをすれば、ただちにベラミーと交戦することになるというのも。

「あんたが悪いとは言わないよ。兵士は上に従うものさ。意に沿わない命令だってごまんとある」

言いながら、ベラミーは牢獄《ろうごく》の前まで歩いていく。

「あたしも歳《とし》でねぇ。自分の膝の上に乗せた子供に大槌《おおづち》を振るうのは忍びない」

彼女はしゃがみ込み、鉄格子《てつごうし》の隙間からゼシアの頭を撫《な》でた。

「ゼシア、あんたはばぁばと戦いたいのかい？」

ゼシアはぶるぶると首を左右に振った。

「……ばぁば、戦う……なしです……」

ベラミーはくしゃっと顔を崩し、笑った。

「安心おし。ばぁばがなんとかしてやろうじゃないか」

そう口にして、彼女はエレオノールへ視線を向ける。

「あんたらは捕虜になった。悪いようにはしないさ。それでいいだろう？」

この牢獄《ろうごく》から出なければ、魔王学院が負けようとも、手厚く扱う。だから、大人しくしていろという意味だろう。

エレオノールは思い詰めた表情を浮かべる。

「……ベラミー。ボクたちは」

言葉を遮るように、ベラミーはすっと立ち上がり、踵《きびす》を返《かえ》す。

「死ぬのは老い先短い老人だけで沢山さ」

そのとき、爆発音が大きく鳴り響き、工房船が揺れた。

ベラミーは《遠隔透視《リムネト》》の魔法陣に魔力を送り、映像を切り替える。周囲を飛んでいた銀水船八隻から黒煙が上がっていた。

次々と銀水船にとりついていくのは、イーヴェゼイノの幻魔族だ。ハイフォリアの秩序が働く場所だというのに、構わず突っ込んできたのだ。

奴《やつ》らはあっという間に船の甲板に乗り込み、船員に襲いかかる。

「放てっ！」

すかさず、狩猟貴族たちは聖なる矢を射《う》って応戦する。秩序の恩恵を受けた無数の矢は、ぐんと加速して幻魔族たちに悉《ことごと》く突き刺さった。

「とどめだ！」

狩猟貴族らが聖剣を抜き放ち、一足飛びに間合いを詰める。幻魔族の腕や足、首を斬り裂いた。

だが、止まらない。

切断された箇所から泥のような液体が溢《あふ》れ、それが代わりの腕や足、首を象《かたど》った。

幻体だ。取り憑《つ》いている幻獣が、幻魔族に力を与えている。いや、それだけではない。

「なんだ、こいつらは……」

「……ギ、ギガガ……！」

どれだけ斬っても、矢で射貫《いぬ》こうとも、幻魔族たちは止まらない。

足がなくなろうと、腕がなくなろうと、その根源と魔力がある限り、奴《やつ》らは獣の如《ごと》く猛進した。言葉を忘れてしまったかのように唸《うな》り声を上げながら狩猟貴族らに飛びかかり、その牙にて食らいついた。

「ぐ、あ、あぁぁあっ……！」

肩を噛《か》みきり、幻魔族はその肉を食《は》む。狩猟貴族はそれを渾身《こんしん》の力で振り払った。

「おのれっ‼ とうとう渇望《かつぼう》に狂ったか！ 獣どもめ！ 理性を捨てては戦に勝てぬぞっ‼」

剣でもなく、魔法でもなく、食《く》らう。

とても最善の攻撃とは思えなかったが、どの幻魔族も次々と狩猟貴族に噛《か》みついていく。

まるで獣がそうするかのように。

幻獣が、餌食霊杯《えじき》に授肉しようとするかのように。渇望《かつぼう》に衝《つ》き動かされ、幻魔族たちはひたすら突っ込んでいく。

「やれやれ。ありゃ、ちぃとまずいねぇ」

その様子を見ていたベラミーが言葉をこぼす。

「いくらハイフォリア側じゃ有利といっても、如何《いかん》せん数が違う。あたしらも出るよ」

声は船内に《思念通信《リークス》》で伝わっているのだろう。

すぐにバーディルーアの鉄火人らが、そこに転移してきた。大槌《おおづち》を担《かつ》いだ鍛冶師は大半が女性、そして老人である。

「一隻ずつ片付ける。油断するんじゃないよ」

「「あいよ、魔女の親方！」」

老鍛冶師らが声を揃《そろ》え、《飛行《フレス》》で飛び上がる。天井に設けられた丸い通路を抜け、工房船の煙突から外へ出ていく。

「ベラミー！」

飛び上がったベラミーを、エレオノールが呼び止める。

「約束通り、イーヴェゼイノとはボクたちが戦うぞ。鉄火人は援護だけしてくれればいいから」

真剣な表情のエレオノールに、ベラミーの呆《あき》れた視線が突き刺さる。

「馬鹿なことを言い出すんじゃないよ」

ため息交じりに、彼女は言う。

「あんたたちミリティアはあの獣どもを殺すなって言うんだろう？　そんな戦い方をしてたら、命がいくつあっても足りやしないね」

「それでも、死ぬのはボクたちだけだ。バーディルーアに迷惑はかけないぞ」

ゼシアとエンネスオーネが大きくうなずく。

「あそこの幻魔族を片付けるまではいいさ。それからどうするんだい？　最前戦では滅びの獅《し》子《し》と五聖爵、魔王学院の幹部連中が派手にやり合ってる。わかってるだろう、エレオノール。あたしは、あんたらを野放しにするわけにはいかないのさ」

ベラミーは《飛行《フレス》》でゆるりと上昇する。

「もし、その牢獄《ろうごく》から一歩でも出たなら、そんときはバーディルーアの元首としてあたしがケリをつけなきゃいけない」

頭の上のゴーグルを魔眼《め》にはめ、彼女は言う。

「大人しくしといておくれよ。あんたらだって元首の馬鹿な理想に付き合わされて、死にたくはないだろう」

ベラミーは勢いよく飛び、煙突をくぐって工房船の外へ出た。

「親方」

鉄火人の一人が、ベラミーのもとへ飛んでくる。

「北側の一隻がやばそうです。まずはあそこから――」

瞬間、ベラミーの視界に、高速で飛来する影が映った。

「お避けっ‼」

その鉄火人が危機を察知するより早く、黒き異形の右腕が脇腹を抉《えぐ》り取《と》る。咄嗟《とっさ》に張った魔法障壁も反魔法も、紙を破るように引き裂かれていた。

「……が……あ……滅、びの………」

「狩人《かりゅうど》の腰巾着風情《ふぜい》が、のこのこ現れおって」

滅びの獅子《しし》、ボボンガ・アーツェノンだ。奴《やつ》はふらりと落下し始めた鉄火人を、足蹴にし、勢いよく大地へ叩《たた》き落《お》とした。

「「「どぅおりゃぁあっ‼」」」

気勢を上げ、三人の鉄火人が大槌《おおづち》をボボンガに打ちつける。小さな城ほどの重量がありそうなその鈍器三つを、しかし、獅子《しし》の右腕は難なく防いでいた。

「なんだ、そのひ弱な攻撃は」

異様に長い漆黒の右腕を振り回し、ボボンガは鉄火人三人を薙《な》ぎ払《はら》う。

「がっ……‼」

「ぐぉっ……‼」

「ごっ……‼」

元々戦闘が不得手な老鍛冶師たちに、アーツェノンの滅びの獅子《しし》を止める力はなく、僅か一撃で地上へ落とされる。

それを見下ろしながら、ボボンガは追撃とばかりに魔法陣を描く。

「魔鋼を打つしか能のない、脆弱《ぜいじゃく》な種族が」

「そうかい？」

声の方向へ振り向いた瞬間、ボボンガは射出された十数個の魔力石炭を全身に叩《たた》きつけられていた。

「ぐ、ぬっ……!!」

ベラミーが手にした魔槌《まつい》を思いきり振り上げる。

「重魔槌《じゅうまつい》、秘奥《ひおう》が壱──」

ボボンガめがけて、その巨大な槌《つち》が振り下ろされる。

「──《打炭錬火《だたんれんか》》」

ダ、ガガガンッと重魔槌《じゅうまつい》はボボンガを叩《たた》きつけながら、同時に魔力石炭を砕いていた。《打炭錬火《だたんれんか》》の力により、十数個の石炭は一気に燃え上がり、超高温の炎が奴《やつ》の体を包み込む。

「あんたの顔は、魔鋼よりも柔そうだけどねぇ」

更に魔法陣から魔力石炭を射出し、ベラミーは《打炭錬火《だたんれんか》》を繰り出す。鈍い音を響かせ、魔力石炭がますます燃える。

炉がないとはいえ、その炎は凄《すさ》まじいまでの高温で、ボボンガの反魔法を突破し、皮膚を焼き、肉を炙《あぶ》っては、骨を焦がす。

その異形の右腕を除いては――

「白輝槌《はっきつい》はどうした？　こんなチャチな槌《つち》で」

ボボンガの右手が重魔槌《じゅうまつい》をつかむ。ミシ、ミシ、と鈍い音が鳴り響く。

「己《おれ》と戦うつもりか、工房の魔女っ！」

ビシィイッと重魔槌《じゅうまつい》が粉々に砕け散る。

「ちっ……！」

ベラミーが魔法陣を描き、新たな大槌《おおづち》を引き抜く。ボボンガはその手にアーツェノンの爪を握っていた。

「馬鹿力だねぇっ！」

ベラミーが大槌《おおづち》を振り下ろす。しかし、その赤い爪はいとも容易《たやす》く柄を切断し、彼女の土手っ腹を貫いた。

「……か、は…………っ！」

そのままの勢いでボボンガはベラミーを押し込んでいき、バーディルーアの工房船にぶつけた。けたたましい音を響かせながら外壁がぶち破られ、内部にまで入ってようやく止まる。

「ふん。この程度か」

「……おや……まあ……」

爪に体を貫かれながらも、ベラミーは薄く笑った。

「……青いねぇ、坊や。もう勝ったつもりかい？　戦いってのはねぇ、相手の根源が消えるまではわからないものさ」

再度、ベラミーは魔法陣を描く。ボボンガが左腕でそれを切り裂くと、背後から、先程柄を切断した大槌《おおづち》が飛んできた。

奴《やつ》は魔法障壁を展開する。

しかし、飛んできた大槌《おおづち》はそれを避け、付近にあった柱を打ち砕いた。瞬間、室内がぐにゃりと変形して、無数の柱がボボンガに向かって突き出される。その先端には、聖剣が埋め込まれていた。

「ふん！」

ボボンガは、異形の右腕を振り回し、迫ってきた柱を砕き、聖剣を打ち払う。

「《災炎業火灼熱砲《ジオル・ベズグム》》」

奴《やつ》が描いた魔法陣から、黒緑の火炎が放たれる。

ベラミーは飛び退《の》き、魔法陣から取り出した大槌《おおづち》で床を砕く。すると、床がぐんと伸びていき、ベラミーはそれに乗って《災炎業火灼熱砲《ジオル・ベズグム》》を避ける。大槌《おおづち》を勢いよく振り上げた。

「ぐぅっ……！」

ベラミーが苦痛に表情をしかめ、大槌《おおづち》がその手からこぼれ落ちる。

足と手に、子災亀が噛《か》みついていた。外壁を破った際に侵入させていたのだろう。見れば、ボボンガの周囲に何匹もの子災亀がいた。

不気味な笑いを見せ、奴《やつ》はアーツェノンの爪を掲げる。すると、そこから赤黒い魔力が溢《あふ》れ出《だ》す。

「獅子《しし》黒爪《こくそう》アンゲルヴ！」

黒き異形の右腕にアーツェノンの爪が宿り、長き漆黒の五爪が生える。それがぐにぃと伸びていき、子災亀に噛《か》みつかれたベラミーへ押し迫った。

「《深聖域羽根結界光《エンネ・イジエリア》》」

無数の羽が舞い降り、それが聖なる結界と化す。

伸びてきた獅子《しし》黒爪は、《深聖域羽根結界光《エンネ・イジエリア》》に阻《はば》まれ、ジジジジと激しい火花を散らした。

ベラミーが目を丸くする。

エレオノールとエンネスオーネ、ゼシアが彼女を守るようにボボンガの前に立ちはだかっていた。

「……エレオノール……」

やりきれない表情で、ベラミーは敵である自らを助けに来た三人を見た。

「馬鹿な理想だって、ボクも思うぞ。きっと、彼に救われなかったら、ボクはずっとそう思ってた。思い込んでた」

ボボンガの黒爪が更に勢いを増す。バチバチと結界を破らんが如《ごと》く、黒き爪が火花を散らす。

それに対抗するように、エレオノールは更に魔力を結界へ注《そそ》ぎ込《こ》んだ。

「ベラミー。ボクたちの世界では、その馬鹿な理想がどんな現実よりも強かったんだ」

§42. 【叡爵《えいしゃく》の剣】

災淵《さいえん》世界と聖剣世界が交わる大地――

魔王の右腕シン・レグリアとガルンゼスト叡爵《えいしゃく》が対峙《たいじ》していた。

「白陽剣ロゼス」

ガルンゼストが手を伸ばせば、白い陽光とともに聖剣が召喚された。

先程、投擲《とうてき》したものを回収したのだ。そうして、ロゼスの剣身を水平にし、検分するように目の高さにまで上げた。

「不可解ですね」

ガルンゼストがぽつりと呟《つぶや》く。

その魔眼《めは》鋭く光り、刃を見据えている。太陽の如《ごと》き輝きを発する聖剣には、僅かに陰りがあった。刃こぼれしているのだ。

「貴公の魔力は多く見積もって深層二一層といったところ。その魔剣が名工の逸品だったとしても、《爆陽《ばくよう》》を防ぐには至りません」

奴《やつ》は聖剣を下ろし、魔眼にてシンの深淵《しんえん》を覗《のぞ》く。白陽剣の秘奥《ひおう》を破ったそのカラクリを、警戒しているのだろう。

「貴公の剣技になにか秘密があるのでしょうか？」

「確かめてみますか？」

静かに言い、シンはゆるりと足を踏み出した。

「その身をもって」

二歩目で一気に加速し、シンは間合いを詰める。下段から、顔面を薙《な》ぐように屍焔剣《しえんけん》ガラギュードスが疾走した。

予備動作のまるでないシンの歩法に一切動じず、ガルンゼストは上段から白陽剣ロゼスを振り下ろす。二つの剣閃《けんせん》が交差し、一方が打ち払われた。

ガルンゼストの白陽剣ロゼスだ。

「……ぬっ！」

素早く剣を返し、シンは屍焔剣《しえんけん》を突き出す。

その刃を凝視しながら、ガルンゼストは見切ってかわす。僅かに体勢が崩れたところに、シンの魔剣が追い打ちをかける。

袈裟《けさ》懸けに、閃光《せんこう》が走った。

「秘奥《ひおう》が参――《堅《けん》》」

振り下ろされたガラギュードスを、ガルンゼストは守護剣の防壁にて受け止める。

だが、刃と衝突した瞬間、屍焔剣《しえんけん》の威力が爆発するように増加し、ガルンゼストの守護剣が押し込まれる。

奴《やつ》は素早く白陽剣ロゼスを手放し、鞘《さや》から守護剣を引き抜いた。鍔迫《つばぜ》り合《あ》いをしている守護剣に、もう一本の守護剣を当て、交差させる。

そのまま奴《やつ》が勢いよく押し返せば、受け流すようにシンは剣を引き、間合いを取った。

静かに睨《にら》み合《あ》う両者。ガルンゼストが片方の聖剣を頭上に、もう片方を胸の前で構える。

「……なるほど。《深撃《ゼルス》》ですか」

察するや否《いな》や、ガルンゼストは瞬時に攻撃へと転じる。躊躇《ちゅうちょ》なく、シンの間合いへ踏み込み、守護剣を振り下ろす。

シンがそれを打ち払うと同時、空いた胴へもう一本の守護剣が突きを繰り出す。しかし、シンは身を捻《ひね》りつつ、屍焔剣《しえんけん》にて受け流す。

左胴。右胴。突き。突き。袈裟《けさ》、左切り上げ。突き。双剣による猛攻を、シンは一本の剣で捌《さば》いていく。ハイフォリア最強の剣士たるガルンゼストの剣は容赦なく、いかにシンとて、まともに一太刀受ければ致命傷になりかねない。

留まることなき剣撃の嵐の真《ま》っ只中《ただなか》、しかし、彼は涼しい顔をして更に一歩を刻んだ。

間合いが縮まり、両者の打ち合いがますます激化する。変幻自在に疾走する守護剣を捌《さば》きに捌《さば》き、双剣が交差した一瞬を見切り、シンは二本の聖剣を同時に打ち払った。

無防備になったガルンゼストへ迫るシン。だが、それは誘いだ。一歩足を引き、奴《やつ》は素早く体勢を立て直すと、突進してくるシンの出鼻を挫《くじ》くように守護剣を突き出した。

シンの体が陽炎《かげろう》のようにブレて、ガルンゼストの前から消える。その歩法にて敵を幻惑し、彼は叡爵《えいしゃく》の後ろを取っていた。

「《聖覇護道《ヘミオス》》」

シンが魔剣を振り下ろせば、そこに《聖覇護道《ヘミオス》》の魔法線が出現する。その線をなぞるかのようにガルンゼストの守護剣が走り、屍焔剣《しえんけん》の威力を受け流す。

反転し、奴《やつ》がもう片方の守護剣を振るえば、シンは後退してかわす。

二人の距離が、剣の間合いから離れた。

じっと叡爵《えいしゃく》が、シンの顔を見つめる。奴《やつ》はゆらりと双剣を下げた。

「私は五聖爵が一人、叡爵《えいしゃく》ガルンゼスト。ハイフォリア一の剣の使い手と自負しております」

戦闘の最中、しかしガルンゼストは丁寧に名乗りを上げた。

「貴公の名とミリティアでの爵位をお聞かせ願えますか？」

「シン・レグリア」

静かに彼は名を告げる。

「爵位はありません。我が君、暴虐の魔王アノス・ヴォルディゴードの右腕とご承知を」

「素晴らしい剣の冴《さ》えにございます、シン殿」

それが狩猟貴族として、強者への作法とばかりにガルンゼストが褒《ほ》め称《たた》える。

「元首アノスが改良した《深撃《ゼルス》》は、火露《ほろ》を触媒とせぬため魔力の消耗が大きいご様子。その欠点を補うため、貴公は斬撃の瞬間にのみ《深撃《ゼルス》》を行使している」

《深撃《ゼルス》》は打撃や剣撃を、より深淵《しんえん》へ至らせる魔法。つまり、必ずしも常時発動する必要はない。シンが行っているのは、まさに刃が触れるそのとき、斬撃の刹那にのみ《深撃《ゼルス》》を発動することだ。そうすることで、魔力の消耗が激しい《深撃《ゼルス》》での打ち合いを可能にしている。

「ならばと攻め手に転じましたが、貴公は私の剣を完全に見切り、《深撃《ゼルス》》の防御にて捌《さば》きりました」

戦闘中、敵は常に動き続ける。斬撃の瞬間のみ《深撃《ゼルス》》を使うといっても、言うは易《やす》し。まして、守勢に回れば尚《なお》のことだ。敵は様々な駆け引きを行い、虚実入り乱れた攻撃を繰り出してくる。

その剣筋、速度、魔力や秩序をすべて見切らなければ、瞬間的な《深撃《ゼルス》》で防ぐことは不可能だ。一瞬でも《深撃《ゼルス》》を行使するタイミングを誤れば、相手の聖剣を受けきれず、死ぬことになるだろう。なおかつ、それを剣戟《けんげき》と連動させなければならない。

《深撃《ゼルス》》に気を取られればガルンゼストの双剣に斬り裂かれ、逆に剣戟《けんげき》に意識を持っていかれれば、今度は力尽くで弾《はじ》き飛《と》ばされる。ただ剣を防ぐよりも遥《はる》かに難しいその業《わざ》を、シンはいとも容易《たやす》くやってのけた。

「聖王陛下の命により、早々に片をつけねばならないところではございますが、聖剣世界の剣士と比較しても、並々ならぬ腕前。どうやら気を急《せ》いて仕留められる獲物ではなさそうです」

ガルンゼストは、二本の聖剣をゆったりと構えた。

「我が護道《ごどう》のすべてをもって、お相手いたしましょう」

叡爵《えいしゃく》から攻め気が消える。

その構えが彷彿《ほうふつ》させるのは、揺らぐことなき巨大な山だ。

これまでは霊神人剣をハイフォリア側へ落とすという命令が最優先だったのだろう。だが、シンを手強《てごわ》しと見た奴《やつ》は、目の前の戦いに全力を注ぐことに意識を切り替えたのだ。

その双剣には一分の隙もない。護道《ごどう》という言葉通り、護身こそが奴《やつ》の剣の真骨頂だと言わんばかりに。

シンが打って出なければ、膠着《こうちゃく》状態に陥る。だが、人員の少ない魔王学院。シンの実力からして、自分を倒し、他の者の援護に回るため、必ず仕掛けてくると睨《にら》んだのだろう。そして事実、シンは迷いもせずに、ガルンゼストの間合いへ歩を進めた。

「《聖覇護道《ヘミオス》》」

ガルンゼストの周囲に無数の魔法線が構築される。

シンが屍焔剣《しえんけん》ガラギュードスを振り下ろす。《深撃《ゼルス》》の一撃を、ガルンゼストは二本の守護剣にて受ける。

刃と刃が衝突した瞬間、シンはくるりと身を反転する。打ち払われた衝撃を利用するかのように身を沈め、叡爵《えいしゃく》の足下をめがけて一閃《いっせん》する。だが、それも守護剣に阻《はば》まれる。

低い姿勢から、今度はガラギュードスの突きがガルンゼストの顎を狙った。

寸前のところで奴《やつ》はそれを回避すると、更に間合いを詰め、肩から体当たりするようにシンを当て身で弾《はじ》き飛《と》ばす。

剣の間合いまで離れた一瞬を見逃さず、左手に屍焔剣《しえんけん》を持ち替えたシンは、ガルンゼストの死角から頭部へ横薙《な》ぎに刃を煌《きら》めかせた。

だが、《聖覇護道《ヘミオス》》の魔法線が走り、そこを通るように守護剣が現れる。ガギィッと音が鳴り響き、見えていないはずの攻撃をガルンゼストは受けきった。

シンが着地し、ゆっくりと消えていくその魔法線に魔眼《め》を向ける。

「……《聖覇護道《ヘミオス》》は、剣の通るべき道を示すようですね」

「その通りです」

二本の守護剣を構え、ガルンゼストはシンを見据える。

「この身を護《まも》るため、《聖覇護道《ヘミオス》》は剣の護道《ごどう》を指し示す。いかなる力、いかなる速さ、そしていかなる駆け引きをも、この正しき道がある限り、私には通じません」

恐らくは、秩序に適《かな》った剣の道筋だろう。

コーストリアとナーガ。アーツェノンの滅びの獅子《しし》二人がかりの攻撃すらも凌《しの》いだ護《まも》りは並大抵のものではない。《聖覇護道《ヘミオス》》を通る刃は、平素よりも速く、鋭く、強い。その上死角はなく、ガルンゼストの技量も相まって、まさに鉄壁と化している。完全に守勢に回った叡爵《えいしゃく》を、崩せる者はそうざらにはいまい。

「正しき剣の道ですか」

シンはまた足を踏み出す。

ゆらりと剣先を揺らしながら、躊躇《ちゅうちょ》なくガルンゼストへ向かっていく。

彼は言った。

「その護道《ごどう》、本当に正しいのか、この千剣にて確かめて差し上げましょう」

§43.【秘奥《ひおう》合一】

両者の距離が近づいていく。

すでにそこはガルンゼストの間合いの内。その剣の技をもってすれば、瞬《まばた》きの間に刃が飛んでくるだろう。しかし奴《やつ》はまだ微動だにしない。

更に一歩、二歩とシンは歩を進めた。その一挙手一投足に魔眼《め》を配りながらも、やはりガルンゼストは先手を取ろうとはしなかった。

シンの足が止まった。

彼は屍焔剣《しえんけん》ガラギュードスをゆるりと上げた。

防御を捨て、攻撃に傾倒した構え。胸から下が隙だらけだ。しかし、叡爵《えいしゃく》はその誘いに乗らず、あくまで二本の守護剣にて守りを固めている。

シンは、ガラギュードスの剣身に魔力を集めていく。

「《聖覇護道《ヘミオス》》は護《まも》りの剣。自ら打って出れば、その道を失うのでしょう」

シンの隙をつこうとすれば、自らにも隙が生じる。それゆえ、間合いの内側で敵がなにをしようとも、待つ以外の選択肢はない。

あえて先手を取らせることが、《聖覇護道《ヘミオス》》の定石とシンは見抜いた。

「おっしゃる通り。しかしながら、攻撃に全精力を注いだ程度のことで、私の護道《ごどう》を崩すことは敵《かな》いません」

「――そうでしょうか？」

踏み込むと同時に、シンは屍焔剣《しえんけん》を振り下ろす。

十分に魔力を乗せた刃は、それを受け流そうとした守護剣に触れた瞬間、《深撃《ゼルス》》によって更に威力を増す。

ミシィ、と鈍い音が響き、同時に守護剣の剣身にガラギュードスが食い込んだ。そのまま守護剣は両断され、屍焔剣《しえんけん》はガルンゼストの肩口へ振り下ろされる。

「──秘奥《ひおう》が弐、《延》」

接触するまでの時間を延長された屍焔剣《しえんけん》を、ガルンゼストはもう一本の守護剣にて打ち払う。

「守護剣、秘奥《ひおう》が肆《し》──」

奴《やつ》は折れた守護剣を突き出す。

シンはその間合いを見切り、僅かに体を下げた。

「《再《さい》》！」

切断された守護剣が復元していき、その刃がシンの脇腹を貫通した。

根源を削られながらも、シンは体で刃を押さえ込み、魔剣を振り上げる。飛《と》び退《の》いたガルンゼストだったが、すぐさま険しい表情を浮かべた。

真後ろの熱気を察知したのだ。

炎が二人の周囲を取り囲み、行く手を阻《はば》んでいた。シンの魔力が無と化し、その根源が魔剣をつかんでいる。

「屍焔剣《しえんけん》、秘奥《ひおう》が壱──」

ガラギュードスに焔《ほのお》が渦巻き、その剣身が赤く燃える。シルク・ミューラーが鍛えたその魔剣は、想像を絶する魔力を放ち、そこに焔《ほのお》の地獄を彷彿《ほうふつ》させた。

「──《焔舞《えんぶ》》」

剣身が焔《ほむら》と化して、舞い踊る。

およそ剣とは思えぬほどに変幻自在に走る屍焔剣《しえんけん》ガラギュードスを、ガルンゼストは二本の守護剣で迎え撃った。

「守護剣秘奥《ひおう》が弐——」

ガラギュードスの《焰舞《えんぶ》》が減速された。

だが、その焰《ほのお》は遅くとも確実にガルンゼストの行く手を阻《はば》む。ゆるりと舞う焰《ほのお》が着実に奴《やつ》を追い詰めていく。

「——参」

守護剣の秘奥《ひおう》が発動しようとするその最中、もう一本の守護剣までもが光り輝き、《焰舞《えんぶ》》を阻《はば》む防壁と化す。

「秘奥《ひおう》合一、《延堅《えんけん》》」

両者の秘奥《ひおう》が衝突し、火の粉が激しく舞い散った。

シンが刃を押し込み、ガルンゼストが守護剣を交差して足を踏ん張る。《焰舞《えんぶ》》は刻一刻と、ガルンゼストの護《まも》りを削《そ》いでいくが、しかし攻めきることができない。

その防壁にはヒビが入っている。押せば粉々に砕け散りそうな状況にもかかわらず、そのまま焰《ほのお》の剣身を防ぎ続けているのだ。

「素晴らしき魔剣、素晴らしき秘奥《ひおう》」

ガルンゼストが薄い笑みを覗《のぞ》かせる。

「されど、剣技においては私に一日の長がありましたね」

焰《ほのお》の如《ごと》く変幻自在の剣身を、ガルンゼストは二本の守護剣にて受け流していく。

「剣の深淵《しんえん》はいと深きもの。冥土の土産になさるがよろしい。こちらが極めた技と、同属性の剣によって初めて成る秘奥《ひおう》の極地——秘奥合一《ひおうごういつ》というものでございます」

唸《うな》りを上げる《焔舞《えんぶ》》が完全に捌《さば》かれ、ガルンゼストの守護剣がシンの胸をぱっくりと裂いた。

――秘奥《ひおう》合一。

《延》は攻撃が届く時間を延長し、《堅》は強固な魔力防壁を構築する。

それらを合一した《延堅》は、攻撃が届く時間のみならず、《堅》が破壊される時間をも延長する。砕けかけた防壁を、ガラギュードスの《焔舞《えんぶ》》が突破できなかったのはそのためだ。

二つの秘奥《ひおう》が融合され、同時に使う以上の効果を発揮している。

「――私と一対一でここまで斬り結んだ者はそうそうおりません。あなたにとどめを刺す前に、一つ聞いておきます」

二本の守護剣を下げて、ガルンゼストはまっすぐ問うた。

「天主の祝福を受け、聖王陛下に仕えてみるつもりはありませんか？」

その眼差《まなざ》しには、一点の曇りもない。シンの剣の腕を買い、本気で誘っているのだろう。

「いいえ」

血まみれの体で、シンはガラギュードスを構えた。

「父との約束すら果たせぬような、腑《ふ》抜《ぬ》けた王に仕えるつもりはありません」

「けっこう」

その回答に、ガルンゼストは真顔で応じた。

「聖王陛下への侮辱、その身をもって贖《あがな》うとよろしい」

そう口にして、奴《やつ》は静かに守護剣を構えた。

やはり打って出る気配はない。手負いのシンにも油断することなく、その護道《ごどう》でもって斬り伏せるつもりなのだろう。

シンは再び前へ出て、魔法陣を描く。

左手で引き抜いたのは流崩剣アルトコルアスタだ。一瞬、奴《やつ》はそれを警戒するように魔眼《め》を向けた。

その機を逃さず、シンはガラギュードスを振るう。

「屍焔剣《しえんけん》、秘奥《ひおう》が弐――」

シンの体から分かれるように、焔《ほのお》の分身が三体出現する。焔体《えんたい》だ。そのどれもが、炎の剣を手にしている。

本体のシンと三体の分身は、ガルンゼストを前後左右から挟み撃ちにした。

「――《焔踊《えんよう》》」

四つの刃が同時にガルンゼストを襲う。

「《聖覇護道《ヘミオス》》」

無数の魔法線が走り、ガルンゼストは身を回転させる。《聖覇護道《ヘミオス》》を辿《たど》るように守護剣が疾走し、円を描いた。

「秘奥《ひおう》合一、《反延《はんえん》》」

《焔踊《えんよう》》の刃が減速し、《反延》に触れた途端に、跳ね返った。

炎の刃は三つの焔体《えんたい》に直撃し、それを滅ぼす。身を低くして避けたシンは、再び屍焔剣《しえんけん》ガラギュードスを突き出した。

「屍焔剣《しえんけん》、秘奥《ひおう》が壱――」

「何度試そうとも、同じことでございます」

屍焔剣《しえんけん》から焔《ほのお》が渦巻き、二本の守護剣は同時に秘奥《ひおう》を放つ。変幻自在になる焔《ほのお》の刃を、頑強な《延堅》が受け止めた。

秘奥《ひおう》と秘奥《ひおう》合一の鍔迫《つばぜ》り合《あ》いの最中、シンは左手の流崩剣アルトコルアスタを振り上げる。

「流崩剣、秘奥《ひおう》が壱――」

「《聖覇護道《ヘミオス》》」

ガルンゼストの周囲に再び無数の魔法線が走った。

護《まも》るための剣の道。

それは流崩剣を阻《はば》む道を指し示すことはなかった。だが、ガルンゼストは焦《あせ》りもしない。

「やはり、浅層世界の魔剣ですか」

浅層世界の流崩剣では深手にならぬと判断したか、ガルンゼストはそれを完全に無視し、ガラギュードスを受け流すことに集中した。

肉を切らせて骨を断つ。流崩剣を体で受け止め、シンの根源を斬り裂くつもりだろう。

だが――

「流崩屍焔《りゅうほうしえん》、秘奥《ひおう》合一」

ガルンゼストが目を見開く。

未《いま》だ《聖覇護道《ヘミオス》》はそれを防ごうとはしていない。だが、彼の全身が総毛立った。

「――《焔舞波紋《えんぶはもん》》」

ガルンゼストの前に薄い水鏡が現れる。水滴が落ち、そこに三つの波紋が立てられる。直後、剣身が焰《ほのお》のようにうねり、水鏡を焼き斬った。

ボォッとガルンゼストの手元が燃え、ボロボロと守護剣が崩れ落ちる。それは瞬《また》く間《ま》に灰に変わった。

根源を焼き滅ぼされたその聖剣は、最早《もはや》再生することもできない。いや、仮にできたとしても、その力は奴《やつ》に残っていないだろう。

「……ま……………」

ぐらりとガルンゼストの体が傾き、前のめりに倒れる。《焰舞波紋《えんぶはもん》》によって、彼の根源はズタズタに斬り裂かれ、なおも燃え続けている。

「……まさ、か……異属性の……秘奥《ひおう》合一…………」

地面に体を打ちつけ、信じられないといった表情でガルンゼストは、《焰舞波紋《えんぶはもん》》の残滓《ざんし》を見つめる。

「…………できる、はずが…………」

「あなたの護道《ごどう》には、まだ足りないものがあったようです」

シンは流崩剣を収納魔法陣に収め、代わりに宝剣エイルアロウを抜き放つ。

「ハイフォリアの進む道もまた、それと同じかもしれません」

剣閃《けんせん》が五芒星《ごぼうせい》を描き、ガルンゼストが宝石の中に封じ込められた。

§44．【魔女の武器】

バーディルーア工房船内部。

長く伸びた、赤黒い五本の爪――獅子黒爪《ししこくそう》アンゲルヴをエレオノールの結界が受け止めていた。ボボンガの魔力は凄《すさ》まじく、ミシミシと《深聖域羽根結界光《エンネ・イジェリア》》が軋《きし》む音が聞こえる。

奴《やつ》がぐっと力を入れれば、更に亀裂が入る。いつ突破されてもおかしくはない。

「今だけでいい――」

エレオノールは、背後のベラミーに語りかける。

ボボンガが空けたどでかい穴からは、空が見える。銀水船に幻魔族たちがわらわらとたかっており、その物量の前に狩猟貴族たちは防戦一方だ。

船が落ちるのは時間の問題だろう。ハイフォリアの援軍は間に合うまい。このままじゃ、みんなやられちゃうぞ」

「――力を合わせて、滅びの獅子《しし》と幻魔族たちを撃退しよう。このままじゃ、みんなやられちゃうぞ」

「力を合わせるのは簡単だろうねぇ」

皮肉めいた表情でベラミーは言う。

「で、その後はどうするんだい？　あたしたちとあんたらで、おっ始めようってのかい？」

「後なんてないぞ」

結界を突き破ろうとする黒爪を睨《にら》みながら、エレオノールは答えた。

「ボクたちの勇者と、魔王様がそれまでに必ずこの戦争を止めてくれる」

「自分の世界の元首を信じるのはけっこうなことだよ。あたしたちは、みんなそうさ。ハイフォリアは災人を狩れると信じているし、イーヴェゼイノはハイフォリアを食《く》らうつもりだ。そう甘かないよ」

「それでも……」

「なにをごちゃごちゃ喋《しゃべ》っている！」

ボボンガの声とともに赤黒き粒子が渦を巻き、黒爪の魔力が増大した。

「まとめて死ぬがいいわ！　雑魚《ざこ》どもめ！」

アンゲルヴが結界を貫き、《深聖域羽根結界光《エンネ・イジェリア》》は粉々に砕け散った。エレオノール、エンネスオーネ、ベラミーは寸前のところで、黒爪を回避する。

「ベラミー、ボクたちは……！」

「ゼシアは……甘いが……好きです……!!」

丸腰のまま、ゼシアは空を飛び、ボボンガに突っ込んでいく。奴《やつ》はニヤリと笑い、獅子《しし》黒爪アンゲルヴを光らせる。

「およしっ!!」

ベラミーの制止を聞きもせず、ゼシアは更に加速した。

「《災炎業火灼熱砲《ジオル・ベズグム》》」

黒緑の火炎が広範囲にバラまかれる。ゼシアは大きく迂回《うかい》するように飛行してそれを避け、床に着地する。飛び込むようにボボンガへ突撃した。

ベラミーが魔法陣を描き、そこに手を突っ込んだ。

「現実……甘くない……なら……」

拳に魔力を溜《た》め、ゼシアが走る。

「……蜂蜜漬け……です……！」

「ふん」

一瞬の交錯、ボボンガの獅子《しし》黒爪アンゲルヴがゼシアの胸に突き刺さった。

溜飲《りゅういん》を下げるように、ボボンガは笑みを覗《のぞ》かせる。

「ガキめ。楽に死ねると思うな。序列戦で舐《な》め腐った真似《まね》をしてくれた分は倍にして――」

言いかけ、奴《やつ》は視線を険しくする。

ゼシアの胸から光がこぼれる。数本の聖剣が、ボボンガの黒爪を遮っていた。

「舐《な》めて……ません……！」

足で黒爪を蹴飛ばし、跳ね返ったゼシアは床に足をつく。その右手には、緋色《ひいろ》に光り輝く聖剣が握られていた。

浅層世界のものと比べれば、桁外れの魔力を有している。それは鍛冶世界バーディルーアが元首、よろず工房の魔女が鍛えし刃だ。

「まったく、子供には勝てないねぇ」

ため息交じりに、ベラミーが言った。

彼女は間一髪、その聖剣をゼシアに投げ渡したのだ。

「それがどうした？　くたばりぞこないのババアが！」

ボボンガが口を開き、そこに魔法陣を描く。両手で描いた魔法陣とともに、ベラミーとエレオノール、ゼシアめがけて、《災炎業火灼熱砲《ジオル・ベズグム》》を乱れ撃った。

ゼシアが緋色《ひいろ》の聖剣を構えれば、宙には数十本もの聖剣が複製され、舞うように飛んでいく。

「青臭い若造だねぇ。年寄りを舐《な》めるんじゃあないよ」

別方向に放たれた黒緑の火炎が、悉《ことごと》くゼシアの聖剣に切断されていく。

「緋翔煌剣《ひしょうこうけん》エンハレーティア。ボボンガ、あんたに教えてやるよ。鉄火人の本当の力を」

ゼシアが地面を蹴った。

「行き……ます……！」

手にしたエンハレーティアが輝くと、数十本の複製剣がくるくると回転しながら宙を舞い、ボボンガを包囲していく。

かつてゼシアが使っていた光の聖剣エンハーレの場合は、複製された剣を彼女の動作と連動させせることでしかまともに動かせなかった。

だが、ベラミーが鍛え直した緋翔煌剣《ひしょうこうけん》エンハレーティアはそれぞれが意思を持ったかのように飛翔《ひしょう》する。

「それがどうしたと言っている！」

光の複製剣を、ボボンガは獅子《しし》の右腕でつかみ、ぐしゃりと握り潰す。

「残らずひねり潰してくれるわ」

次々と複製剣がボボンガに斬りかかるが、しかしどれもその右腕に阻《はば》まれる。ゼシアはエンハレーティアを握りながらも、動き回り、奴《やつ》の隙を窺《うかが》っていた。

数秒間、戦闘が膠着《こうちゃく》状態に陥ったそのとき、警戒するようにベラミーが魔眼《めを》を光らせた。

外にいる幻魔族たちが、工房船に乗り込もうとしている。

「エレオノール」

魔法陣からベラミーは緋色《ひいろ》の旗を引き抜く。棒の部分は槍《やり》のように長い。

「鎧剣軍旗《がいけんぐんき》ミゼイオン。あんたに合わせた武器さ。深淵《しんえん》を覗《のぞ》けば、使い方は軍旗《ぐんき》が教えてくれる」

差し出されたミゼイオンを、エレオノールは受け取る。

「あんたに渡すのは、分の悪い賭けだがねぇ」

ボボンガを倒せば、ベラミーとエレオノールは完全に敵対関係となる。後々のことを考えれば、武器を渡すのは得策ではあるまい。そのリスクを負って、彼女は賭けに出た。

「絶対、止めてみせるぞっ」

幻魔族の一人が、工房船へ乗り込んできた。そいつは凶暴な爪を伸ばし、ゼシアに背後から迫る。

「いっくぞぉぉーっ！」

振り下ろされた旗が、緋色《ひいろ》の魔法陣を描く。

それが空間を湾曲させ、幻魔族を工房船の外へ吹っ飛ばした。だが、幻魔族たちは次から次へと、どでかく空いた穴から乗り込んでくる。

ざっと見たところ、約二〇。その背後――空には一〇〇を超える数の幻魔族と、五匹の災亀が迫っている。

幻魔族たちは、エレオノールを敵と捉えるや否《いな》や、すぐさま襲いかかってきた。

「エンネちゃん」

「うんっ！」

《根源降誕母胎《エンネスオーネ・エレオノール》》により、一〇〇二三羽《わ》のコウノトリが飛び上がる。エンネスオーネの体が光り輝き、背中の翼がぐんと伸びた。

「《聖体錬成《エリオール》》」

出現した千の聖水球にコウノトリの羽が舞い降り、ゼシアによく似た少女たちが生まれていく。約二〇〇体だ。

「幻魔族たちを撃退するぞ、《疑似紀律人形《ジーナレーナ》》！」

エレオノールは手にした軍旗を大きくはためかせる。

旗が緋色《ひいろ》に輝いたかと思えば、《疑似紀律人形《ジーナレーナ》》の体が同じ色に光っていた。鎧剣軍旗《がいけんぐんき》が生み出したのは、緋色《ひいろ》の聖剣と聖なる鎧《よろい》だ。剣と鎧《よろい》の一つ一つが、他の剣と鎧《よろい》に共鳴するように光っていた。

「軍勢鎧剣《ぐんぜいがいけん》ミゼイオリオス。魔力の波長を同調させればさせるほど、同調する数が増えれば増えるほど、力を発揮する剣と鎧《よろい》さ。人形使いにはおあつらえ向きの武装でねぇ」

「やっちゃえ！」

二〇〇体の《疑似紀律人形《ジーナレーナ》》が一斉に幻魔族を強襲した。

無論、個々の力は深層世界の幻魔族らが勝る。しかし、それを差し引いてもなおベラミーが作った軍勢鎧剣《ぐんぜいがいけん》ミゼイオリオスは強力だった。

倒されても魔力がある限り生み出すことのできる《疑似紀律人形《ジーナレーナ》》は、捨て身で幻魔族たちに迫り、ミゼイオリオスの剣によって奴《やつ》らをあっという間に撃退した。

「銀水船の幻魔族も追い払うぞ」

《聖体錬成《エリオール》》により、更に《疑似紀律人形《ジーナレーナ》》を生み出しながら、エレオノールは彼女たちを銀水船に向かわせた。

合計一〇〇〇体。それだけの数がいれば、このエリアの戦局は覆《くつがえ》せるだろう。

問題は――

「ふん」

ボボンガが黒き指爪に魔力を集める。エンハレーティアの複製剣が次々と奴《やつ》の体に突き刺さっているが、黒緑の血がそれを腐食させ、まるで意に介さない。

「調子に乗るなよ、雑魚《ざこ》どもが」

赤黒き魔力が集中し、それが魔法陣を描く。

工房船ががたがたと揺れ、天井の破片が降り注いだ。《極獄界滅灰燼魔砲《エギル・グローネ・アングドロア》》級の魔力が解き放たれようとしていた。

「ゼシアッ、あれは撃たせちゃだめだぞっ！」

鎧剣軍旗《がいけんぐんき》ミゼイオンを振り下ろし、エレオノールが魔法陣を描く。《根源降誕母胎《エンネスオーネ・エレオノール》》の魔力をかき集めた。

「《聖域羽根織光砲《エンネ・トライアス》》！」

コウノトリの羽が舞い、光の砲弾が撃ち放たれる。それがボボンガの土手っ腹に直撃したが、やはり黒緑の血がそれを腐食させた。

ダメージがないわけではない。だが、奴《やつ》は防御を捨てて、その大魔法を行使することに専念している。

「させま……せんっ！」

ゼシアが飛び込み、複製剣で次々とボボンガを串刺しにする。それを目くらましにしながら、彼女は飛び上がり、奴《やつ》の両目に本命のエンハレーティアを一閃《いっせん》した。

だが、寸前のところで身を低くして、ボボンガはそれをかわす。

切断されたのは僅かに髪数本だ。

「髪を切ったからなんだ、このガ――がぶぅっ!!」

死角から飛び降りてきたベラミーが、渾身《こんしん》の力で魔力石炭と魔槌《まつい》を脳天に叩《たた》きつける。

《打炭錬火《だたんれんか》》により、魔力石炭が勢いよく燃え上がり、その炎は傷口を通して、奴《やつ》の根源を焦がしていく。だが、それでも奴《やつ》は倒れず、血を流しながらも不気味に笑う。

その黒爪には、完成した魔法陣があった。魔力が荒れ狂い、赤黒き粒子がどっと溢《あふ》れ出《だ》す。

「《獅子災淵追滅壊黒球《ベセラ・エヌド・アンゼオス》》」

滅びの魔法が撃ち放たれた。

§45.【切り札の人形】

「ゼシアッ！　飛んでっ！」

エレオノールの言葉と同時に、ゼシアは《飛行《フレス》》で飛び上がった。一直線に飛来した滅びの黒球は狙いを外すも、まるで彼女を追尾するかのようにかくんと曲がった。

エレオノールが素早く魔法陣を描く。

「《深聖域羽根結界光《エンネ・イジェリア》》！」

コウノトリの羽が舞い、魔を阻《はば》む聖なる結界がゼシアの壁となる。だが、ボボンガが放った《獅子災淵追滅壊黒球《ベゼラ・エヌド・アンゼオス》》は、その結界をバキバキと破壊し、なおもゼシアに押し迫った。逃げ続けるゼシアに、ボボンガは異形の右腕を大きく振り上げ、黒爪を伸ばそうとする。

「ふん。逃げられると思ったか」

「よそ見してんじゃないよ」

ドドドドッと魔力石炭をボボンガの体に撃ち込み、ベラミーは大きく魔槌《まつい》を振りかぶった。

「──《打炭錬火《だたんれんか》》!!」

炎がボボンガを包み込み、その身を焦がす。だが、奴《やつ》は怯《ひる》まない。

「邪魔だっ！」

異形の右腕がしなるように、横薙《な》ぎに振るわれる。飛《と》び退《の》いてベラミーがそれをかわせば、援護射撃とばかりに、エレオノールの《聖域羽根熾光砲《エンネ・トライアス》》が降り注ぐ。

そのすべてに被弾しながらも、ボボンガは力尽くで獅子《しし》黒爪を伸ばす。

「重魔槌《じゅうまつい》、秘奥《ひおう》が肆《し》――」

ズン、とベラミーの足が床にめり込む。その魔槌《まつい》の重量が急激に増幅していく。

「重打練剣《じゅうだれんけん》っ‼」

黒爪に、魔槌《まつい》が振り下ろされ、床に叩《たた》きつけられた。

「ぬ、ぐっ……！」

ボボンガが右腕を持ち上げようと力を入れる。だが、魔槌《まつい》に押さえつけられた黒爪は、途方もない重量の重しを乗せられているかのように、ぴくりとも動かせない。

「右腕を切り離しちまいなっ、エレオノール！」

「《疑似紀律人形《ジーナレーナ》》ッ！」

四体の《疑似紀律人形《ジーナレーナ》》が生み出され、軍勢鎧剣《ぐんぜいがいけん》ミゼイオリオスで武装される。

「いっけぇっ！」

上方からまっすぐおりてきたその人形たちは、ミゼイオリオスの剣をボボンガの肩口めがけて振り下ろす。

奴《やつ》は左腕で迎え撃った。

「人形風情《ふぜい》がっ！」

鮮血が散った。

二体の《疑似紀律人形《ジーナレーナ》》が吹っ飛ばされ、二本の剣がボボンガの肩にめり込んだ。肉を斬り裂き、骨まで刃が達しているが、まだ切断にはいたらない。

「雑魚《ざこ》どもが！」

ガタガタと振動が響き、重魔槌《じゅうまつい》に押さえつけられているはずの右腕が僅かに動いた。ベラミーが険しい表情をしながら、魔力と膂力《りょりょく》を振り絞り、押さえつけようとする。次の瞬間、重魔槌《じゅうまつい》が粉々に砕け散った。

ボボンガは全身を回転させ、とりついていた二体の《疑似紀律人形《ジーナレーナ》》を弾《はじ》き飛《と》ばす。

「お前からだ、ガキ！　序列戦の借りを返してくれるわっ！」

異様なまでの執着心で、ボボンガは上空のゼシアを睨《にら》む。彼女は《獅子災淵追滅壊黒球《ベセラ・エヌド・アンゼオス》》を避け続けている。反魔法をどれだけ破壊し、何度避けられようとも、その黒球はどこまでも執《しつ》拗《よう》に追ってくる。

恐らく目標を滅ぼすまで止まることはあるまい。

全速力で逃げるゼシアの進行方向へ、ボボンガは右腕を突き出す。黒き異形の右腕から、黒爪がぐにぃと伸びてゼシアの脇腹をかすめた。真っ赤な血が、上空から雨のように降り注ぐ。

「ゼシアッ!!」

エレオノールが叫びながら、彼女の救出へ向かう。

同時に、ベラミーはある物をゼシアに向かって投擲《とうてき》した。

「──使いなっ！」

飛んできた物体をゼシアはキャッチする。それは、赤いわら人形だ。禍々《まがまが》しい鋼線が巻き付いていた。

「ボボンガの髪の毛を埋め込んである。そいつに釘《くぎ》を打てば──」

地面に着地したゼシアのもとへ、ボボンガが待っていたと言わんばかりに突っ込んでいく。

頭上からは《獅子災淵追滅壊黒球《ベセラ・エヌド・アンゼオス》》が、エレオノールの張ったいくつもの結界を破壊しながら、降り注いできている。

「逃げられると思うな」

「逃げる……なしです……！」

宙に舞っていた複製剣の一本が五寸釘《ごすんくぎ》へと変化し、ゼシアが手にしていた緋翔煌剣《ひしょうこうけん》エンハレーティアが光とともに、ハンマーへと変わった。

「ゼシアは……戦います……！」

赤いわら人形の肩――右腕の付け根に五寸釘《ごすんくぎ》を刺し、ゼシアは思いきりハンマーを打ちつけた。

「ぎゃああああああああぁぁぁぁぁぁぁぁぁぁっっっ!!」

と、赤いわら人形が、どこかで聞き覚えのある声を上げる。

それと同時だ。

「があぁぁっ……!!」

猛突進を仕掛けていたボボンガの足が止まる。

右腕の付け根から血が溢《あふ》れ出《だ》していた。

「パリントン人形の呪いは効くだろう？　なにせ、元ルツェンドフォルト元首の根源が、材料だから――ねぇっ!!」

すかさず、ベラミーが魔力石炭を魔法陣から射出する。

ボボンガは振り向き、口を大きく開いた。

「かぁぁっ!!」

《災炎業火灼熱砲《ジオル・ベズグム》》が魔力石炭を呑《の》み込み、大爆発が発生する。咄嗟《とっさ》に反魔法を張ったベラミーは、しかし吹き飛ばされた。

「うっぎゃああああああぁぁぁぁぁぁっっっ!!」

再びゼシアがパリントン人形に五寸釘《ごすんくぎ》を打ち込み、ボボンガの腕の付け根から血が溢《あふ》れ出《だ》す。

「ぐ、ぬぅ……それが、どうしたぁぁっ……!!」

奴《やつ》は構わず、負傷した右腕を突き出した。滅びの獅子《しし》の黒爪が伸びる。咄嗟《とっさ》に回避しようとしたゼシアだったが、僅かに遅い。その右胸を容赦なく貫かれた。

「……あっ………!」

赤い血が滲《にじ》む。

黒き爪は彼女の根源に突き刺さっていた。

「捕まえたぞ。もう離さん。終わりだ」

無慈悲な宣告とともに、ボボンガは僅かに頭上を見た。

エレオノールの《深聖域羽根結界光《エンネ・イジェリア》》がすべて砕かれ、《獅子災淵追滅壊黒球《ベセラ・エヌド・アンゼオス》》が降り注ぐ。

黒爪に貫かれたゼシアに、回避する術《すべ》はない。

「ゼシアッ!!」

必死にエレオノールが空を飛ぶが、滅びの黒球には追いつけない。

「……現実……蜂蜜漬け……です……!」

黒爪に縫い止められながらも、ゼシアはハンマーを振り上げる。

だが、《獅子災淵追滅壊黒球《ベセラ・エヌド・アンゼオス》》の方が早い。それは冷たい滅びの気配を漂わせながら、幼い体に猛然と牙を剝《む》いた。

黒き光が弾《はじ》け、船内を闇が覆い尽くす。獅子黒爪《ししこくそう》アンゲルヴで根源を貫かれた上、その滅びの黒球が直撃すれば完全に滅する。

だが、ゼシアは無事だった。

「やれ……やれ…………」

間に飛び込んだベラミーが、その全身を盾にして、《獅子災淵追滅壊黒球《ベセラ・エヌド・アンゼオス》》を受け止めていたのだ。張り巡らせた反魔法という反魔法がいとも容易《たやす》く砕け散り、ベラミーの全身から血が溢《あふ》れ出《だ》す。

直撃した黒球は彼女の体の中で暴れ回り、その根源をグシャグシャに破壊していく。

彼女の滅びは目前だ。

にもかかわらず、ベラミーは不敵に笑った。

「……やっちまいな……」

瞳に闘志を燃やし、ゼシアがハンマーを思いきり振り下ろす。

ありったけの魔力がそこに集中した。

「《深撃《ゼルス》》ッ!!」

五寸釘《ごすんくぎ》がパリントン人形に更に深く突き刺さると、その不気味な悲鳴とともにボボンガの異形の右腕が、付け根から千切れ飛んだ。

「がっ……あ、うがああああああああああああああぁぁぁっ………‼」

宙を舞うエンハレーティアの複製剣が、切り離された右腕とボボンガの体に次々と突き刺さっていく。

「あ……がっ……は………」

ぐらりとボボンガの体が傾き、床に倒れた。

「《深聖域羽根結界光《エンネ・イジェリア》》ッ！」

すかさずエレオノールの結界が、異形の右腕とボボンガを幾重にも取り囲み、両者を隔離した。

ボボンガは動けない。

全身に力を入れ、拘束を振り払おうとしているが、その傷ついた体では結界を破壊することができなかった。

「……おのれぇぇ……！」

斬り離された獅子《しし》の右腕は、それでも動いた。

結界を破ろうと、黒緑の魔力が発せられる。

「……だめ……ですっ……」

ゼシアがパリントン人形に五寸釘《ごすんくぎ》を打ち込むと、異形の右腕が動きを鈍くした。すぐさま、エレオノールが結界を重ねる。

「……お、おの、おの……れ……」

血走った魔眼《まがん》で、ボボンガはゼシアを恨めしそうに睨《にら》む。

その表情は屈辱に染まっていた。

「おのれぇぇぇ……！！　体が……あればぁぁ……完全体で生まれていればぁぁ、貴様なんぞにぃぃっ……！」

「静かに……です……！」

ハンマーが撃ち込まれ、五寸釘《ごすんくぎ》がパリントン人形に突き刺さる。

「がっはぁぁっ……!!」

更に多重にエレオノールの結界が重ねられ、声さえも遮断された。

このままパリントン人形を使い、結界を張り直し続ければ、しばらくは無力化することができるだろう。

「……やれやれ……」

ドスン、とその場に腰を落とし、ベラミーは仰向けに倒れた。

右腕を切り離したことで、《獅子災淵追滅壊黒球《ベセラ・エヌド・アンゼオス》》が消え、かろうじて生き延びることができたのだ。

だが、滅びの獅子《しし》の力で傷つけられた根源はすぐには回復しない。

これ以上の戦闘は不可能だろう。

「……歳《とし》だねぇ……ヤキが回っちまったよ……」

ゼシアに《獅子災淵追滅壊黒球《ベセラ・エヌド・アンゼオス》》が迫ったとき、ボボンガの右腕はもう切り離せる寸前だった。ベラミーの力ならば、単独でもそれが可能だっただろう。

ゼシアを見殺しにしさえすれば。

「……ばぁば……」

とことことゼシアが、ベラミーに駆け寄っていく。

エレオノールはふわりと空からおりてきた。

「……あんたらの勝ちだよ……」

ベラミーが言う。

「だけど、あたしとボボンガをやった程度じゃ、なにも変わりゃしないさ。ただ被害が増えるだけじゃないかねぇ」

「ぜんぶ勝つぞ。滅びの獅子《しし》も五聖爵も、聖王も祝聖天主も災人も、ぜんぶ。ボクたちの仲間が倒す」

こくりとゼシアはうなずき、エンハレーティアを掲げる。

「蜂蜜漬け……です……」

傷ついた体で、彼女は踵《きびす》を返《かえ》す。

外の戦いは、まだ終わっていない。

エレオノールは銀水船の上で戦闘中の《疑似紀律人形《ジーナレーナ》》に視線を向け、鎧剣軍旗《がいけんぐんき》ミゼイオンを掲げた。

「どんな敵が相手だって、ボクたち魔王軍は常勝無敗なんだ」

§46.【天より降る雪】

暗雲と白虹《はくこう》が交差する空――

サーシャとミーシャは、五聖爵が一人、レッグハイム侯爵と対峙《たいじ》していた。

遥《はる》か黒穹《こっきゅう》では、魔弾世界エレネシアの巨大戦艦が、氷の繭に閉じ込めたコーストリアに照準を定めている。

眼前のレッグハイムと黒穹《こっきゅう》の戦艦、ともに動く気配はなく、二人の出方を窺《うかが》うように待ちに徹していた。

「――ミーシャ」

サーシャの声に、ミーシャがこくりとうなずく。

サーシャの瞳には《終滅《しゅうめつ》の神眼《しんがん》》が、ミーシャの瞳には《源創《げんそう》の神眼《しんがん》》が現れ、その魔力が空域を震撼《しんかん》させた。

「《破壊神降臨《アベルニユー》》」

「《創造神顕現《ミリティア》》」

空の彼方《かなた》に出現したのは、闇の日輪と白銀の月。それらがゆっくりと重なり合い、《破滅の太陽》サージエルドナーヴェが欠けていく。

『《魔深流失波濤砲《ベレニツィア・ノイン》》』

黒穹《こっきゅう》。戦艦の主砲に多重の魔法陣が展開される。そこに膨大な魔力が集い、青き粒子が波打った。

主砲の照準が、二人の権能たる月と太陽に向けられる。

放たれた青き魔弾は轟音《ごうおん》を響かせながら一直線に飛来し、《破滅の太陽》と《創造の月》をぶち抜いた。

力を失ったかのように月と太陽は魔力の粒子となって、バラバラと崩壊していく。

機を見るや、レッグハイムが動いた。

「《聖覇魔道《リメンツ》》」

奴《やつ》の周囲に無数の魔法線が走る。道を彷彿《ほうふつ》させるそれは、複雑に絡《から》み合《あ》い、ある形状を象《かたど》っていく。

二つの門だ。正確に言えば、門の形をした魔法陣だった。

「我が魔道は、敵の鬼門を作り出す」

奴《やつ》は門の魔法陣と重ねるように、十字の聖剣を掲げた。

「《鬼門破壊神氷《アイエレクス》》！」

レッグハイムが聖剣を振り下ろす。真白な氷雪がサーシャめがけて、勢いよく射出された。

彼女は《破滅の魔眼《はめつのまがん》》にて、その魔法を睨《にら》みつける。

「だめ」

ミーシャが言う。

《鬼門破壊神氷《アイエレクス》》は《破滅の魔眼《はめつのまがん》》をものともせずに、サーシャの眼前へ押し迫った。

「氷の盾」

ミーシャがその間に割って入り、《創造建築《アイリス》》で作り上げた氷の盾が、白き氷雪を阻《はば》む。

間髪を容《い》れず、レッグハイムが突撃してきた。

「《鬼門創造神炎《オルトフレア》》！」

《聖覇魔道《リメンツ》》の門魔法陣から、白き炎が放たれ、十字の聖剣にまとわりつく。それを振り下ろせば、氷の盾は容易《たやす》く切断され、ミーシャの胸部が斬り裂かれた。

「このっ……！」

《終滅の神眼》にて、キッとサーシャは睨《にら》みつける。レッグハイムは一瞬黒陽に灼《や》かれたものの、すぐさま白き氷がそれを凍結させる。《鬼門破壊神氷《アイエレクス》》だ。

パラパラと氷雪が、レッグハイムの体から落ちていく。ミーシャとサーシャは大きく後退し、奴《やつ》から距離を取った。

「門の魔法陣が、わたしたちの弱点を生み出す」

レッグハイムが展開している《聖覇魔道《リメンツ》》の門魔法陣に神眼《め》を向けながら、ミーシャが言う。

「《鬼門創造神炎《オルトフレア》》が創造神の、《鬼門破壊神氷《アイエレクス》》が破壊神の弱点。通常の権能では突破できない」

「厄介ね。頭上をエレネシアの戦艦に押さえられている限り、《微笑みは世界を照らして《エイン・エイアール・ナヴエルヴア》》は使えないわ」

《創造の月》と《破滅の太陽》による皆既日蝕《にっしょく》を起こすには、ある程度の時間が必要だ。

その前に、戦艦の主砲が双方を撃ち抜くだろう。ミリティア世界でなら耐えることもできただろうが、ここでは彼女らの秩序は十全に発揮できない。

その上——

『《魔深流失波濤砲《ベレニツィア・ノイン》》』

二人の足が止まったとみるや、エレネシアの戦艦から魔法砲撃が放たれた。大地を抉《えぐ》り、地形を変えるほどの威力を誇るその魔弾は、まっすぐコーストリアを狙っている。

「サーシャ」

「わかってるわ！」

弾《はじ》き出《だ》されたように飛んだサーシャは、氷の繭に包まれたコーストリアを魔力で持ち上げ、魔弾の射線から外れていく。

「《鬼門創造神炎《オルトフレア》》」

「そうくると思ったわよっ!!」

ミーシャめがけて放たれた《鬼門創造神炎《オルトフレア》》を、サーシャは《破滅の魔眼》で睨《にら》みつけ、消滅させる。

ミーシャの弱点に特化した《鬼門創造神炎《オルトフレア》》は、サーシャの権能には脆《もろ》い。だが、それも見越していたか、レッグハイムはミーシャに向かって突進していた。

「我が魔道から、逃れる術《すべ》はない」

創造魔法で作った盾は効果がない。

ミーシャは咄嗟《とっさ》に反魔法と魔法障壁を張り巡らせた。

「聖十剣《せいじゅうけん》、秘奥《ひおう》が漆《しち》——」

聖剣が煌《きら》めき、十字の閃光《せんこう》が疾走する。

「――《狩場十字《しゅじょうじゅうじ》》!!」

反魔法と魔法障壁が斬り刻まれ、ミーシャの五体から鮮血が散った。サーシャの瞳が怒りに染まり、彼女はレッグハイムへ突っ込んでいく。

《終滅の神眼《しゅうめつのしんがん》》を放つも、《鬼門破壊神氷《アイエレクス》》によってかき消される。なおも迫ったその純白の氷へ、サーシャは氷の繭に閉じ込められたコーストリアを飛ばした。

氷の繭はミーシャの権能、《鬼門破壊神氷《アイエレクス》》では止めることはできない。そのまま突っ込んでいき、サーシャは右手に魔法陣を描く。それは《深印《ドラム》》を組み込んだ魔法術式――

「《深源死殺《ベブズド》》ッ!!!」

漆黒の指先を彼女はレッグハイムに突き出した。《鬼門破壊神氷《アイエレクス》》を纏《まと》わせた聖十剣にて、奴《やつ》はその攻撃を受け止める。しかし、威力は拮抗《きっこう》している。

「破壊神の権能以外には、鬼門じゃないみたいね」

「お望みなら、その魔法の鬼門も作ってやろう」

サーシャの《深源死殺《ベブズド》》に魔眼《まがん》を向け、レッグハイムは再び《聖覇魔道《リメンツ》》を展開する。

魔法線が無数に走った瞬間、雪月花が吹雪となりて襲いかかる。レッグハイムは後退し、《鬼門創造神炎《オルトフレア》》にて雪月花を払った。

「ミーシャ、平気っ？」

コーストリアを《飛行《フレス》》で引き寄せながら、サーシャが妹のそばによる。

「……傷は浅い。でも……」

聖十剣の秘奥《ひおう》によって斬りつけられたミーシャの胸元には、十字の傷痕ができている。

そして、そこに真っ白な光が走っていた。

「貴様らは狩り場に迷い込んだ憐《あわ》れな子羊だ」

聖剣を大きく掲げながら、レッグハイムが言う。

「決して逃れられはせん」

聖十剣と共鳴するように、ミーシャにつけられた十字の傷痕が光り輝く。それは上下左右、完全に行き場を塞ぎ、二人を取り囲むように、十字の光が無数に出現していった。

更には、その十字の光のすべてに《聖覇魔道》の門魔法陣が出現した。

獲物を閉じ込めるための檻《おり》と化す。

「これが《狩場十字《しゅじょうじゆうじ》》だ」

《鬼門創造神炎《オルトフレア》》と《鬼門破壊神氷《アイエレクス》》が次々と門魔法陣から現れ、光の檻《おり》を覆い尽くしていく。

そしてその檻《おり》は、ミーシャとサーシャを中心に狭まり始めた。絡《から》み合《あ》う真っ白な氷雪と炎は、みるみる二人に近づいてくる。

ミーシャが雪月花を吹雪《ふぶ》かせても、サーシャが黒陽で灼《や》こうとも、その檻《おり》はびくともしない。

サーシャは、そっとミーシャの手をとった。

「《深源死殺《ベブズド》》でこじ開けるわ。コーストリアをお願い」

こくりとうなずき、ミーシャは頭上を見上げた。

「あそこが一番、薄い」

サーシャは握った手に力を入れる。

瞬間、二人はまっすぐ檻《おり》の上部へ突っ込んだ。サーシャの指先が、漆黒に染まっていく。

《狩場十字《しゅじょうじゆうじ》》の一番薄い箇所へ、彼女は渾身《こんしん》の力で叩《たた》きつける。

「《深源死殺《ベブズド》》ッ！！！」

バチバチと音を立て、白い火の粉と雪が舞う。漆黒の爪を突き立てながら、歯を食いしばり、彼女はぐっと腕を押し込んだ。

「空きなさいよっっっ！！！」

黒き指先が檻《おり》を貫き、僅かに空が見えた。

暗雲の立ちこめる空が。

『《魔深流失波濤砲《ベレニツィア・ノイン》》』

エレネシアの戦艦から主砲が発射される。

遥《はる》か彼方《かなた》から青き魔弾が降り注ぎ、張り巡らせた《狩場十字《しゅじょうじゆうじ》》ごと、檻《おり》の外に出ようとした二人を撃ち抜いた。

青き光が爆発し、その場の大気をかき混ぜる。暴風と爆炎が渦を巻きながら、辺り一帯を吹き飛ばしていた。

「成敗」

聖剣の血振《ぶる》いをして、レッグハイムはくるりとその身を反転させた。

そのまま下降しようとすれば――

「――おあいにくさま」

「なにっ……？」

振り向いた瞬間、レッグハイムの両手両足が、雪月花によって凍結される。

「大砲一発で終わると思ったかしら？」

彼が見たのは、爆炎の中心に佇《たたず》む二人の少女だ。制服はボロボロになり、傷を負ってはいるものの、致命傷というほどではない。

「ちぃっ……!!」

白き炎を全身に纏《まと》い、レッグハイムは雪月花の氷を溶かす。

「《鬼門創造神炎《オルトフレア》》、《鬼門破壊神氷《アイエレクス》》!!」

凍結を解き、自由になるや否《いな》や、奴《やつ》は白き炎と白き氷雪を撃ち放った。

迎え撃つ双子の姉妹は、互いに手をつないでいる。

「《深魔氷《シエイド》》」

「《深魔炎《グレスデ》》」

《深印《ドラム》》を組み込んだ深層魔法。《獄炎殲滅砲《ジオ・グレイズ》》は深化しないため、《深印《ドラム》》を使った場合は、この二つの魔法の方が上位に来る。それでも、聖剣世界の深層大魔法に迫るほどの威力はない。

だが、彼女らにはその先がある――

「「《深混合同化《ジエ・グム》》」」

波長の違う魔力同士を結合させることにより、強い魔法反応を生み、元の魔力を十数倍に引き上げる基礎融合魔法《混合同化《ジエ・グム》》。

《深印《ドラム》》を組み込み深化したそれが、《深印《ドラム》》を組み込んだ深層魔法同士を結合させ、桁違いの魔力反応を生み出す。

先の《魔深流失波濤砲《ベレニツイア・ノイン》》を阻《はば》む防壁となったその魔法は――

「「《深魔氷魔炎相克波《ジェ・グレイド》》ッ！」」

闇を秘めた炎と魔を宿した氷が交わる。

銀に輝く氷炎一体の魔法波は、レッグハイムの放った《鬼門創造神炎《オルトフレア》》と《鬼門破壊神氷《アイエレクス》》を呑《の》み込み、《聖覇魔道《リメンツ》》の門魔法陣を粉々に破壊していく。

「……ばっ…………！」

押し迫った氷炎に声はかき消され、《深魔氷魔炎相克波《ジェ・グレイド》》がレッグハイムを呑《の》み込んだ。

その全身は燃やされると同時に凍りつき、根源すらも凍傷と火傷《やけど》を一度に負う。凍結と燃焼が一瞬の内に幾度となく繰り返されていた。

《深魔氷魔炎相克波《ジェ・グレイド》》は強力だが、レッグハイムの《聖覇魔道《リメンツ》》ならば、その弱点を作り出すことができる。ゆえに二人はぎりぎりまで手の内を隠していたのだ。

魔法の直撃を受け、落ちていったレッグハイムは、受け身をとることさえできず、地面に激しく衝突した。

意識を手放したかのように、奴《やつ》はぐったりとそこに倒れた。

「氷の繭」

ぱちぱちとミーシャが二度瞬《まばた》きをすると、《創造の神眼》がレッグハイムを繭で覆っていく。

これで、しばらくは抵抗できぬだろう。

そのとき、パリンッと氷の割れる音がした。はっとしたようにサーシャが振り向けば、コーストリアの腕が氷の繭を破り、突き出されていた。

「……やってくれたわね……」

不愉快そうな声が響き、コーストリアがその手を開く。中には、眼球があった。獅子《しし》の魔眼だ。

「《獅子災淵《アツロ・レーネ》――」

それはナーガの滅びの魔法。

《転写の魔眼》にて、複製していたのだ。至近距離、サーシャは《終滅の魔眼》を光らせる。

だが、僅かに遅い。

滅びの魔法が撃ち放たれようとしたそのとき、突如、浮遊していた獅子《しし》の魔眼が凍りついた。

ひらり、ひらり、と雪月花が天から舞い降り、伸ばしたコーストリアの手が凍結された。

「……な、に……このっ……!!」

苛立《いらだ》ちの声は遮断され、再び彼女は氷の繭に閉じ込められる。

彼女が現在転写している《獅子災淵《アツロ・レーネ》滅水衝黒渦《アロボロス》》は、滅びの黒水。影響が広範囲に及ぶこともあり、閉じ込められた状態で使えば、自らをも滅ぼす危険がある。

ましてコーストリアは本来の使い手ではない。氷の中にいる限りは、無闇に撃つことはできまい。

「……ミーシャ……今の……?」

不思議そうにサーシャが妹を振り向く。

そばに飛んできた彼女は、ふるふると首を左右に振った。

「わたしじゃない」

「……それって……」

ミーシャは雪月花を使う余裕がなかった。

だが、それは確かに空から降ってきて、サーシャを守ったのだ。

二人は頭上を見上げた。

遥《はる》か黒穹《こっきゅう》、そこにいたはずのエレネシアの戦艦は銀泡の外へ離脱していた。

§47. 【偽物《にせもの》の力】

災亀の甲羅の上――

ミサが突き出した《深源死殺《ベブズド》》を頬にかすめながら、ナーガは飛び退《の》いた。躊躇《ちゅうちょ》なくミサは前へ踏み込み、漆黒の指先がナーガの眼前に迫る。彼女はその手首をつかみ、滅びの獅子《しし》の力で押さえ込んでいく。

「《深悪戯神隠《ティテジエーヌ》》の魔法は、攻撃するときは消えられないのね」

ぎりぎりとミサの手首を締め上げながら、ナーガが言った。

「それがどうかしましたの？」

つかまれた手の指先から魔力を放ち、ミサは魔法陣を描く。その術式と魔力の波長を瞬時に見抜き、ナーガは素早く手を放した。

「《聖砲十字覇弾《ラエル・フエノン》》」

聖なる十字の砲弾がナーガに直撃し、派手に爆発した。咄嗟《とっさ》の反魔法も間に合わず、頭部を守った彼女の両腕は焼け焦げている。

間髪を容《い》れず、ミサは《聖砲十字覇弾《ラエル・フエノン》》を連射する。飛《と》び退《の》きながらも、ナーガは反魔法を展開した。十字の砲弾が次々と着弾して、その防壁が削られていく。

「《獅子災淵滅水刃《アツロ・ゼスタツト》》」

獅子《しし》の左脚が漆黒に輝く。ナーガが鞭《むち》のように脚を横に蹴り出せば、黒き水の刃がミサへ向かって飛来した。

《深悪戯神隠《テイテジエーヌ》》で隠れてかわせば、《獅子災淵滅水刃《アツロ・ゼスタツト》》は災亀の甲羅に直撃する。スパッとその甲羅は斜めに切り落とされた。

存在が消えたミサを捜すように、ナーガは魔眼《め》を光らせた。

「祝聖天主から祝福の魔法をもらっていたのね」

注意深く視線を巡らせながらも、ナーガはそう軽口を叩《たた》く。

「確かに、《聖砲十字覇弾《ラエル・フエノン》》は、あたしたちにも有効。でも、いくらあなたがアノスの伝承から生まれた精霊でも、所詮伝承は伝承。祝聖天主の祝福を足しても、滅びの獅子《しし》には及ばない」

ミサは答えず、敵の隙を窺《うかが》っている。

ナーガは見透かしたように言った。

「アノスを待ってるんでしょ？　時間を稼ぎさえすれば、彼がこの状況を打破してくれると思ってる。そううまくいくかしらね」

ナーガは獅子《しし》の左脚を軽く上げ、周囲に数十もの魔法陣を描いた。

「その精霊魔法のカラクリを暴かなくても、あたしは別にあなたに付き合う必要はないもの」

彼女の視線が、空域をゆっくりと旋回している魔王列車に向けられる。

「《災炎業火灼熱砲《ジオル・ベズグム》》」

雨あられの如《ごと》く、黒緑の火炎が連射される。

魔王列車から歯車砲が放たれるも、地力の差がありすぎる。弾幕をものともせず、黒緑の火炎は車両を呑《の》み込んだ。

ごうごうと音を立てて炎が巻き上がる。だが、次の瞬間、ナーガは視線を険しくした。

《災炎業火灼熱砲《ジオル・ベズグム》》が斬り裂かれたのだ。

その向こう側に姿を現したのは、軍勢鎧剣《ぐんぜいがいけん》ミゼイオリオスで武装した《疑似紀律人形《ジーナレーナ》》たちだ。この場に戦力が足りぬと見て、エレオノールが送ってきたものだ。

《疑似紀律人形《ジーナレーナ》》たちは、魔王列車の上下左右に位置取り、ナーガや災亀、狩猟貴族らの銀水船を警戒している。

「魔王の船が簡単に落とせると思いましたの？」

後ろから響いた声に、ナーガは振り向く。

だが、それは魔法で響かせた囮《おとり》。逆方向に姿を現したミサが、《深源死殺《ベブズド》》の指先をナーガの背中に突き出す。

背を向けたまま上半身を折り、黒き獅子《しし》の左脚で、彼女はそれを蹴り上げた。

「《聖砲十字覇弾《ラエル・フエノン》》」

ミサの左手から、聖なる十字の砲弾が放たれる。ナーガは反転し、右手の反魔法でそれを防いだ。

「芸がないのね、偽者《にせもの》さんは」

ナーガの左脚が、ミサの顎に迫った。身を引いて、ミサはそれをかわす。

彼女が左手の《深源死殺《ベブズド》》を突き出すと同時、蹴り上げられたナーガの脚が踵《かかと》から落ちる。

ダガァァンッとけたたましい音が鳴り響き、ミサの左腕をナーガの踵《かかと》が蹴り落とした。腕は真っ赤な血に染まり、災亀の甲羅には大きな穴が穿《うが》たれた。

「しばらく使い物にならないわね」

「そうでもありませんわ」

《創造建築《アイリス》》の魔法で、ミサは剣を創造し、それを血まみれの左手で握る。

飛び上がったナーガは、回転蹴りを放った。剣で身を守りながら、ミサが後退するも、あえなくその切っ先が砕かれる。勢いのままナーガはくるりと回転する。今度は義足の蹴りがミサへ襲いかかった。

「《深聖別《リヒド》》」

ミサの剣が再生すると、それはたちまち聖なる輝きを放つ。《深印《ドラム》》によって深化した《深聖別《リヒド》》は、深層世界級の聖剣を作り上げたのだ。その剣にて、義足を受け止めれば、僅かに刃が食い込んだ。

ナーガは宙に浮いたまま黒き獅子《しし》の脚で、ミサの体を蹴りつける。怯《ひる》まず、彼女は義足の足首に食い込んだ聖剣を振り抜いた。

「《深撃《ゼルス》》!!」

切断された義足が宙を舞い、蹴り飛ばされたミサが甲羅の上を数度跳ねた。滅びの獅子《しし》の一撃を受けた胸には、黒き痣《あざ》が浮かんでいる。

着地したナーガは、義足が多少短くなっただけと言わんばかりに、倒れたミサへ飛び込んでいく。

「精霊魔法――」

膨大な魔力が、ミサの体から放たれる。

暴虐の魔王の伝承を有し、大精霊レノの力を受け継ぐ彼女とて、魔力と精神を振り絞り、なお十全には操れぬ術式。それは、深層世界の精霊の力を模倣する大魔法だ。

「――《天命木簡《ナテク》》」

ミサの手に現れたのは、天命霊王ディオナテクが持っていた木簡と筆。ミサは木簡に素早く文字を書いた。

傷口悪化、と。瞬間、飛び込んできたナーガの義足に亀裂が入る。

「っ……あ……っ……!!」

右脚から傷が広がるように黒緑の血がどっと溢《あふ》れ出《だ》し、ナーガは甲羅の上に叩《たた》きつけられた。

ゆるりとミサが起き上がる。滅びの獅子《しし》の蹴りを受けたミサの胸元もまた傷口が広がり、どくどく血が溢《あふ》れ出《だ》している。

だが、ナーガの方が傷が深い。

義足の傷の影響は、さほどではないだろう。ミサが狙ったのは、レイが霊神人剣で傷つけた獅子《しし》の右脚だ。霊神人剣は滅びの獅子《しし》を滅ぼすための聖剣。その傷が開けば、もはや本来の力を発揮することはできぬ。

「わたくしの勝ちですわ」

ミサは地面に這《は》いつくばるナーガに《深聖別《リヒド》》の聖剣を向けた。

「どうかしらね？」

まだ勝負はついていないとばかりに、ナーガが微笑《ほほえ》む。ミサがゆるりと聖剣を上げ、奴《やつ》めがけて振り下ろした。

ジジジジッと耳を劈《つんざ》く轟音《ごうおん》が響く。その一撃を、ナーガは獅子《しし》の左脚にて受け止めていた。

「もう動けないと思った？」

彼女は両手で倒立して、聖剣を脚で払う。

僅かによろめいたミサめがけ、倒立したまま獅子《しし》の脚を回転させる。

「《獅子災淵《アッロ》――」

その魔法に反応して、ミサが《深悪戯神隠《テイテジエーヌ》》で姿を消す。しかし、すでに種を見抜いていたか、ナーガはその瞳を閉じた。

見れば存在を消す精霊の力も、見ていなければ発動しない。ミサの姿が現れると同時に、ナーガの蹴りが放たれる。

「――滅水刃《ゼスタット》》ッッッ！！！」

滅びの力を内包した黒き水の刃が煌《きら》めいた。空間すら切断してしまうほどの凶悪な左脚が、ミサに直撃する。

「――この一撃を確実に当てるために、見ているときだけ姿が隠れることに、気がつかないフりをしていたんですのね」

目を開けたナーガが、僅かに視線を険しくする。

《獅子災淵滅水刃《アツロ・ゼスタット》》を、ミサは聖剣で受け止めていた。いかに《深聖別《リヒド》》を使っていようとも、ナーガはアーツェノンの滅びの獅子《しし》。本来ならば聖剣ごと彼女は真っ二つになっているはずだった。

ふんわりとミサは微笑し、魔法陣を描いた。ポツポツ、とそこに雨が降り始める。

「優れた剣と、天命霊王ディオナテク、祝聖天主の祝福で、さて、なにができると思いますか？」

ミサの姿が霧と化して消える。

途端に土砂降りの雨が降り注いだ。ナーガが魔眼《めめ》を凝らしても、ミサがどこにいるかが判別できない。その雨の一粒一粒からミサの魔力が見えた。《深雨霊霧消《フスカ》》である。

ナーガは雨の降る場所からすぐさま離脱しようと、獅子《しし》の左脚に力を込め、思いきり蹴った。矢のように飛んでいくナーガ。しかし、その瞬間、頭上から落ちてきた雨粒がミサに変わった。

「正解は——霊神人剣エヴァンスマナですわ」

一閃《いっせん》。

ミサが振るった聖剣は、《深撃《ゼルス》》によって威力を増し、ナーガの左脚の付け根を斬り裂いた。

「……あっ、が、ぁっっ……‼」

獅子《しし》の左脚を切り落とされ、ナーガから大量の血がどっと溢《あふ》れ出《だ》す。

黒緑ではなく、赤い。根源から溢《あふ》れる滅びの獅子《しし》の血が、封じられているのだ。

「どれもこれも模造品、所詮は虚構にすぎませんけれども――」

よろず工房の魔女ベラミーが鍛えし聖剣に、天命霊王ディオナテクが宿り、祝聖天主エイフェの権能、聖エヴァンスマナの祝福によって生まれたのが、霊神人剣エヴァンスマナだ。

ミサは《深聖別《リヒド》》の聖剣に、精霊魔法《天命木簡《ナテク》》を宿らせ、予《あらかじ》め受けていた祝聖天主の祝福を重ねた。

そうすることで、擬似的な霊神人剣エヴァンスマナを再現したのだ。

無論、力は本物に比べれば数段劣る。それでも、傷ついた滅びの獅子《しし》には十分な威力を発揮した。

「――あなたは、偽物《にせもの》以下ですのね」

もはや飛ぶ力さえ残っていないのか、ナーガはイーヴェゼイノの方角へ落ちていった。

§48. 【二つの約束】

銀水船に、魔法砲撃が集中していた。

バルツァロンド隊が矢弾の弾幕を張り、反魔法と魔法障壁を展開している。だが、物量は圧倒的にあちらが勝っている。反魔法と魔法障壁はみるみる削られ、無数の穴が空いていく。火炎や矢が被弾し、船体の損傷は増す一方だ。

霊神人剣を輝かせ、レイは空を駆ける。巨大な災亀やハイフォリアの船に迫り、一撃のもとに落としていく。

だが、きりがない。最前線だけあって、イーヴェゼイノもハイフォリアも次々と戦力を投入してくる。いかに真価を発揮した霊神人剣が強力といえども、すべてを落としていてはレイの魔力がもたないだろう。

「――メインマスト修復完了っ！」

バルツァロンドの船から声が上がる。被弾したメインマストを船員たちの創造魔法で創り直したのだ。

すぐさまバルツァロンドが指示を出す。

「進路をイーヴェゼイノへ向けるのだ。全速前進！」

「了解！」

銀水船が大きく舵《かじ》を切った。

その方向には、災亀を落としたレイがいる。船が近づくと、彼は船首に降り立った。

「《渇望《かつぼう》の災淵《さいえん》》へ向かう。あちら側なら、狩猟貴族は迂闊《うかつ》に追っては来られない。獣を引きつければ、それだけ争いは鈍化するはずだ」

バルツァロンドがレイに言う。

「幻魔族たちが追ってくるかは賭けだけど？」

「どのみち船は長くもたない。落ちる前に災人イザークをどうにかしなければ、この戦《いくさ》を止められはしない」

帆をいっぱいに張り、銀水船は加速していく。メインマストこそ修復できたものの、船体はすでにボロボロだ。船員たちは必死に応急処置を行っているが、戦闘中に直すのも限度がある。前方に立ち塞がる幻魔族たちから火炎の集中砲火を浴びせられる。反魔法を集中することにより、それを防いでいくが自らの速度でさえ船はミシミシと軋《きし》む。

災人のもとまで辿《たど》り着《つ》けるかも怪しいところだろう。だが、それでも、バルツァロンドはまっすぐ前を見ている。その想《おも》いに応えるかのように、銀水船はぐんぐんと速度を増し、幻魔族たちの包囲を突破した。

全速力で船は航行し、暗雲にかかる大きな虹をくぐり抜ける。両世界が交わる合一エリアを抜け、彼らはイーヴェゼイノの領域へ入った。

魔法障壁と反魔法でも防げぬほどの冷気が、銀水船の内部を冷やし、激しい暴風が帆をはためかせる。幻獣や幻魔族たちは、わらわらと群がるように後方から追ってきた。

「よし」

更に奴《やつ》らを挑発するように、バルツァロンドは矢を放つ。

「撃つのだっ！　奴《やつ》らの渇望《かつぼう》をかき立てろ！」

銀水船の砲門が開き、聖なる砲撃を派手に鳴らした。イーヴェゼイノの兵を引き寄せれば引き寄せるほど、最前線での交戦は減少する。

霊神人剣を警戒してか、レイたちの心配をよそに、かなりの数が彼らに集中していた。

「……む」

バルツァロンドが飛び上がり、メインマストの上に乗る。

「どうしたんだい？」

白虹《はくこう》の斬撃を飛ばし、群がる幻魔族たちを蹴散らしながら、レイが問う。

「聖船エルトフェウスだ」

ハイフォリアの母艦である。

遅れて、レイの視界にも巨大な箱船がイーヴェゼイノ側へ向かうのが見えてきた。

進路は彼らの船と同じだ。追ってきているのか、あるいは《渇望《かつぼう》の災淵《さいえん》》が狙いなのだろう。

「乗っているのは？」

「レオウルフ卿《きょう》……それから、天主の魔力が見える……」

聖船に魔眼《めめ》を向けながら、バルツァロンドは答えた。

「聖王は？」

「姿は見えない。だが、恐らく、いないはずだ。聖王が境界線から離れれば、イーヴェゼイノの捕食行為は進む。あれを食い止められるのは、ハイフォリアには聖王の他、天主しかいない」

魔王学院で共有している視界から、今は聖王の姿が消えているが、《破邪聖剣王道神覇《レイボルド・アンジエラム》》の力は衰えず、イーヴェゼイノの捕食を阻《はば》み続けている。

その付近にいると見て、間違いはあるまい。

「聖王が、天主をイーヴェゼイノに向かわせたというのか……？」

バルツァロンドの表情は、妙だと言わんばかりだった。

「祝聖天主の判断かもしれないけど、腑《ふ》に落ちないね。イーヴェゼイノで戦えば災人相手に勝ち目がないから、ハイフォリアに釣り出そうとしていたはずだ……」

レイがそう疑問を呈す。

ゆっくりと飛ぶ聖船エルトフェウスは、両世界が交わるエリアを越え、確かにイーヴェゼイノの領域へ足を踏み入れた。

バルツァロンドの船とはまだ距離が遠く、矢を放とうとも防ぐのは容易だろう。エルトフェウスはそのまま速度を上げることなく、こちらの動向を探るように緩やかに追ってきている。

祝聖天主をイーヴェゼイノにやるのはリスクが大きい。いくら母艦と五聖爵を護衛につけているとはいえ、もしも、災人に襲われたなら、最悪ハイフォリアは主神を失うことになる。

つまり、それだけの危険を冒してでも祝聖天主をイーヴェゼイノに向かわせる理由があるということだ。

「なにが狙いなんだろうね……？」

「どのみち、今更引き返すことはできない。私たちの目的は災人だ」

引き返せば、聖船エルトフェウスと鉢合わせになる。

祝聖天主を倒そうと、戦いは終わらぬ。だが災人が兵を引き上げれば、ハイフォリアは被害を増やしてまで争いを継続しようとはしないだろう。

バルツァロンドが言った通り、災人を止めるのが最優先だ。

「彼を説得する方法があるかい？」

「そんなものはありはしない」

きっぱりとバルツァロンドは断言した。

「だが、筋は通さなければならない。災人イザークは、先王オルドフを待っている。父の代わりは到底務まらないが、それでもその夢を継いだ者がいることを伝えなければならない」

彼はメインマストから飛び上がり、レイのいる船首に着地した。

遠くへ視線を向け、バルツァロンドは矢を放つ。追いすがってきた銀水船ネフェウスの帆を破り、その足を奪った。敵船はゆっくりと減速していく。

「私一人では言葉足らずだろう」

思い詰めた表情で、バルツァロンドは振り返る。

「力を貸してくれるか、レイ」

「力は貸すよ。だけど、どうかな？」

疑問の表情を示すバルツァロンドへ、レイは言う。

「心ない言葉が、イザークに届くとも思えない」

銀水船に迫ってきた災亀に、レイは鋭い視線を放つ。霊神人剣に白虹《はくこう》の輝きが集った。

「長く争い続けてきた災淵《さいえん》世界と聖剣世界にとって、僕はただの部外者だからね。なにを言っても、無責任で勝手な言葉にしかならない」

言いながら、彼は霊神人剣を一閃《いっせん》する。

白虹《はくこう》の斬撃が空を斬り裂き、追ってきた災亀を真っ二つに両断した。

「言葉が拙くとも、それはオルドフの後を継いだ君の役目じゃないかい？」

レイは霊神人剣エヴァンスマナを、バルツァロンドに差し出すように、甲板に突き刺した。

災人を説得するには、まずその言葉を届けられる力が必要だ。ならば、その聖剣を持つのは彼こそ相応《ふさわ》しいと判断したのだろう。

しかし——バルツァロンドはその聖剣を見つめたまま、手に取ろうとはしなかった。

「……貴公の言葉に心がなければ」

心から絞り出したような声で、彼は言う。

「志半ばで倒れた父があんな安らかな顔はしなかったはずだ」

レイが悼《いた》むような表情を見せる。罪悪感が僅かに滲《にじ》んだ。

「私にはできなかった……」

「あれは……死者への労《ねぎら》いだよ。死にゆく父を前に、言葉が出ないことを恥じる必要はない」

「私はそうは思わない」

バルツァロンドは揺るぎない口調で言った。

「あのとき、貴公が告げた言葉は死者への労《ねぎら》いだったのかもしれない。だが、あの言葉が、空虚な虚言だったとは決して思わない。あれには確かに、貴公の信念が込められていた。世界は違えど、正しき道を進もうと歩み続けてきた者の志があった」

じっとバルツァロンドは、レイの顔を見つめる。

「ハイフォリアにおいて、先王オルドフは、その誇りと勇気を讃《たた》えられ、勇者と呼ばれる。貴公も同じだ」

僅かにレイは目を丸くする。

「レイ。違う世界に生まれ落ちた、誇り高き勇者よ。私は貴公が口にした真の虹路《こうろ》に、感銘を受けたのだ」

力強く、バルツァロンドは言う。

「これこそ、先王オルドフの夢見た、ハイフォリアが目指す道、と。ゆえに」

真摯な声で、彼は訴える。

「貴公を信じる。ハイフォリアの住人でなければ無責任だというのであれば、貴公の言動の責はすべて私が負う」

ひたむきな眼差《まなざ》しで、自らの心を信じ、

「私には力が足りない。考えも至らず、良心さえも迷っている。この聖剣が私を選んでくれるとしても、私には最早《もはや》抜く資格などないのだ。しかし」

正しき道を歩むために、彼は言う。

「今、なすべきことだけはわかっている」

霊神人剣エヴァンスマナが輝きを発し、レイの体を照らし出す。バルツァロンドはその場に跪《ひざまず》き、彼に言った。

「貴公は我が世界の住人ではない。だからこそ、伏して頼みたい。道を指し示してほしい。ともに戦ってほしい！　私の愛する世界のために！」

たとえ頼まずとも、レイは喜んで力を貸しただろう。ゆえに、バルツァロンドは深く頭を下げたのだ。この戦いのすべてを自らの責にするために。

「この聖剣は貴公にこそ相応《ふさわ》しい。守ってほしいのだ、先王オルドフが夢見た、我らの正しき道を！」

一瞬の間の後、レイは静かに霊神人剣の柄を手にし、それを抜き放った。

「――二つ約束ができた」

バルツァロンドが顔を上げる。

「先王オルドフと、それからバルツァロンド、君との約束だ」

レイが手を差し出す。

バルツァロンドはそれを取り、ゆっくりと立ち上がった。

「聖剣世界の同志のために、僕は命を賭《と》して最後まで戦う。君たちの、正しき道を守るために」

「……感謝する」

約束を交わし、二人は前を向いた。

やがて、前方には水面が凍りついた巨大な水溜《みずた》まり――《渇望《かつぼう》の災淵《さいえん》》が見えてきた。

§49. 【魔王と災人】

時は僅かに遡る――

《渇望《かつぼう》の災淵《さいえん》》に、黒き炎が轟々《ごうごう》と燃ゆる。

《極獄界滅灰燼魔砲《エギル・グローネ・アングドロア》》によって、俺が乗っていた災亀は瞬《また》く間《ま》に灰燼《かいじん》と化し、直撃を食らった災人は漆黒の炎に包まれた。

滅びぬはずのものさえ滅ぼす、終末の火。されど、次の瞬間、その炎が凍りついた。

「……今度は第一魔王アムルの魔法か」

氷が粉々に砕け散り、中から災人イザークが姿を現す。

「やるじゃねえの」

「下がっていろ、アルカナ」

そう口にすると、彼女は《渇望《かつぼう》の災淵《さいえん》》の水面へ向かって待避していく。

「まともに食らって無傷とはな」

黒き粒子が俺の両手に集う。七重螺旋《らせん》の軌跡を描き、終末の火が掌《てのひら》に現れた。

「カラクリを見せよ」

《極獄界滅灰燼魔砲《エギル・グローネ・アングドロア》》を二発、災人イザークへ撃ち放った。

「いいぜ」

不敵に奴《やつ》が笑えば、蒼《あお》き冷気が体から噴出される。直進する終末の火を避けようともせず、イザークはそのまま真正面から突っ込んでくる。

「暴いてみな！」

《極獄界滅灰燼魔砲《エギル・グローネ・アングドロア》》が災人イザークに迫る。だが直撃するより先に、黒き炎が燃え広がった。

そして、それはたちまちに凍りつく。あっという間に、奴《やつ》は俺に肉薄した。

「《災牙氷掌《ガルムンク》》」

蒼《あお》く凍《い》てついた手掌が、俺の肩口に襲いかかる。

二律《にりつ》剣を抜き放ち、剣身に魔法陣を描いた。

「《掌握魔手《レイオン》》」

夕闇に染まった剣にて、災人の手掌を斬りつける。《災牙氷掌《ガルムンク》》は、《掌握魔手《レイオン》》によって散らされ、奴《やつ》の掌《てのひら》に二律《にりつ》剣の刃が食い込んだ。

魔力を集中し、俺は左手を黒く染める。

「《深源死殺《ベブズド》》」

漆黒の指先が、奴《やつ》の鎖骨を砕き、肉に突き刺さる。血がどっと溢《あふ》れ出《で》た。

イザークは意に介さず、笑みさえたたえていた。

「ふむ。《極獄界滅灰燼魔砲《エギル・グローネ・アングドロア》》で無傷なら、この指は通らぬはずだがな」

奴《やつ》の血がたちまち凍りつき、俺の指を凍結させていく。

だが、確かに傷はついている。《深源死殺《ベブズド》》では傷を負い、《極獄界滅灰燼魔砲《エギル・グローネ・アングドロア》》では傷を負わない。そこに奴《やつ》の力のカラクリがあるのだろう。

「では、この距離からではどうだ？」

災人の体に突き刺した指先から、七重螺旋《らせん》の黒き粒子が荒れ狂う。体内で爆発させるが如《ごと》く、《極獄界滅灰燼魔砲《エギル・グローネ・アングドロア》》を撃ち放った。

災人イザークが黒く炎上し、周囲の水までもが灰に変わっていく。だが次の瞬間、またしてもその炎のすべてが凍りついた。

「温《ぬり》い」

魔眼が捉えたのは、無傷で笑うイザークの顔だ。奴《やつ》の脚が動く。その膝が俺の土手っ腹に食い込む。間髪を容《い》れず、奴《やつ》はこの身を蹴り上げた。水を切り裂き、俺の体が上方へ吹っ飛ばされる。追撃とばかりに、災人は追ってきた。

「本気で来な。イーヴェゼイノを気遣ってんなら、必要ねえぜ」

奴《やつ》の《災牙氷掌《ガルムンク》》と、俺の《深源死殺《ベブズド》》が衝突し、蒼《あお》と黒の火花を散らす。

互いの威力は拮抗《きっこう》している。

だが、莫大《ばくだい》な魔力が災人の後ろで弾《はじ》け、奴《やつ》はぐんと加速する。

光よりなおも速く、俺を押し上げていくイザーク。みるみる内に水面が見えてくる。分厚い氷に覆われた水面が。

ドゴオォォォォ、と凍《い》てついた氷の表面に俺の体がめり込み、瞬《また》く間《ま》にぶち破った。

奴《やつ》は両手で魔法陣を描く。その爪が凍りつき、蒼《あお》き魔力が集中していく。あたかも主神と共鳴するかのように、災淵《さいえん》世界がガタガタと揺れ、暴風が渦を巻いた。

「界殺災爪《かいさつさいそう》ジズエンズベイズ」

獰猛《どうもう》な牙を覗《のぞ》かせ、奴《やつ》はその五爪を振るう。

「シャッ！」

空間が切断され、災爪は離れた場所にいる俺の体を引き裂いた。根源から魔王の血がどっと溢《あふ》れ出《だ》す。

空には地平線の彼方《かなた》まで続く爪痕が残された。すぐさま左手の災爪が振り下ろされる。

「ジャッ!!」

蒼《あお》き爪撃が疾走する。俺の体から黒き血が噴出し、空が五本の爪に引き裂かれる。

「ジアァァァシャッ!!」

両爪が、根源を抉《えぐ》る。魔王の血でも減衰しきれぬほどの一撃は、この深層世界にすら致命的な損傷を与えてもおかしくはない。

だが、無事だ――

「《狂牙氷柱滅多刺《ガーズ・ヴォイド》》」

俺の周囲に無数の魔法陣が描かれ、そこから鋭く尖《とが》った蒼《あお》き氷柱《つらら》がぬっと現れる。

全方位から、避けるすき間なく氷柱が発射された。俺が張り巡らせた反魔法を貫き、押し潰さんばかりに、次々と《狂牙氷柱滅多刺《ガーズ・ヴォイド》》がこの身に突き刺さる。

僅か数秒にも満たず、空には巨大な氷の墓標が構築されていた。

「災淵《さいえん》世界はやわじゃねえ」

「――なに、この世界が壊れぬよう手加減したわけではない」

氷の墓標に紫電が走る。

雷鳴とともに氷に亀裂が走り、すべてが粉々に砕け散った。《狂牙氷柱滅多刺《ガーズ・ヴォイド》》の残骸を軽く振り払い、俺は災人に視線を飛ばす。

「お前が思いの外、強いのでな」

野獣のように奴《やつ》は笑った。

「物足りねえって顔してんぜ。ミリティアの魔王」

狂気の中に歓喜が混ざったような、そんな顔だった。目の端には、先程奴《やつ》が空につけた爪痕が凍りつく瞬間が映った。

「災人イザークが目覚める前のイーヴェゼイノであれば、先の災爪にて確実にこの世界は損傷を負っていただろう」

ゆっくりと俺は降下していき、奴《やつ》がいる氷の大地の上に立った。

「だが、一瞬爪痕が残ったように見えたものの、災淵《さいえん》世界は無傷――似ているな」

「なにがだ？」

平然とした顔で奴《やつ》は問う。

「《極獄界滅灰燼魔砲《エギル・グローネ・アングドロア》》で無傷だったお前とだ」

奴《やつ》が終末の火の直撃を受け無傷だったのも、この災淵《さいえん》世界が災爪で傷一つつかなかったのも、恐らくは同じ力によるものだ。

魔法陣を構築した素振りはなかった。災淵《さいえん》世界の主神としての権能といったところか。

「《凍獄《とうごく》の災禍《さいか》》」

牙を覗《のぞ》かせながら、奴《やつ》は言った。それが使用している権能の名なのだろう。

「当ててみな。どんな災いがてめえの身に降りかかってんのか」

「さて、その必要はないやもしれぬ」

氷の大地を踏み締め、俺は一足飛びでイザークへ直進した。それを読んでいたとばかりに、奴《やつ》の爪が蒼《あお》く凍てつく。

界殺災爪《かいさつさいそう》ジズエンズベイズ――

「シャッ！」

「《二律影踏《ダグダラ》》」

二律《にりつ》剣にて、右手の災爪を打ち払い、素早く奴《やつ》の影を踏む。《二律影踏《ダグダラ》》の効力によって、根源を踏み抜けるはずが、しかし、災人は揺らぎもしない。

代わりに、奴《やつ》の影が凍りついた。

「ジャッ！」

振るわれた左手の災爪を、二律《にりつ》剣にて打ち落とす。その寸前で爪の軌道が変わった。狙いは俺の影。

イザークは、地面ごとそれを引き裂いた。《二律影踏《ダグダラ》》の使用中である今は、影を抉《えぐ》られれば本体が損傷を受ける。

だが、寸前で俺は《二律影踏《ダグダラ》》を解除した。大地が弾《はじ》け飛ぶが、俺は無傷。

「《深源死殺《ベブズド》》」

奴《やつ》の顔を、黒き手刀にて切り裂く。その額がぱっくりと割れ、血が大地を赤く染める。

「どういう理屈かわからぬが、《凍獄《とうごく》の災禍《さいか》》とやらは弱い魔法を防げぬようだ」

「一〇〇〇回食らおうと、こんな魔法じゃくたばらねえが、なぁっ！」

地面が凍結していき、俺の足と二律《にりつ》剣を凍りつかせた。大地を抉《えぐ》った左手が《災牙氷掌《ガルムンク》》を使ったのだ。

即座に奴《やつ》は両手を振り上げ、挟み込むように災爪を振るう。だが、俺の体に当たる前にそれはピタリと止まった。

「――《波身蓋然顕現《ヴエネジアラ》》」

凍りつくより数瞬早く、可能性の体がそこを離脱していた。そして、奴《やつ》の両爪を受け止めたのだ。

黒き《深源死殺《ベブズド》》の指先に魔力を集中していく。

「ちっ……！」

奴《やつ》の足が俺の脇腹を狙う。僅かに身をよじってそれを避けるが、蹴りの余波は肉をこそぎ落とした。

構わず俺は黒き指先にて、奴《やつ》の肩口を切り裂いた。双方の血が飛び散る中、俺とイザークは視線を交わす。

「千で足りぬならば万――それで足りぬのなら一〇万だ。お前が音を上げるまで、その身に傷を刻んでやろう」

「くっくっく。面白《おもしれ》え。やってみな」

俺が不敵に笑えば、奴《やつ》が獰猛《どうもう》に笑う。

互いの返り血を顔に塗りたくりながら、俺とイザークは手掌を繰り出した――

§50.【滅びの暴雷】

災淵《さいえん》世界が悲鳴を上げていた――

《災牙氷掌《ガルムンク》》と《深源死殺《ベブズド》》が衝突し、蒼《あお》き冷気と黒き粒子が火花を散らす。

俺が放った無数の《覇弾炎魔熾重砲《ドグダ・アズベダラ》》が、災人を呑《の》み込んでは氷の大地を焼いていく。

災人から繰り出される災爪ジズエンズベイズはこの身に襲いかかり、そびえ立つ氷山が片っ端から切り落とされた。

俺の拳は奴《やつ》の肉を削《そ》ぎ、奴《やつ》の爪は俺の根源を抉《えぐ》る。

魔王の血がどっと溢《あふ》れ出《だ》し、降り注ぐ雨粒さえも一瞬の内に腐食させた。

百の手掌を交換し、千の魔法を互いに受けて、奴《やつ》と俺はその五体を削り合う。凶暴な獣のように魔眼《めめ》を光らせる災人イザークは、この戦いが愉快でたまらぬとばかりに笑みを浮かべている。

《凍獄《とうごく》の災禍《さいか》》。奴《やつ》が有する権能により、この災淵《さいえん》世界は極めて強固に守られている。

並の世界ならば、数度滅びておつりが来るほどの魔法を浴びせられながらも、その根幹たる秩序には傷一つついていない。それでも、長時間に及ぶ死闘により、大地は割れ、暗雲は吹き飛び、氷河や氷山が粉々に消し飛んだ。

威力の弱い攻撃ならば通じる災人と同じく、この災淵《さいえん》世界もすべての攻撃から守られているわけではない。

恐らくはそこに、奴《やつ》の絶対なる護《まも》りを突破する鍵がある。

「《獄水壊瀑布《リオ・エドラム》》」

氷の大地に巨大な魔法陣を描けば、そこから黒い水が溢《あふ》れ出《だ》す。みるみる池と化したそれは、災人の足下から噴水を立ち上らせる。さながら、逆流する黒き瀑布《ばくふ》である。

「浅《あせ》え」

泡沫《ほうまつ》世界の魔法にすぎぬ《獄水壊瀑布《リオ・エドラム》》を、イザークは発声に伴う呼気だけで、いとも容易《たやす》く凍《い》てつかせた。すぐさまその氷が粉々に割れて、氷塵《ひょうじん》が乱れ舞う。

すると、粉々になった氷塵《ひょうじん》の一粒一粒が、まるで意思を持ったかのように蠢《うごめ》き始め、魔法陣を形成した。

連動魔法《条件《レント》》。条件づけを行うことで、それを満たせば、連動して別の魔法が発動する。

連動する魔法は、予《あらかじ》め使っておかねばならぬため、二手、三手を要し、また魔眼に優れた相手には見抜かれやすい。

だが、《深印《ドラム》》と組み合わせた《深条件《レント》》は、条件を満たしさえすれば、術式そのものが魔法を発動してくれる。発動する魔法を隠しておけるため、初見で見抜くのは至難。今回、《深条件《レント》》によって、氷塵《ひょうじん》が描いた魔法陣は――

「《波身蓋然顕現《ヴエネジアラ》》」

可能性の俺が十体、奴《やつ》の周囲を取り囲む。

「《深源死殺《ベブズド》》」

一〇の黒き指先が、奴《やつ》の五体を抉《えぐ》る。その内の一つが、イザークの根源を狙いすまし、閃光《せんこう》の如《ごと》く疾走した。

しかし、次の瞬間、《波身蓋然顕現《ヴエネジアラ》》の一体が凍結し、砕け散る。少なくとも、奴《やつ》の胸を貫くはずだった指先は、その皮膚に触れることさえ許されなかった。

「足が止まってんぜ」

イザークの左手が俺の腕をつかみ、その爪が深く肉に食い込んでいた。捕まえたと言わんばかりに、奴《やつ》は俺に獰猛《どうもう》な笑みを向ける。

「食らいな――ジズエンズベイズ」

凍《い》てつく災爪に、蒼《あお》き魔力が集中する。俺の根源へ、確実にそれを直撃させるために、奴《やつ》はあえて可能性の《深源死殺《ベブズド》》を避けなかったのだ。

世界を切り裂く五爪が煌《きら》めく。

「ジアァァシャッ‼」

皮膚を破り、肉を裂き、骨を容易《たやす》く断っては、その爪は俺の根源を切り裂いた。夥《おびただ》しい量の魔王の血が溢《あふ》れ出《だ》し、それでも腐食しきれぬほどの威力。

根源を傷つけたのみならず、一瞬にしてこの肉体を殺している。

だが――

「ちっ」

宙を舞った災人が、《蘇生《インガル》》で蘇生《そせい》した俺に、獰猛《どうもう》な視線を向ける。

「オレを力尽くで振りほどくたぁ、面白《おもしれ》ぇが――」

獣のように両手両足をついて、災人は地面に着地する。災爪を食《く》らう寸前、奴《やつ》を宙に投げ飛ばし、体勢を崩した。根源への狙いを僅かに逸《そ》らしたのだ。

「――それ以上に面白《おもしれ》えのは、てめえの根源だ」

狂喜の笑みで、奴《やつ》は俺を睨《ね》めつけた。

「深層世界を八つ裂きにする災爪を食らって、平気な面《つら》で立ってやがる奴《やつ》はそうざらにはいねえ」

凍《い》てつく魔眼《めえ》が、俺の深淵《しんえん》――滅びの根源を覗《のぞ》かんとばかりに鋭く光る。

「てめえは本当にアーツェノンの滅びの獅子《しし》か？」

「いいや」

紫電を放ち、球体魔法陣を描く。

夕闇に染まった右手で、それを掴《つか》み、圧縮した。

手の中で紫の稲妻が凝縮され、激しい雷光が災淵《さいえん》世界を照らす。迸《ほとばし》った紫電が一〇の魔法陣を描いていき、それらが合わさり一つの巨大な魔法陣と化した。

「俺は暴虐の魔王――」

「――アノス・ヴォルディゴードだ」

撃ち放ったのは、未完成の深層魔法、《掌魔灰燼紫滅雷火電界《ラヴィアズ・ギルグ・ガヴエリイズド》》。

鈍重極まりない速度で災人に襲いかかるが、奴《やつ》はそれを難なくかわし、氷床を荒々しく踏みつけた。周囲一帯の大地という大地が脆《もろ》くも砕け散り、足場を失う。

《飛行《フレス》》にて姿勢を保ったそのほんの僅かな隙を見逃さず、イザークは獰猛《どうもう》な牙を覗《のぞ》かせながら、俺を蹴り飛ばした。

「ジャッッッ!!」

魔王の血を流しながらも、俺の体は後方へ吹き飛んでいく。追撃とばかりに、奴《やつ》は両爪を光らせた。

「――ジズエンズベイズ！」

凍《い》てついた爪に、再び蒼《あお》き魔力が集中する。

だが、奴《やつ》の攻撃より数瞬早く、氷の地面に着地した俺は足下に魔法の鏃《やじり》十本を撃ち込んだ。

災爪がぴたりと止まる。

二律僭主《にりつせんしゅ》の魔法、《影縫鏃《デミレ》》である。

最初に放った《掌魔灰燼紫滅雷火電界《ラヴィアズ・ギルグ・ガヴエリイズド》》は布石。

鈍重な雷光は、イザークの後ろから奴《やつ》を照らし出し、その影を俺の足下まで伸ばした。

《影縫鏃《デミレ》》は影を縫い止めることで本体を縫い止める。手と足、胴体に二本ずつ。深層世界の強者とて、身動き一つとれぬほどの呪縛だ。

だが──それでも、災人は動く。

縫い止められた五体が軋《きし》むのも構わず、強引に体を反転させ、後方を鈍重に浮遊する《掌魔灰燼紫滅雷火電界《ラヴィアズ・ギルグ・ガヴエリイズド》》に爪撃を飛ばした。

空間ごと紫電は斬り裂かれる。雷光が消え、影が縮んだ。《影縫鏃《デミレ》》から解放された奴《やつ》が、再びこちらを向くよりも先に、俺は地面を蹴っていた。

「《涅槃七歩征服《ギリエリアム・ナヴイエム》》」

禍々《まがまが》しい魔力が俺の全身に渦を巻く。

一歩目──

「《二律影踏《ダグダラ》》」

奴《やつ》の影を踏み抜いた。《涅槃七歩征服《ギリエリアム・ナヴイエム》》にて底上げされた二律僭主《にりつせんしゅ》の深層魔法はしかし、災人イザークの根源を踏み潰すことはできず、ただ奴《やつ》の影が凍結された。

「なるほど──カラクリは読めた」

「そうかよ?」

間髪を容《い》れず、奴《やつ》の腕が走った。

災爪が俺の胸を貫通し、根源を抉《えぐ》ろうとする──その間際、二歩目を刻み、《影縫鏃《デミレ》》でイザークの両腕を縫いつけた。

滅びを伴うその呪縛により、災人の腕は腐食していく。

「《凍獄の災禍《とうごくのさいか》》は、お前の根源に触れる可能性のあるもの、その未来を凍結させる」

《極獄界滅灰燼魔砲《エギル・グローネ・アングドロア》》や《二律影踏《ダグダラ》》は奴《やつ》の護《まも》りを貫き、その根源を滅ぼそうとした。だが、根源に触れる可能性が生じた瞬間、先にその未来が凍結されてしまう。

《極獄界滅灰燼魔砲《エギル・グローネ・アングドロア》》や《二律影踏《ダグダラ》》が当たる前に、可能性が摘み取られるのだ。

魔法はなんの効果も発揮せず、残るのは凍結されたという結果だけだ。ゆえに、根源に届かぬ弱い攻撃は、奴《やつ》に傷をつけることができた。

根源に届く一撃でなければ、《凍獄の災禍《とうごくのさいか》》は発動しないからだ。災淵《さいえん》世界に働いている《凍獄の災禍《とうごくのさいか》》も似た性質を持つ。こちらは、イーヴェゼイノの秩序を傷つける可能性が生じれば、その未来が凍結されるといったところか。

だからこそ、奴《やつ》の災爪は災淵《さいえん》世界を傷つけることなく、敵だけに世界を滅ぼすほどの傷を与えることができる。

「つまり、止める手段はねえ」

好戦的に奴《やつ》は笑った。

イザークの脚の爪が蒼《あお》く凍《い》てつき、蹴り出される。それを左腕で受けつつ、三歩目を刻む。

《影縫鏃《デミレ》》にて、奴《やつ》の両足を縫い止めた。

「止められぬ災いなどない」

四歩目――

紫電の球体魔法陣を描き、夕闇に染まった右手で摑《つか》む。激しい雷光が瞬《また》いて、災淵《さいえん》世界を紫一色に染め上げる。

描いたのは、《深印《ドラム》》の魔法陣。未完成だった《掌魔灰燼紫滅雷火電界《ラヴイアズ・ギルグ・ガヴエリイズド》》を深化させていく。

奴《やつ》の土手っ腹に指先を突き刺し、根源へ直接、その滅びの紫電を叩《たた》き込《こ》む。

「触れようとした時点で災禍《さいか》に呑《の》まれんぜ、暴虐の魔王」

触れようとしてはならぬ災い。それが災淵《さいえん》世界が主神、災人イザークの権能。

紫電の可能性さえ凍結され、奴《やつ》の周囲に氷塵《ひょうじん》が舞う。それだけではない。奴《やつ》の全身から、かつてないほど冷たい魔力が発せられていた。

これまで《凍獄の災禍《とうごくのさいか》》にて凍結されたすべてのものが氷の結晶と化し、魔法陣を描きながら、この場へ舞い降りてくる。

俺と奴《やつ》の激突により、激しく震動していた世界が止まる。

否——凍結したのだ。

「《氷獄災禍凜令終天凍土《シヴイラ・エビオン・バルムアーデ》》」

災人の周囲に、蒼《あお》き氷晶が吹雪の如《ごと》く吹《ふ》き荒《すさ》ぶ。

すべてが——凍っていく。その災禍《さいか》の氷晶に触れたものは、物体のみならず、魔力や時間、秩序、根源さえも凍らせ、万物余さず、あらゆる活動を停止させる。

《涅槃七歩征服《ギリエリアム・ナヴイエム》》を発動しているこの体さえも、氷晶に覆われ、刻一刻と凍りついていく。主神たる権能を魔法術式に組み込んだ、恐らくは奴《やつ》の深層大魔法。

だが、

「触れようとはせずに、すでに触れていればよい」

《凍獄《とうごく》の災禍《さいか》》は、未来の可能性を凍結させる権能――すでに過ぎ去った過去までを凍らせることはできない。

五歩目――

起源魔法《時間操作《レバイド》》にて、滅びの紫電を数瞬前の過去へ送り込む。

「《深掌魔灰燼紫滅雷火電界《ラヴィアズ・ギルグ・ガヴエリイズド》》」

「……が……………！」

突如、過去に発生した紫電を、災人は避けることすらできなかった。時間を遡り、奴《やつ》はその滅びの魔法をすでに食らっていたこととなったのだ。

まるで嵐の如《ごと》く、滅びの暴雷が荒れ狂う。災人の肉体を伝い、反魔法をズタズタに引き裂きながら、その根源を途方もない量の紫電が幾度となく貫いた。

「……てめ、え…………！」

狂喜に満ちた顔で、奴《やつ》は笑う。こちらの狙いを察したのだろう。

《氷獄災禍凜令終天凍土《シヴイラ・エビオン・バルムアーデ》》も止まっておらず、それは俺の体を蝕《むしば》み、根源さえも停止させようと冷たい災禍《さいか》を解放する。

だが、構わず俺は《深掌魔灰燼紫滅雷火電界《ラヴィアズ・ギルグ・ガヴエリイズド》》を奴《やつ》の根源に集中させていく。

そうして、我慢比べとばかりにニヤリと笑った。

「過去だからといって、可能性がないと思ったか」

滅びの暴雷と災禍《さいか》の氷晶が両者を呑《の》み込んでいき、災淵《さいえん》世界を二分するが如《ごと》く膨れ上がった

§51.【勇気の道】

凶暴な冷気により凍結していくこの身とは裏腹に、荒れ狂う稲妻に撃ち抜かれた災人が勢いよく弾《はじ》け飛ぶ。

根源の中心に叩《たた》き込《こ》んだ《深掌魔灰燼紫滅雷火電界《ラヴィアズ・ギルグ・ガヴエリイズド》》は、《凍獄《とうごく》の災禍《さいか》》にて凍結されることはない。

にもかかわらず、災淵《さいえん》世界に大きな損傷が見られぬのは、その威力のすべてが災人イザークの根源に集中しているからだ。

目映《まばゆ》い紫電が奴《やつ》の内側で暴れ回り、その体は空に打ち上げられていく。

そのときだ。

蒼《あお》でも、紫でもない。もう一つ――純白の光が、鬩《せめ》ぎ合う魔法に介入した。

虹だ。

それが球状となり、イザークの体を包み込んでいた。まるで結界のように、奴《やつ》をそこに縛りつけている。

「……ちっ………」

イザークが視線を向けた方角に、二隻の船が見えた。

先行しているのは、バルツァロンドの銀水船ネフェウス。そして、その更に後方に聖船エルトフェウスがあった。

白き虹を放ったのは、祝聖天主エイフェである。

狙っていたのだろう。イザークが隙を見せる瞬間を。

今なお《深掌魔灰燼紫滅雷火電界《ラヴィアズ・ギルグ・ガヴエリィズド》》は奴《やつ》の根源で暴れ狂っている。そうでなければ、こう易々《やすやす》とは当たらなかった。

そして、それは《氷獄災禍凜令終天凍土《シヴィイラ・エビオン・バルムアーデ》》も同じだ。災人が放った深層大魔法の勢いは衰えることなく、俺の体を凍結させ続けている。

思うように腕が上がらぬ。

「よう、祝聖天主」

球状の虹に拘束されたまま、イザークは《思念通信《リークス》》を飛ばす。

「オルドフを連れてこいと言ったはずだぜ」

聖船エルトフェウスの甲板にて、エイフェは悼《いた》むような表情を返した。

「……いかに偉大とて、終わらぬものはなきかな、災人。先王オルドフにも、その戦いの日々に幕を下ろすときが訪れた。彼が安らかに逝《ゆ》けるよう、このハイフォリアを守り続けるのが、祝聖天主たる私の役目」

聖船エルトフェウスに、白い虹がかかる。それに共鳴するように、イザークを包み込む虹が光り輝いていた。

聖なる魔力が更に膨れ上がり、その拘束を強めた。

魔力の大元は、祝聖天主でも、聖船エルトフェウスでもない。

聖剣世界ハイフォリアだ。

建てられた五つの狩猟宮殿。そこから、白い虹がかけられるが如《ごと》く、この災淵《さいえん》世界イーヴェゼイノまで聖なる魔力が送られてきている。

「聖剣世界の力を今ここに。祝聖天主の名と、我らが正しき道をもちて、大災を封じんかな——聖ハイフォリアの祝福」

五重にかけられた白き虹を通じて、聖剣世界の魔力が聖船エルトフェウスに集う。

一点の曇りさえ感じられぬその純然たる祝福の魔力は、恐らく聖剣世界ハイフォリアでしか使えぬ限定秩序。

だが、今、ハイフォリアとイーヴェゼイノは地続きとなっている。十全でないにせよ、大災を封じるその権能を送ることができると睨《にら》んだ。そして、それを当てる機会を見計らっていたというわけか。

「災いの獣よ。汝《なんじ》に、祝福があらんことを」

聖船エルトフェウスの前方に、巨大な魔法陣が描かれる。それが砲塔の如《ごと》く変化したかと思えば、白き光を撃ち放った。

白光はさながら、道のように災人へ向かって伸びていく。

イザークは動かない。否、動けぬのだろう。俺の《深掌魔灰燼紫滅雷火電界《ラヴィアズ・ギルグ・ガヴエリイズド》》に加え、祝聖天主エイフェの権能が、奴《やつ》の体を蝕《むしば》んでいる。

《凍獄《とうごく》の災禍《さいか》》も、天敵たる聖剣世界の主神を相手にしては、その真価を存分に発揮することはできぬはずだ。

聖ハイフォリアの祝福、その輝きがまっすぐ災人イザークへ向かっていき、そして――

寸前で防がれた。

「…………」

祝聖天主エイフェが、僅かに息を吐く。

祝福を遮ったのは、バルツァロンドの船だ。光に包まれ、銀水船は完全に制御を失う。ボロボロと船が分解され始めた。

「バルツァロンド卿《きょう》、もう舵《かじ》が利《き》きませんっ！」

「申し訳ありませぬ。我々もこれ以上の戦闘は……」

「どうかご武運をっ！」

落ちていく船から、二つの影が飛び出してきた。

「よくぞここまで送り届けてくれた！　戦いを終わらせて迎えに行くっ！　必ず生きろっ！　命令だっ！」

バルツァロンドが従者たちに言葉をかける。

その横にレイが並んだ。二人は災人を守るように立ちはだかり、遠く聖船エルトフェウスを見据える。

バルツァロンドは弓を構え、祝聖天主エイフェに狙いを定めた。

「天主。引いてください。先王が望んだのは、このような争いの道ではなかった！　我らが偉大なる勇者は虹路《こうろ》よりも正しき道、真の虹路《こうろ》を目指していたのだ！」

彼はそう《思念通信《リークス》》を飛ばした。

「バルツァロンド」

柔らかく、エイフェの声が響く。

「偉大なる先王の言葉には、敬意と信頼をもって応えるべきこと。先王オルドフが真の虹路《こうろ》たる道を示したならば、それは聖剣世界の行く末を託す価値があることかな」

確固たる意志を込め、彼女は続けた。

「されど今、ここに彼はいない。いないものに聖剣世界の命運を委ねることはなき。勇気を示し、道を歩み続けるものにこそ、奇跡は起こる」

この場にいない男に、奇跡など起こしようがない。エイフェはそう言いたいのだろう。

「先王オルドフの道は私が継いだ!!」

バルツァロンドが大きく声を張り上げる。

その言葉に、災人がピクリと眉を動かした。

「へーえ」

輝く虹に拘束されながらも、イザークは軽口を叩《たた》く。

「てめえにできんのか? オルドフの息子」

「無論だ」

向かってくる聖船エルトフェウスを警戒しながらも、背後のイザークを振り向き、バルツァロンドは堂々と答えた。

「ゆえに牙を収めるのだ、災人。先王オルドフの誓いは、私が果たそう」

「で？」

イザークは問う。

バルツァロンドは僅かに疑問の表情を見せた。

「見つかったのかよ？」

牙を覗《のぞ》かせ、奴《やつ》は笑った。

その周囲に蒼《あお》き冷気が噴出し、自らを束縛する虹の光を凍《い》てつかせようと渦を巻く。

聖ハイフォリアの祝福であろうと、ここは奴《やつ》のなわばり、災淵《さいえん》世界イーヴェゼイノ。拘束を解けぬ道理はあるまい。

「約束はこうだぜ？　真の虹路《こうろ》がねえなら、ハイフォリアはぶっ潰す」

バルツァロンドは奥歯を噛《か》み、絞り出すような声で言った。

「……まだだ。だが、必ず見つけてみせる」

くくく、と災人は笑声をこぼした。

「いいぜ？　だったら、あのオッサンの妄想を継げるぐらい、てめえが大馬鹿野郎だってとこを見せてみな」

イザークの魔力が急激に上昇する。溢《あふ》れ出《だ》す冷気は、イーヴェゼイノの温度を更に低下させ、たちまち極寒の世界へと変貌させた。

それでもなお、虹の祝福は彼を拘束し続けている。純白の輝きは、よりいっそう目映《まばゆ》さを増していた。

聖船エルトフェウスが距離を詰めている。ハイフォリアからの虹の架け橋が延び、その秩序が災淵《さいえん》世界にまで広がっていく。

その分だけ、祝聖天主エイフェの権能が強く発揮されているのだ。

「もう遅きかな、災人。汝《なんじ》に、全霊の祝福を」

エイフェが虹の翼を広げる。

聖船エルトフェウスの前方に再び魔法陣が描かれ、神々《こうごう》しい光が放たれた。

流星の如《ごと》く再び迫るのは、聖ハイフォリアの祝福。同種の魔力を有す狩猟貴族たちの銀水船でさえ、その力を悉《ことごと》く封じられた。災人に直撃すれば、その効果は彼らの比ではないだろう。

しかし、一人の男が飛び出した。

「霊神人剣、秘奥《ひおう》が伍《ご》――」

白虹《はくこう》が聖剣に集う。エヴァンスマナを構え、レイは聖ハイフォリアの祝福に真っ向から立ち向かっていく。

「――《廻天虹刃《かいてんこうは》》っっっ!!」

流星の如《ごと》き虹の輝きを、レイはエヴァンスマナにて斬り裂いた。放たれた神々《こうごう》しい光は霊神人剣の秘奥《ひおう》により形を変えていき、レイの背に一本の虹の剣――虹刃《こうは》を作る。

切断した権能の魔力を変換しているのだ。レイの背後には、虹刃が二本、三本と増えていく。

恐らくは、虹刃の量には限界がある。それを超えれば、《廻天虹刃《かいてんこうは》》にて、聖ハイフォリアの祝福を防ぐことはできなくなる。

「バルツァロンド」

レイが促すと、すかさず彼は答えた。

「わかっている！」

弓を引き絞り、バルツァロンドは祝聖天主エイフェに狙いを定める。

男爵レオウルフが迎え撃つべく剣を抜いた。彼の守りを突破し、エイフェを射貫《いぬ》かなければ、聖ハイフォリアの祝福は止められぬ。

「下がりなさい、レオウルフ」

僅かにレオウルフは眉をひそめる。主君の命が不可解だったのだろう。

「……しかし、天主」

「彼の矢が私に当たることはなき」

自ら体を曝《さら》すように、祝聖天主エイフェはゆっくりとレオウルフの前に出た。

「その心には迷いがあるゆえに」

祝福するように、エイフェがゆるりと翼をはためかせる。

すると、それに連動するように、バルツァロンドの体が光り輝き、その足下から虹路《こうろ》が現れる。聖剣世界ハイフォリアにおける正しき道は、エイフェではなく、彼の後ろ、災人イザークへと伸びた。

バルツァロンドは、険しい表情で奥歯を噛《か》んだ。

「あなたの良心は災人を討つことが正しいと知っている。獣を狩ることこそが、狩猟貴族の本懐であると」

諭《いと》すようにエイフェは言った。

「愛しき、我が世界の子よ。オルドフの道を継ぎたいという気持ちはわかる。時が許せば、私もあなたと語り合いたかった。されど、矢を向けるべき相手を間違えてはならない。私たちは、戦ってはならない」

「このバルツァロンドに、迷いなどありはしないっ!!」

その弓から赤い矢が放たれる。光の如《ごと》く猛然と直進したそれは、エイフェの鼻先に迫り、僅かにその頬をかすめて、船の甲板に突き刺さった。

「…………!?」

信じられないと言わんばかりに、バルツァロンドが目を見張る。

エイフェは慈愛の笑みを浮かべた。

「それが、あなたの道。あなたは気高き狩猟貴族。その善《よ》き心は聖剣世界ハイフォリアとともにある」

聖船エルトフェウスから、再び聖ハイフォリアの祝福が放たれる。

その光の奔流をレイは《廻天虹刃《かいてんこうは》》にて斬り裂いた。だが、祝福を殺しきれない。先程よりも遥《はる》かに勢いの増したその輝きに彼は押され、歯を食いしばった。

「違うっ！　私は狩猟貴族である前に、先王オルドフの息子。私の道は父が歩んだその先にあるっ!!」

数本の矢を番《つが》え、次々とバルツァロンドはそれを放っていく。だが、自らを守ろうとさえしないエイフェに、その矢は一本も当たることはなかった。

「……なぜ………」

「あなたは優しき狩人《かりゅうど》。父への弔いと、己の良心との間に板挟みとなった。その葛藤はあなたをより正しき道へと導くかな」

バルツァロンドの虹路《こうろ》がよりいっそう光り輝く。

その道に照らされた災人イザークは、渦中《かちゅう》にありながらも、どこか冷めた目で事態を傍観していた。

期待外れ、あるいは、茶番だと言わんばかりに。

「愛《いと》しき我が世界の子よ。私があなたを咎《とが》めることはなき。あなたはただ道に迷っただけにすぎないのだから」

過《あやま》ちを受け止めるとでもいうように、エイフェは両腕を広げ、弓を構えるバルツァロンドに無防備を曝《さら》す。

迷っていないのなら、この身を撃ち抜けるはず、と。

「違うっ……！　私は、迷ってなど……！」

弓を引き絞るバルツァロンドの手が震える。

彼の視界には、虹路《こうろ》が見える。燦然《さんぜん》と輝く、正しき道が。それは確かに災人イザークを討てと示しているのだ。

今日に至るまで疑いもなく虹路《こうろ》を邁進《まいしん》してきたバルツァロンドにとって、その道を進まないというのは受け入れがたく、抗《あらが》いがたいことだろう。

なにが間違っていて、なにが正しいのか。それが、彼ら狩猟貴族には、はっきりと目に見えるのだから。

「この心に……微塵《みじん》も、迷い、など……」

「バルツァロンド」

霊神人剣にて聖ハイフォリアの祝福を防ぎながらも、レイが口を開く。

「迷うのは悪いことかい？」

柔らかく、彼はそう問いかける。

「僕たちは新しい道を探している。間違えたら引き返せばいい。勇気をもって前に進もう」

彼は微笑《ほほえ》む。

鼓舞するでも、牽引《けんいん》するでもなく、ただ優しく語りかけた。

「何度でも迷いながら」

憑《つ》きものが落ちたような顔だった。

同時に放たれた矢は魔眼《め》にも映らぬ速度で飛んだ。

その軌道を見抜いたか、レオウルフがエイフェの前に出て、聖剣を抜く。融和剣。あらゆるものと融合するその剣は、しかし、バルツァロンドの矢を斬り裂くことはできなかった。

レオウルフが守るのを見越していたように、矢の軌道が変わって、刃をかわし、そのまま、祝聖天主エイフェの腹部を貫いたのだ――

§52. 【落ちゆく船】

静寂がその場を支配していた。

　レオウルフ男爵、そして狩猟貴族らが息を呑《の》む。

　災人イザークまでもが僅かに目を開き、その赤き矢の在処《ありか》を見据えた。

　鏃《やじり》からは、赤い血が滴《したた》り落《お》ちている。祝聖天主エイフェの腹部を、それは確かに射貫《いぬ》いていた。

「天主っ!!」

　聖船エルトフェウスの甲板上。血相を変えて、レオウルフが駆け寄る。彼はバルツァロンドの弓を警戒しながらも、主の傷に視線を配る。

　軽く息を吐き、エイフェは顔を上げた。

「……心配なきかな」

　突き刺さった矢に祝聖天主がそっと手をかざせば、キラキラと光を放ちながら、薄《うっす》らと消えていく。

　レオウルフが安堵《あんど》の色を覗《のぞ》かせたそのとき、聖船エルトフェウスが僅かに揺れた。

「しょ、障壁上部被弾っ！」

「黒穹《こっきゅう》より接近する船を確認。あれは……」

　甲板の狩猟貴族たちが、黒穹《こっきゅう》へ魔眼《め》を向ける。目にも留まらぬ速度で急下降してきたのは、翼を持つ美しき城。

「飛空城艦ゼリドヘヴヌスですっ！」

「――カーッカッカッカッカッカッカッカッ！！！」

　大空に熾死王エールドメードの声が響き渡る。

ゼリドヘヴヌスを動かしているのは、創術家ファリス・ノイン、そして魔王学院の生徒たちだ。

「見たまえ、見たまえ、見たまえよっ！　災人イザークを祝福するため、あの箱船は魔力機関を総動員している。イーヴェゼイノの領域で、あの権能を使うのはそれだけ大仕事というわけだ。つ・ま・り！」

ゼリドヘヴヌス内部にて、エールドメードはニヤリと笑う。

「今なら、オマエたちの力で突破できる。まさにグッドタイミン・グゥッ!!」

「蜂の巣にしろ！」

レオウルフの命令により、甲板の狩猟貴族らは一斉に矢を放った。

ゼリドヘヴヌスの両翼がファリスによって描き直される。新たに創造されたのは、鋭い刃が如《ごと》く、雄々しき翼だ。

「《創造芸術建築《アストラステラ》》」

「当たりませんっ！」

「おのれっ！　あれが、船の動きかっ！　獣の方がまだ大人しいぞっ！」

雨あられの如《ごと》く放たれる矢を、その飛空城艦は縦横無尽に飛び回り、華麗にすり抜けていく。

ファリス・ノインは言った。

「聖なる矢と、鋭き翼の共演。天空に描かれしは、勇猛なる戦士の美」

「聞いたか、オマエら！　戦争の実習のみならず、ど・う・じ・に美術の実習までできるそうだっ！　ここで満点を叩《たた》き出《だ》せば!!」

熾死王は、大鏡に映る聖船エルトフェウスを杖《つえ》で指す。

「未来の魔皇まで一・直・線・だぁっ！」

「……やべえぞ、くそ……！　先生たちの言っていること全然わからねえっ!!」

「どっちかっていうと、地獄まで一直線じゃねえのっ!!」

生徒たちは口々にぼやきながらも、そのときのために魔力を溜《た》めている。

訓練は積んでいる。ぎりぎり使い物になるからこそ、熾死王はパブロヘタラから彼らを連れてきたのだ。そうして、エイフェとイザークが動きを止めるこの絶好の機会を見計らっていた。

「レオウルフ卿《きょう》。全魔法障壁の展開を。一層だけでは突破される恐れが……！」

「否。あの船は確かに速いが、それだけだ。船同士の衝突ならばこちらに分がある。よしんば魔法障壁を突破されたところで、このエルトフェウスを落とすことはできない」

レオウルフ男爵は冷静に回答する。

「奴《やつ》らの目的は災人の救出。天主とエルトフェウスの力を削《そ》ぎ、祝福を弱める腹づもりだろう。ならば、聖ハイフォリアの祝福を一寸たりとも緩めるわけにはいかん」

向かってくるゼリドヘヴヌスを睨《にら》み、レオウルフは言った。

「狩り場に誘い込め。一瞬止まれば、おれが斬る」

「了解っ！」

狩猟貴族たちの射撃が獲物を仕留めようとするものから、追い詰めるものへと変化した。

当たらないのは承知の上で、飛空城艦の回避先を制限しているのだ。狩猟貴族の名に相応《ふさわ》しく、獲物の追い詰め方は手慣れたものだ。

さすがのファリスとて、これでは自由に飛べまい。ゼリドヘヴヌスは、半ば奴《やつ》らに誘導されるように黒穹《こっきゅう》を抜けた。

熾死王の狙いは船同士の接近戦。魔力に劣るゼリドヘヴヌスは、その速度を活《い》かしての一撃離脱が最善の攻撃手段だ。

まっすぐエルトフェウスに照準を定めると、飛空城艦は一気に加速する。その次の瞬間、船の速度よりも早く聖船エルトフェウスの巨大な船体が迫っていた。

接近戦を狙われているのは承知の上だったか。一撃を受ける覚悟で、攻撃のタイミングをズラすため、レオウルフは船を急上昇させたのだ。

離脱させせず、そのままエルトフェウスをぶつけるつもりだろう。

「カカカカッ！　こちらの手の内が読まれているではないかっ！」

愉快千万とばかりに、エールドメードはエルトフェウスを睨《にら》む。ファリスが魔筆を振るえば、生徒たちの左右に魔法陣が現れる。

彼らは、二本の魔剣をそこに突き刺し、強く柄を握りしめた。魔剣は魔法陣を通し、ゼリドヘヴヌスの両翼につながっている。生徒たちの魔力を直接込めることができるのだ。

「ちっくしょう、やっぱり地獄行きじゃねぇか……！」

「あんな馬鹿でけぇ船に効くのかよ……練習でだって、成功率は半分だぜ……！」

聖船エルトフェウスがみるみる迫る。

「成功率が半分？　まさかまさか、あれを斬るには刹那の間に、全員一致での魔法行使をするしかない」

エールドメードがぶっちゃける。

剣に魔力を送りながらも、生徒たちはごくりと唾を飲み込んだ。

「成功率は一割以下だ！　カカカカカ、死ぬ気でやれとは言わんぞ。もはや、死んだも同然だぁぁっっっ！！！」

絶句する間すらなく、エルトフェウスの魔法障壁が目前に迫る。生徒たちは無我夢中で、ありったけの魔力をそこに込めた。

「「「ちっきしょううううううううううううううっっっ!!!!」」」

「「「えええええええええええええええええええいっっっ!!!!」」」

気勢とともに、描かれた術式は《深撃《ゼルス》》。

魔力が足りぬため、普通のやり方では彼らに扱うことはできぬ。そのため、集団魔法にてシンと同じく攻撃が当たる瞬間のみ魔法行使をする方法をとった。

刹那の間のみならば、《深撃《ゼルス》》の発動が可能。だが、全員の呼吸を揃《そろ》えなければならない集団魔法にて行うのは至難であり、それを当てるとなれば更に至難だ。

成功率は幾ばくもないが、死に直面した生徒たちの集中力は極限まで高まっていた。

「美しくあれ」

ファリスの合図が発せられる。生徒たちは呼吸を揃《そろ》え、《深撃《ゼルス》》を使う。魔剣から魔法陣を通して、その魔力は翼に伝わる。

聖船エルトフェウスの魔法障壁に、その鋭き翼が衝突した。

バシュンッと弾《はじ》けるような音が響き、目前にあった魔法障壁が真っ二つに切り裂かれる。

「気を緩めるな。もう一発だぁ！」

魔法障壁が突破されるのを覚悟していたレオウルフは、聖船エルトフェウスをそのままゼリドへヴヌスに突っ込ませてきた。

いかに旋回に優れた飛空城艦といえども、このタイミングで避けきれるものではない。

活路は一つ、目の前の聖船を切り裂くことだ。

「勇猛なる戦士の美を、ここに」

「「うおおおおおおおおおおおおおおおおおおおおおおぉぉぉぉっっっ！！！」」

くるりとゼリドへヴヌスが回転し、《深撃《ゼルス》》の翼が、エルトフェウスを切りつける。

巨大な箱船に一筋の線が走った。

船体がズレて、ぐらりと地上に落下していく。

だが、浅い。

《深撃《ゼルス》》の翼は、甲板の一部を切り落としたにすぎず、その刃は船の根幹には届いていない。

「カカカカッ、もう一回転っ！」

「遅い」

すでに聖剣を抜き放ったレオウルフが、ゼリドへヴヌスまで間合いを詰めていた。

「融和剣《ゆうわけん》、秘奥《ひおう》が弐――」

甲板を斬り裂くように走った聖剣は、聖船エルトフェウスの一部と同化して、巨大な刃と化す。

「――《同化増刃《どうかぞうじん》》っっっ！！！」

ゼリドヘヴヌスが船を切るより先に、巨大な刃はその翼を切り落とした。

そのまま飛空城艦は聖船エルトフェウスに衝突する。

強度ではあちらが遥《はる》かに上だ。ぐしゃりと潰れていくゼリドヘヴヌスは、《創造芸術建築《アストラステラ》》にて創り直され、かろうじて原形を保ち続ける。

「お騒がせしました」

祝聖天主にレオウルフは言う。

「こうなれば、銀城創手も袋のネズミ。後は――」

「袋のネズミなのはお前たちの方だ」

俺の声に、レオウルフとエイフェが視線を険しくする。

がくん、とエルトフェウスが下降を始めた。

「これは……？」

『レオウルフ卿《きょう》っ！　か、舵《かじ》が利《き》きませんっ！　船が勝手に下降を……!?』

『いえ、これは……落下してっ……!?』

操舵室《そうだ》からの《思念通信《リークス》》だ。

はっと気がついたように、レオウルフは声を上げる。

「船底だっ！　ミリティアの元首が張り付いているっ！」

ふむ。気がつかれたか。

元よりゼリドヘヴヌスでは、エルトフェウスを落とせぬのはわかっていた。あちらは陽動。《深撃《ゼルス》》の翼にて、魔法障壁を破った隙に船底にとりついたのだ。

「全速上昇！　振り落とせ！」

『や、やっていますっ！　しかし、引きずら──うおぉっ⁉』

聖船エルトフェウスを振り回すように、船底をつかんだまま、俺はぐんと加速した。その拍子にゼリドヘヴヌスは空域を離脱していく。

生徒らは魔力がほぼ枯渇《こかつ》した。これ以上は、エルトフェウスと戦えぬだろう。

『ぬぐぅぅっ……！』

『地表に叩《たた》きつけるつもりか……⁉　それしきで、このエルトフェウスが……』

『いや、まさか……あそこは……⁉』

船首を下に向けながら、真っ逆さまに巨大な船体は落下していく。見えてきたのはイーヴェゼイノの雨に満たされた途方もない水溜《みずた》まり──《渇望《かつぼう》の災淵《さいえん》》だ。

「──《同化増刃《どうかぞうじん》》っっっ！！」

甲板に突き刺した聖剣が、巨大な刃となって船底から勢いよく突き出される。《深源死殺《ベブズド》》の掌《てのひら》でそれを受け止め、その刃をぐしゃりとわしづかみにする。

「ちょうど持ち手が欲しかったところだ」

船底から長く突き出された刃をつかみ、俺はその船をぐるりと振り回す。

「ぬ、あぁっ……‼」

レオウルフは堪《こら》えたが、甲板から何人もの狩猟貴族が宙に投げ出された。

操舵室《そうだ》では魔力を振り絞り、船の姿勢制御を試みている。

安定させようという魔力の翼をすべて引きちぎるように、俺は更に船をぐるんぐるんと回転させる。

その上下左右がめまぐるしく入れ替わり、中が激しくシェイクされた。

「なぁっ……!!　お・お、おおおおぉぉっ……!!」

「ば、化け物かぁぁぁっ!!」

歴戦の狩人《かりゅうど》たちといえども、母船を振り回された経験はなかったか、エルトフェウスから次々と悲鳴が上がる。

「あの二人の邪魔をしてもらっては困る」

《同化増刃《どうかぞうじん》》がバキンッと折れる。勢いよくすっ飛んでいった聖船エルトフェウスを俺は追いかけ、再びその船底をつかんだ。

「お前たちは俺につき合ってもらうぞ」

直下に見える《渇望の災淵《かつぼうのさいえん》》へ、俺は真っ逆さまに落ちていく。聖船エルトフェウスはそれに抵抗するため、下方に魔力を放出した。俺の腕に黒き粒子が螺旋《らせん》を描く。

上昇しようという力をねじ伏せ、更に落下を加速させた。

「ぬ・あ・あ・あああああああぁぁぁっ…………!!」

「止・ま、れえええええぇぇぇぇ………!!」

「「う、あああああああああああああああああぁぁぁっっ！！！」」

ダッパアアァァァァァァァンと暗雲を貫くほどの水柱を上げながら、聖船エルトフェウスを《渇望の災淵《かつぼうのさいえん》》に勢いよく叩《たた》きつけた。

§53. 【届かぬ言葉】

《渇望《かつぼう》の災淵《さいえん》》は、ハイフォリアの住人と相反する属性を有する。

その水は彼らにとって、猛毒にも等しいだろう。聖船エルトフェウスも例外ではなく、激しく水面と衝突した船体はメキメキとひしゃげ、沈んでいく。

立ち上った巨大な水柱を、上空にいたバルツァロンドとレイは飛行してかわす。水流は、災人イザークを呑《の》み込んだ。

「――狩人《かりゅうど》じゃねえな」

水柱はたちまち凍りつき、パリンと砕けた。

氷晶が空に舞う。災人イザークは牙を覗《のぞ》かせ、蒼《あお》き魔力を全身から発した。

彼を覆っていた球状の虹――聖ハイフォリアの祝福が輝きを失い、凍りついていく。

聖船エルトフェウスが《渇望《かつぼう》の災淵《さいえん》》に沈んだことで力が弱まったか、あるいはその束縛を解くため、魔力を溜《た》めていたか。聖ハイフォリアの祝福が完全に凍りつくと、それが砕け、霧散した。

災人の魔眼《め》がギラリと光る。

「てめえは、誰だ？」

獰猛《どうもう》な視線はまっすぐレイに突きつけられた。

動じず、彼はいつものように爽やかな微笑《ほほえ》みを返す。

「転生世界ミリティア、魔王学院のレイ・グランズドリィだよ」

「ナーガが言ってた不適合者の一人か」

災人はその魔眼にて、レイの深淵《しんえん》を覗《のぞ》く。

警戒しているのか？　いや、どちらかと言えば興味に近い。

「ハイフォリアの霊神人剣が奪われてんのは傑作じゃねえの」

「奪われたわけではない」

災人イザークの言葉を、バルツァロンドが堂々と否定する。

「レイ・グランズドリィはエヴァンスマナに選ばれた。その勇気と正しき心が、聖剣の所有者に相応《ふさわ》しいと認められたのだ」

「へーえ」

災人は獰猛《どうもう》に笑う。

身をたわませた奴《やつ》の姿勢は、獣が獲物に襲いかかるときのそれである。

「待ってもらおう！」

広げた手を突き出し、バルツァロンドが言う。

「私たちはこの争いを止めに来たのだ。災人イザーク、貴公と会談の場を設けたい」

「聞いてやってもいいぜ、オルドフの息子」

蒼《あお》き魔力を噴出し、イザークが飛んだ。まっすぐ《渇望《かつぼう》の災淵《さいえん》》に向かって。

「――エイフェをぶっ潰した後にな」

急降下していく災人。

しかし、その行く手を阻《はば》むように、白虹《はくこう》の剣閃《けんせん》が走った。

「はぁっ……!!」

霊神人剣と《災牙氷掌《ガルムンク》》が鎬《しのぎ》を削る。

先読みしていたとばかりに、レイがそこに飛び込んでいた。

「悪いけど、話は聞いてもらうよ」

「どうやってだ？」

獣の眼光を、彼は柔らかい視線で受け止める。

「力尽くでも」

イザークが獰猛《どうもう》な笑みを覗《のぞ》かせ、飛《と》び退《の》いた。

直後、バルツァロンドの矢がたった今まで災人がいた場所を通過する。外れたかに思えた矢はかくんと曲がり、後退したイザークに襲いかかる。

「信じてねえのか、てめえらは」

赤き矢を軽くつかみ、災人は凍結させる。

氷が砕け、それは辺りに霧散した。

「古《ふり》い話だ。ハイフォリアの船団を、うちの連中が追い立て、イーヴェゼイノへ引きずり込んだことがあった。ちょうど腹を空かせた幻獣が《渇望の災淵《かつぼうのさいえん》》から何十匹と顔を出したところでな。餌食《えじき》霊杯を見るなり、すぐに食らいついた」

次々と放たれるバルツァロンドの矢を爪で引き裂きながら、イザークはレイに接近する。

蒼《あお》き《災牙氷掌《ガルムンク》》の指先と、彼は霊神人剣にて斬り結ぶ。

魔力の火花が激しく散り、その余波が大気をかき混ぜる。

「まともに考えりゃ助からねえ。イーヴェゼイノに来たところで、ミイラ取りがミイラになるだけだ。祝聖天主も五聖爵も諦めた。餌食《えじき》になった狩人《かりゅうど》の虹路《こうろ》が、来るなと言ってやがったからだ。だが――」

レイの斬撃をかいくぐり、災人はその右手を脇腹に突き刺す。

「ぐっ……！」

「――あのオッサンは来たぜ。たった一人で、仲間を助けにな。その聖剣で狩人《かりゅうど》を生かし、体の中の幻獣だけをぶった斬りやがった」

災人は笑う。

その出来事が、可笑《おか》しくてならぬとばかりに。《災牙氷掌《ガルムンク》》により、レイの体が凍《い》てつき始める。同時に根源が三つ、一気に凍結された。

「レイッ!!」

バルツァロンドが弓を引く。その位置からは、ちょうどイザークがレイを盾にしている格好となるが、構わず彼は矢を放つ。

流星の如《ごと》く加速したそれは、針の穴を射貫《いぬ》くような精度でレイの脇を通し、イザークの腹部に突き刺さる。

しかし、獣の体に鏃《やじり》が入ったのは僅か数ミリ。イザークはその矢を左手でつかんでいた。

「ふっ……!!」

僅かに力が緩んだ隙を逃さず、レイはエヴァンスマナを振り下ろす。

その白虹《はくこう》の斬撃を、イザークは左手で受け止める。

「オレの牙がハイフォリアの喉元にかかったのはそんときだけじゃねえ。幾千の獣に襲われようと、幾万の災禍《さいか》が降りかかろうと、幾億の絶望が立ちはだかろうと——」

蒼《あお》き冷気が渦巻き、霊神人剣を凍結させようとする。構わず、レイが霊神人剣を押し込めば、冷気が斬り裂かれ、イザークの掌《てのひら》に血が滲《にじ》む。

そのまま剣を振り切り、災人を吹っ飛ばす。奴《やつ》は身を翻《ひるがえ》し、前方に《狂牙氷柱滅多刺《ガーズ・ヴォイド》》の魔法陣を描いた。

「オルドフは馬鹿みてえに頑固な信念一つで、奇跡を起こしやがる。そうでなきゃ、とっくにこの銀海からハイフォリアはなくなってんぜ」

レイとバルツァロンドの逃げ道を塞ぎ、全方位に魔法陣が描かれる。

鋭《とが》く尖った蒼《あお》き氷柱《つらら》が、無数に出現した。

「だから」

レイは災人に言葉を返す。

「必ず来るって言うのかい？　今にも滅びそうな彼が」

「てめえはオルドフを知らねえ。素直に滅びるタマかよ」

二人を包囲する魔法陣から、蒼《あお》き氷柱が発射される。

無数の《狂牙氷柱滅多刺《ガーズ・ヴォイド》》を、レイは《天牙刃断《てんがはだん》》にて迎え撃った。

白虹《はくこう》の剣閃《けんせん》が幾重にも走り、無数の氷柱が一瞬にして斬り裂かれる。どっと冷気が噴出し、空を覆った。

それを貫くように、バルツァロンドの赤き矢が災人の顔面を狙う。

奴《やつ》が《災牙氷掌《ガルムンク》》にてそれを凍結させれば、飛び込んできたレイがイザークの胸を斬り裂いた。

鮮血が散り、両者の視線が交錯する。

「確かに、僕はなにも知らないよ」

レイは霊神人剣を斬り上げる。それを、イザークは《災牙氷掌《ガルムンク》》の左手にて受け止めた。

白虹《はくこう》と冷気が鬩《せめ》ぎ合い、災人の掌《てのひら》から血が滴《したた》る。

「それでも、一つだけ知っている。根源に魔弾を撃ち込まれ、滅びゆくだけの体となりながらも、先王オルドフは決して諦めてはいなかった。絶望の只中《ただなか》にいながらも、彼は希望を待ち続けた」

レイの気持ちに呼応し、霊神人剣から膨大な魔力が溢《あふ》れ出《だ》す。ぐっと剣を押し上げ、災人の左手を弾《はじ》き飛《と》ばした。

「君との誓いを叶《かな》えるために」

災人が《災牙氷掌《ガルムンク》》の右手を突き出す。それを、レイは霊神人剣で大きく打ち払った。

がら空きになった心臓に、バルツァロンドが放った赤き矢が突き刺さる。

「災人イザーク！」

後方から、バルツァロンドが声を飛ばす。

「父は来ない！　私にすべてを託したのだ！　偉大なる先王の夢を継ぎ、この伯爵のバルツァロンド、必ずや真の虹路《こうろ》を探し出すと誓おう。もしも、私がイーヴェゼイノの獣を狩る以外の道を見つけられなければ命をもっていくがいい！　それでは不足かっ？」

「ああ、足りねえな」

心臓に刺さったはずの赤き矢は、しかし凍結し、霧散していった。

《凍獄《とうごく》の災禍《さいか》》。災人の根源に触れる可能性が生じたため、その未来が凍らされたのだ。

「天秤《てんびん》にかけたのは聖剣世界ハイフォリアだ。てめえの命じゃ、まるで釣り合わねえ」

「では、なにを差し出せば釣り合うというのだ？」

「はっ」

嘲るように災人は笑う。その瞳に落胆の色が見て取れた。

「んなこともわからねえで真の虹路《こうろ》が見つけられんのか？」

バルツァロンドが返事に窮する。

災人の全身から冷気が噴出し、それはいくつもの氷の塊を形作った。

「馬鹿にはなりきれねえな、オルドフの息子――」

イザークが氷の塊を射出する。

バルツァロンドは大きく旋回し、それをかわしていく。だが、回避する方向を先読みし、災人は一気に距離を詰めてきた。

「――親父《おやじ》とは似ても似つかねえっ！」

バルツァロンドが矢を番《つが》えるより早く、災人の右手が《災牙氷掌《ガルムンク》》に染まる。

蒼《あお》き指先がバルツァロンドの体に触れた瞬間、真横から光の尾を引きレイが飛び込んできた。

霊神人剣、秘奥《ひおう》が弐――《断空絶刺《だんくうぜっし》》。

流星が如《ごと》き刺突が、イザークの反魔法と魔法障壁に突き刺さり、勢いよく押し出した。

「アノスが言ったはずだよ。真の虹路《こうろ》と同じく、この世界には目に見えない渇望《かつぼう》がある」

「見つけてから言いな」

「だから――」

冷気の魔法障壁を突破し、剣先が肩を貫く。

空に虹をかけていく白き刺突を災人イザークの権能、《凍獄《とうごく》の災禍《さいか》》が凍結させていく。

だが、霊神人剣の威力は完全に消しきれていない。

聖剣世界と災淵《さいえん》世界は互いに天敵となる属性を有する。祝聖天主エイフェの権能を宿す霊神人剣エヴァンスマナが、凍結する未来の可能性を断ち切っているのだ。

「――ここで見つけてみせる！　君が知らない、君の渇望《かつぼう》をっ!!」

その刃が、災人の根源に突き刺さる。

刹那――

「界殺災爪《かいさつさいそう》ジズエンズベイズ」

獰猛《どうもう》な魔力を纏《まと》わせたその五爪を、イザークは霊神人剣に叩《たた》きつける。

「シャッ！！！」

空にかかる虹が斬り裂かれ、空間が破裂するような音が木霊《こだま》した。

真白な光が弾《はじ》け、レイの体が吹き飛ばされる。彼が空中でなんとか体勢を立て直せば、追撃に備えるように弓を構えたバルツァロンドがその横に並んだ。

「似たようなことを言うかもな、あの大馬鹿野郎は」

災爪《さいそう》を光らせ、イザークは獰猛《どうもう》な牙を覗《のぞ》かせた。

「だが、軽《かり》い」

筋肉をたわませ、災人の全身から冷気が噴出される。

「わかってんだろ。横から口を挟むんなら、誰にでも言えんぜ、ミリティアの不適合者」

災人が真っ向から飛びかかる。

レイとバルツァロンドは、それを剣と矢にて迎え撃つ。

界殺災爪《かいさつさいそう》ジズエンズベイズが唸《うな》りを上げた——

§54.【全幅の信頼】

「シャッ！」

界殺災爪《かいさつさいそう》ジズエンズベイズが、大空を引き裂く。バルツァロンドを庇《かば》うように前へ出たレイは、エヴァンスマナにて迎え撃つ。

「霊神人剣、秘奥《ひおう》が伍《ご》——」

飛来した災爪《さいそう》が、一刀両断に斬り裂かれる。

「——《廻天虹刃《かいてんこうは》》っ！」

イザークの権能が魔力に変換されていき、レイの背後に一本の虹刃《こうは》を作る。先に聖エヴァンスマナの祝福を断ち切った分を合わせ、合計九本となった。

「ジャッ！」

されど、災人は怯《ひる》みもせぬ。間断なく、左手の災爪《さいそう》が振り下ろされた。レイは《廻天虹刃《かいてんこうは》》にて、空間を引き裂いていく爪撃を打ち払う。

両者は互いに突進した。

「ジアァァシャッ!!」

「はあぁぁあっっ!!」

突き出された両爪を、《廻天虹刃《かいてんこうは》》の突きが迎え撃つ。

蒼《あお》き魔力と白き魔力が激しく鬩《せめ》ぎ合うも、レイは災人の力押しにはつき合わず、エヴァンスマナにてその爪を受け流す。

背後の虹刃は一三本を数えた。

煌《きら》めく白虹《はくこう》を隠《かく》れ蓑《みの》に、バルツァロンドが放った二本の赤き矢がイザークに迫る。だが、奴《やつ》はそれを両手でつかむと、軽くへし折って凍結させた。

その隙にレイは素早く後退する。

「――三秒、いや一秒でいい。イザークの動きを止められるかい？」

背中越しにレイが言う。

「……この弓の秘奥《ひおう》を使えば……だが、矢を作るのに時間がかかる。貴公一人で災人の相手は……」

「このまま戦っても、防戦一方だよ」

一瞬、バルツァロンドは答えあぐねる。

「……私たちの目的は災人の打倒ではなく、この争いを止めることのはず」

「今の彼に、僕たちの言葉が届くとは思えない」

はっきりとレイは言った。

「彼の流儀で、認めさせる必要がある。僕たちの言葉が聞くに値するってね」

「……聞く耳を持たせれば、説得できると思うか……？」

真剣な表情でバルツァロンドが問う。

元よりそれは、彼が不可能に近いと思っていたことだ。それでも、不可能を承知で、災人に言葉を投げ続けてきた。

父オルドフならば、奇跡を起こす。その名誉と誇りを守り、偉大なる夢を継ぐことこそ、己の歩むべき道と彼は信じた。

それゆえ、勝算のない戦いに身を投じたのだ。

「できないなら、根比べだね」

レイは柔らかく微笑《ほほえ》んだ。

「力尽くでも彼を止める。時間があれば、話し合いも進展するかもしれない」

「わかっ――レイッ……!!」

バルツァロンドが目を見開き、叫ぶ。

イザークに最大限の注意を払っていたレイの死角、漂う暗雲の中から、四つの人影が飛び込んできた。

上下左右から、理性を失った凶暴な幻魔族たちが、牙を剥《む》いて襲いかかる。

バルツァロンドが放った三本の矢はそれぞれ別方向へ飛来し、三体の幻魔族を貫いた。

だが、上方から迫る一体は間に合わない。その牙が容赦なくレイに襲いかかるが、しかし彼はそれを避けようとはしない。

前方から、イザークが突っ込んできたのだ。

幻魔族を斬るのは容易《たやす》い。

しかしその瞬間、イザークの爪がレイを引き裂くだろう。

魔法障壁で防ごうとすれば、同時に秘奥《ひおう》を使うことができなくなる。その隙を見逃す災人ではあるまい。

レイは心静かに、ただイザークを見つめ続けた。

襲いかかった幻魔族の牙が、レイの肩口に突き刺さり、血がどっと溢《あふ》れ出《だ》す。それでも、レイは動じず、突進してくる男を見据えた。

「ジャッ!!」

界殺災爪《かいさつさいそう》ジズエンズベイズが、レイの至近距離にて放たれる。

その恐るべき獣の爪を、レイは《廻天虹刃《かいてんこうは》》にて打ち払っていた。

遅れてバルツァロンドが放った矢が、幻魔族の口元を射貫《いぬ》き、牙を砕く。そいつは落下していき、目の前の災人をレイが斬りつける。

蒼《あお》き《災牙氷掌《ガルムンク》》の掌《てのひら》で、災人は聖剣を受け止めた。

「無防備に牙を受けて秘奥《ひおう》を放つたあ、やるじゃねえの」

奴《やつ》は獰猛《どうもう》に笑った。

「だが、オレの爪は殺し切れてねえぜ」

噴水のように立ち上った血が、空を赤く染めていた。

レイの背後にいたバルツァロンドの胴がぱっくりと斬り裂かれている。《廻天虹刃《かいてんこうは》》にて受け止めきれなかった災爪《さいそう》が、バルツァロンドを襲ったのだ。

威力を殺したとはいえ、災爪《さいそう》の傷は根源にまで達している。ぐらりとバルツァロンドの体が傾き、そのまま地上へ落ちていく。

「バルツァロンドッ！」

落下するバルツァロンドを追い、レイが急降下する。

だが、次の瞬間、彼の眼前に災人イザークが立ちはだかった。

「放《ほ》っときな」

レイの体を引き裂かんが如《ごと》く、災爪《さいそう》が振るわれた。霊神人剣、秘奥《ひおう》が伍《ご》、《廻天虹刃《かいてんこうは》》にて、レイはそれを打ちはらう。

次いで、突き出された災爪《さいそう》を受け流し、斜めに空間を裂く爪撃《そうげき》を斬り落とす。

肩口、太もも、胸部、腹。次々と繰り出される凶暴な連撃を受け流すレイの体は、やはり威力を殺しきれず、斬り裂かれていく。

「鈍《のれ》え。てめえの剣が追いつかなきゃ、防ぎきれねえぜ」

イザークが両爪を交差するように振り下ろす。並の小世界ならば容易《たやす》く引き裂かれるその一撃を、レイは霊神人剣を振り上げ、《廻天虹刃《かいてんこうは》》にて受け止めた。

ジジジジジッと魔力が相殺《そうさい》されるけたたましい音が鳴り響き、レイの背後の虹刃が二〇を数える。

なおも押し込まれる両爪を、レイは膂力《りょりょく》と魔力を尽くして押し返す。そうしながらも、彼は一瞬、地上へと視線を向けた。

『──予定通りだ。問題などありはしない』

バルツァロンドの《思念通信《リークス》》が届く。

彼は氷の大地に両足をつき、弓を構えている。秘奥《ひおう》を使うためか、魔力は無。にもかかわらず、彼の体に魔力の粒子が集っていた。

天然の魔力場だ。

ハイフォリアの虹水湖《こうすいこ》や、イーヴェゼイノの《渇望の災淵《かつぼうのさいえん》》を筆頭に、魔力を有する木々や河川、雨や大地などの自然物は多々存在する。

バルツァロンドは己の魔力を一切使わずに、その自然の魔力を操り、集めていた。

「《氷縛波矢《ガリッド》》」

ゆっくりと矢が引かれれば、そこに赤い吹雪が渦巻いた。

『準備は整った。今ならば──』

彼は上空に鋭く魔眼《まがん》を飛ばした。そこでは勇者と災人が激闘を繰り広げている。襲いかかる災爪《さいそう》と打ち合いながら、レイは言う。

『まだだ。今射《う》っても当たらない』

制止するレイ。

バルツァロンドは怪訝《けげん》な顔つきに変わった。

『……しかし、これ以上の好機は……今ならば、災人は私を警戒していない』

それでも、奴《やつ》を捉えきれぬというのがレイの見立てだ。

『災淵《さいえん》世界と聖剣世界を引き剝がす』

さらりと口にされた言葉に、バルツァロンドは目を丸くする。

『アノスがね』

『馬鹿な……』

『両世界が離れさえすれば、否応《いやおう》なくこの争いは止まる。それなら、彼はそうするよ。さっき《渇望《かつぼう》の災淵《さいえん》》に潜っていっただろう。災人を僕たちに任せたってことは、その深淵《しんえん》になにかがあると睨《にら》んだんじゃないかな』

《思念通信《リークス》》を交換する最中も、空では激しい鬩《せめ》ぎ合いが続いている。

災爪《さいそう》がレイの頬を掠《かす》め、霊神人剣がイザークの脇腹を斬り裂く。奴《やつ》は獰猛《どうもう》に笑う。ますます強まる蒼《あお》き魔力が、イーヴェゼイノの上空でぱっと弾《はじ》けた。

『災淵《さいえん》世界の捕食行為を止める方法があると？』

『災人も想定していないはずだ』

確信めいた口調でレイは言った。

『必ず隙が生じる。そこを狙ってほしい』

バルツァロンドはすぐには回答できなかった。

ある考えが頭をよぎったのだろう。

『……元首アノスが、失敗すればどうする？』

ふっとレイは微笑《ほほえ》み、イザークの爪を打ち払った。

『彼は失敗しない』

レイは短く答えた。

すると、バルツァロンドの目が据わる。彼は弓を引き絞り、災人イザークを注視しながら、静かに言う。

『貴公は私のわがままにつき合い、この世界のために命を賭《と》している。信じよう。レイ、貴公が全幅の信頼をおく、ミリティアの元首を』

爪と聖剣の衝突する音が、イーヴェゼイノの空に幾度となく鳴り響く。

イザークは全力ではない。にもかかわらず、一撃ごとにレイは追い詰められていった。刻一刻と鋭さを増す災爪《さいそう》は、レイの対応力をもってしても捉えきれず、みるみる体中が斬り裂かれていく。

一手誤れば、イザークの災爪《さいそう》は容易《たやす》く彼の根源を八つ裂きにするだろう。綱渡りのような一秒を繰り返しながら、レイは災人の攻撃を捌《さば》いていく。

「なにか狙いがあんだろ？　見せてみな」

「どうかな？　見せるまでもないと思うけどね」

レイがそう軽口を叩《たた》けば、イザークの攻撃が更に激しさを増した。口元には好戦的な笑みをたたえ、この瞬間を楽しんでいるかのようでさえある。

目の前の災人に全神経を集中しているレイには、《魔王軍《ガイズ》》の魔法線を辿《たど》って状況を把握する余裕すらなく、そのときがいつ来るかさえわからない。

だが、彼は迷いもしない。

いついかなるときも、魔王アノスが事をし損じるなどありえない。そのことは、かつて死闘を演じた彼が誰よりも一番よく知っているのだ。

必ず、そのときは来る。

そう信じているからこそ、その鋭き爪に集中することができたのだろう。

そうして何度目かの激突の瞬間、イザークの蹴りを受けたレイの反応が数瞬遅れた。

界殺災爪《かいさつさいそう》ジズエンズベイズが、《廻天虹刃《かいてんこうは》》をすり抜ける。その両爪は、地平線に大きな爪痕を残しながらも、レイの体を無残にも引き裂いた。

バルツァロンドが目を見張り、ぐっと奥歯を噛《か》みしめる。バラバラになったレイの体に、災人はつまらなそうな視線を向ける。

「霊神人剣、秘奥《ひおう》が壱――」

ジズエンズベイズの終わり際、硬直していたイザークの眼前で、みるみるレイの体が再生していく。

災爪《さいそう》が八つ裂きにした根源は六つ。かろうじて一つ残った根源に《蘇生《インガル》》をかけたレイは、同時に霊神人剣エヴァンスマナを振りかぶっていた。

「――《天牙刃断《てんがはだん》》ッ‼」

無数の剣閃《けんせん》が、災人イザークを斬り裂いていく。その身を守る蒼《あお》い冷気を切断し、皮膚を破り、肉を裂き、その根源に刃を振り落とす。

だが、浅い――

霊神人剣は災人の根源を斬り裂いたものの、傷はその表層のみ。奴《やつ》は獣の如《ごと》き本能で、無数の斬撃を見切り、致命傷を避けていた。

災人の左手が、エヴァンスマナの剣身をわしづかみする。

その獰猛《どうもう》な瞳が、ぎろりとレイを見据えた。

「こっちの番だぜ。くたばんなよ、不適合者」

イザークの爪が冷たく光る。

その瞬間だった。

ゴ、ゴ、ゴゴゴゴゴゴゴ、と大気が震え、災淵《さいえん》世界イーヴェゼイノが大きく揺れ始めたのだ。

§55. 【災淵《さいえん》の底】

《渇望《かつぼう》の災淵《さいえん》》。

聖船エルトフェウスの船底をわしづかみにしたまま、俺は水底を目指していた。

ミシミシと巨大な物体が軋《きし》む音が響く。水面に勢いよく叩《たた》きつけられた聖船は、激しい衝撃により、その船体がひしゃげてしまっていた。

その上、聖剣世界の住人には猛毒であろう水に曝《さら》され、反魔法と魔法障壁がみるみる剝がれ落ちる。

更には俺が降下する速度と重くのしかかる水圧が、聖船の装甲を刻一刻と押し潰していった。

ギ、ギギギ、ガガガガと鈍い音が鳴り響き、深く沈めば沈むほど、エルトフェウスはボロボロになっていく。

狩猟貴族たちは船を浮上させようとしているのか、先程から船内では魔法陣の光が幾度となくちらついている。

だが、さしたる抵抗は感じない。

この《渇望の災淵《かつぼうのさいえん》》では奴《やつ》らの船は思うように舵《かじ》が利《き》かぬようだ。

ましてや、引きずり込まれているこの状況では、これだけ巨大な船を浮上させることなどできぬだろう。そのまま容赦なく船を沈めていけば、やがて、水中が魔眼をもってすら見通せぬほどの暗黒に包まれ始める。

眼前には、黒緑の闇があった。

ふむ。

ナーガやボボンガ、コーストリアの発する魔力に似ているな。

アーツェノンの滅びの獅子《しし》は《渇望の災淵《かつぼうのさいえん》》、その深淵《しんえん》より生まれた幻獣。だとすれば、そろそろ水底が近いのだろう。

黒緑の闇に身を投じれば、上方よりガラガラと船の破片が落ちてきた。見れば、深き闇に耐えきれず、エルトフェウスが崩壊を始めていた。

さしもの聖船も、これ以上は装甲がもたぬか。俺はエルトフェウスから手を放すと、その船の周囲を《四界牆壁《ベノ・イエヴン》》で覆った。

黒緑の闇は、俺の魔力とは波長が合う。それを遮り、内部を普通の水に変えてやれば、エルトフェウスの崩壊が鎮まっていった。

俺はその船へ《思念通信《リークス》》を飛ばした。

「下りてこい、エイフェ。水底までつき合うなら、帰りに船を拾ってやる」

聖剣世界の箱船では、この闇の中を自力で浮上することはできまい。祝聖天主エイフェの権能ならば、どうにかできるだろうが、力の消耗は避けられぬ。それでは災人の餌食《えじき》となるのが目に見えている。

敵のなわばり深くだ。《四界牆壁《ベノ・イエヴン》》で安全が保たれている内は、無理な浮上はしない方が得策だ。

『あなたは、なにをお考えかな？』

《思念通信《リークス》》が響く。

船から祝聖天主エイフェとレオウルフ男爵が飛び出してきた。《四界牆壁《ベノ・イエヴン》》に穴を空けてやれば、二人はそこをくぐり抜けてくる。

「ミリティアの元首」

祝聖天主エイフェが言う。

レオウルフは聖剣を抜き、今にも襲いかからんばかりに刃を向けてきた。

「やめておけ。ここで俺とやり合うほど愚かではあるまい」

身を翻《ひるがえ》し、俺は潜水していく。

《渇望《かつぼう》の災淵《さいえん》》は滅びの獅子《しし》である俺の力を底上げする。対して、エイフェとレオウルフはその逆だ。

災淵《さいえん》世界でまともにぶつかれば勝ち目はないとわかっていたからこそ、奴《やつ》らは俺と災人が戦っている隙をついた。それが失敗に終わった今、奴《やつ》らはどうにか聖剣世界に戻り、態勢を立て直したいというのが本音だろう。

「どの道、戦うことになるのならば、そちらに従うのは愚策というものだ」

後を追ってきたレオウルフが、鋭い視線を向けてくる。その魔眼《め》は、こちらの思惑を探ろうとするかのようだ。

「俺の目的は告げた通りだ。レイとバルツァロンドがイザークを説得する。それでめでたく終戦となろう。お前たちは俺の目の届くところにいればよい」

そう告げ、更に水底へと潜っていく。

「奴《やつ》ら獣は本能で動く。万が一、災人が気まぐれを起こそうと、他の獣までが止まるとは限らない」

レオウルフが言った。

「つまり、止まることもあるということだ」

「獣たちは、対話が通じる相手ではなき」

エイフェとレオウルフが、俺の横に並んだ。

レオウルフは俺を警戒するように視線を光らせているが、エイフェは戦意を見せぬ。俺から仕掛けることはないと知っているかのようだ。

「あなたとは違う。元首アノス、あなたは渇望《かつぼう》を抑制された滅びの獅子《しし》。他のイーヴェゼイノの住人たちは、そうではない」

「オルドフなら、どう言っただろうな？」

一瞬、エイフェは口を噤《つぐ》む。

「お前がハイフォリアの主神ならば、そう思うのは当然だ。災人との対話は、虹路《こうろ》に反する道。お前が対話を望まぬからこそ、その虹路《こうろ》がないとも言えよう」

「言葉で分かり合えるならば、私たちが争うことは最初からなかった」

「分かり合えると思っていたから、争ったのではないか？」

その静謐《せいひつ》なる顔に、疑問が浮かぶ。

「分かり合えぬなら、許さぬと言ってな」

「同胞を餌食《えじき》霊杯とする獣を許せと？　奴《やつ》らはハイフォリアを獲物としか見ていない。満足するまで食わせてやれというのかっ？」

レオウルフが嫌悪《けんお》感をあらわにする。

「なぜ獲物としか見ていない？」

「奴《やつ》らに理性がないからだ。奴《やつ》らが人ではなく、獣だからだろう」

「なぜ獣なのだ？」

レオウルフは押し黙った。

「……そんなことを問うて、いったいどうなる？　言葉遊びがしたいわけではないぞっ」

「俺には腑《ふ》に落ちぬ。奴《やつ》らは言葉を解し、感情があり、社会を形成している。災人も、言うほど道理のわからぬ男ではない」

「理性よりも感情を、良心よりも欲望を優先するのが人と言えるかっ？　情けもなく他者を蹂躙《じゅうりん》する弱肉強食の世界は、社会などと呼べん！」

我に正義があるとばかりに、彼は高らかにそう断じた。

「正義は普遍ではない。欲望で殺すも、良心で殺すも、さして変わらぬぞ、レオウルフ。少なくとも、殺される側にとってはな」

不快そうに、レオウルフが睨《にら》んでくる。

「どんな理由があっても殺すな、と？　貴様のは詭弁《きべん》だ、元首アノス。正義を示すならば、行動しなければならない！　綺麗事《きれいごと》を並べ立てるだけの卑怯《ひきょう》者に、己が世界を救えるものかっ！」

「腹が減れば、獲物を食《く》らうのは当然だ。だが、イーヴェゼイノは空腹でもないのに、ハイフォリアを食らおうとしている」

再びレオウルフは口を噤《つぐ》む。

「腑《ふ》に落ちぬと思わぬか？」

「なにを世迷《よま》い言《ごと》を、それしきのことで……」

「あなたは」

祝聖天主が口を開く。

「それに、なにか理由があるとお思いで？」

「ゆえに、ここまで潜った」

潜水を止める。

一際《ひときわ》深い闇が、目の前にあった。黒緑の粒子が水中を漂っているのだ。

「渇望《かつぼう》が降り注ぐこの馬鹿でかい水溜《みずた》まりが、イーヴェゼイノの本能だ。イーヴェゼイノが狂っているのならば、この深淵《しんえん》にカラクリがあるやもしれぬ」

「ここに……」

エイフェは指先を伸ばす。

黒緑の粒子に触れた途端、その指が黒く浸食された。みるみる彼女の体が黒く染まっていく。

「天主っ……！」

黒緑の粒子を断ち切ろうと、レオウルフが融和剣を振り上げる。

「ご無礼を」

秘奥《ひおう》が壱、《和刃《わじん》》。

対象と融和するその刃は祝聖天主の体を通り、黒緑の粒子だけを斬り裂いた。

しかし、聖剣がボロボロと刃こぼれを起こす。なおも襲いかかる黒緑の粒子に、エイフェは虹の翼を広げ、祝福の光を放つ。

瞬《また》く間《ま》に深き闇が払われるが、同時にエイフェの虹の翼に黒い染《し》みがついた。祝聖天主はハイフォリアの主神。《渇望《かつぼう》の災淵《さいえん》》への攻撃は極めて効果的だが、その逆もまた然り。

その黒緑の粒子を、彼女は防ぎきることができない。

「下がりなさい、レオウルフ」

「いえ！　ここはおれが――」

レオウルフはエイフェを庇《かば》うように前に出て、刃こぼれした融和剣を整然と構える。もう一度斬れば、剣がもつまい。その身を挺《てい》してでも、主神を守るつもりなのだろう。

獲物に食らいつくように黒緑の粒子が襲いかかる。

瞬間、滅びの暴雷が降り注いだ。

「…………!?」

「《深掌魔灰燼紫滅雷火電界《ラヴィアズ・ギルグ・ガヴェリイズド》》」

《涅槃七歩征服《ギリエリアム・ナヴイエム》》を使い、竜巻の如《ごと》く渦巻く紫電を、自らの体と、エイフェたちに纏《まと》わせるように放つ。黒緑の粒子が襲いかかるも、《深掌魔灰燼紫滅雷火電界《ラヴィアズ・ギルグ・ガヴェリイズド》》がそれをはね除《の》け、二人の体に寄せつけない。

「下手に動くな、エイフェ。お前がここで本気を出せば、ただでは済まぬぞ」

祝聖天主エイフェの権能ならば、《渇望《かつぼう》の災淵《さいえん》》に致命的な傷を与えることはできるだろう。

無論、そうすれば、エイフェもただではすむまい。

誰にとっても、得のある結果にはならぬ。

滅びの暴雷を纏《まと》ったまま、俺は潜水した。幾度となく衝突する黒緑の粒子は、途方もない力でなにもかもを押し潰そうと牙を剝《む》く。確かにこれだけの魔力場では、ナーガやボボンガであっても、自由には動けぬやもしれぬ。

滅びの暴雷を前方へ放ちながら、黒緑の粒子を弾《はじ》き飛《と》ばし、通れるだけの道を作った。

そうして、先の見えない暗闇の中を俺はひたすら潜っていく。

ふと指先がなにかに触れた。

凍土の感触だ。つまり、ここが《渇望《かつぼう》の災淵《さいえん》》の最深部。遊泳するように水底を進む。

深く、深く、その深淵《しんえん》を覗《のぞ》いた。真っ暗な闇と、そこからとめどなく溢《あふ》れ出《だ》す黒緑の粒子。

そして、その隙間に、不定形の泥のようなものが、何体も蠢《うごめ》いている。

言葉にならぬ声が、感情が、直接頭に叩《たた》きつけられている感覚を覚えた。

幻獣なのだろう。

授肉していないアーツェノンの滅びの獅子《しし》、あるいはまた別のなにかだ。ざらざらと頭の中身を撫《な》でられるような気味の悪い感覚を覚える。

水底に溜《た》まった渇望《かつぼう》が、泥のようにねっとりと耳を通って、心に染《し》みをつけていく。

なにを言っているのかはわからぬ。

滅ぼせ、とも。食らえ、とも。助けて、とも聞こえたが、そのどれでもないようにも思えた。

ぐちゃぐちゃに入り乱れた渇望《かつぼう》が、常にかき混ぜられているような、そんな印象だ。

「……ふむ」

幻獣以外には、なにもない。

イザークの言った通りだ。元より、すんなり見つかるとは思っていないがな。

《渇望《かつぼう》の災淵《さいえん》》の深淵《しんえん》には、誰も足を踏み入れたことがないと言われている。ここへ来たことがあるのは災人イザークだけと見ていいだろう。

俺の見立て通り、この深淵《しんえん》になにかがあるのならば、奴《やつ》がどれだけ探しても絶対に見つけられないものである可能性が高い。

まず真っ先に思いつくのは――

「これは……」

こぼれた言葉は、祝聖天主のものだ。振り返れば、彼女は両の翼を広げていた。

その祝福の光が、水底に降り注ぎ、一本の道を作り出す。

それは虹路《こうろ》だった。

「どういうことだ？」

レオウルフが、疑問に表情を歪《ゆが》めた。

「……理解し難《がた》きかな。私の良心が、そこにあるなにかに反応している」

虹路《こうろ》の終わりは、深き闇だ。それ以外にはなにもない。魔眼にさえ、映りもせぬ。

「連れてきた甲斐《かい》があったな」

なにが起きているかはわからぬ。災淵《さいえん》世界の深淵《しんえん》で、なぜ聖剣世界の秩序である虹路《こうろ》がこうもはっきりと働いているのかは定《さだ》かではない。

二つの銀泡が接触している今、それぞれの世界に影響を及ぼしているためとも考えられるが、推論の域は出ぬだろう。

だが、少なくとも、わかっていることが一つある。虹路《こうろ》が伸びているのならば、ハイフォリアの秩序が、そこにあるものに反応を示しているということに他ならぬ。

なにもないようにしか見えぬその場所に、なにかがあるということだ。

俺はまっすぐ虹路《こうろ》の先へと進んでいく。

その終わりに入った途端、景色が歪《ゆが》んだ。《渇望《かつぼう》の災淵《さいえん》》の裏側に隠されていたものが、目の前に形作られていく――

§56.【深淵《しんえん》に隠されしもの】

災淵《さいえん》の底。

真っ暗な水の中には、ゆらゆらと蠢《うごめ》く影が見えていた。闇よりもなお暗きそれは、次第に姿を現し始める。

ぼんやりと象《かたど》られた輪郭は、まるで人のようだ。

少しずつそれがあらわになっていく毎《ごと》に、人の形をしているだけで人ではないことがわかってくる。

人形に近い。

だが、決して人形ではない。

その体は固形化した水銀でできている。見覚えがあった。

「絡繰神《からくりがみ》……」

祝聖天主エイフェが呟《つぶや》く。

そいつは、《絡繰淵盤《からくりえんばん》》上に具現化された追憶――廃墟《はいきょ》のパブロヘタラ宮殿に鎮座していた絶渦《ぜっか》の絡繰神《からくりがみ》にそっくりだった。

「エイフェ。お前はこいつになんの役割があるか知っているか？」

「いいえ。パブロヘタラ宮殿の石版に書かれていたこと以外には」

隠者エルミデが研究し、創っていた人工の神族。深淵《しんえん》世界へ侵略するための兵器と仮説を立てみたものの、実際のところはまだなにもわかっていない。

確かなことは、ここにこれが置かれている意味があるということだ。

「この絡繰神《からくりがみ》は壊れていない。調べるべきかな」

祝聖天主エイフェが、両翼を広げ、その神眼《めを》向けた。同時に彼女から無数の虹路《こうろ》が、絡繰《からくり》神《がみ》へ伸びる。

《渇望《かつぼう》の災淵《さいえん》》に置かれた未知の物体だ。危険は避けられぬ。それでも、彼女の良心は調べるべきだと言っているのだろう。

まっすぐ伸びていた虹路《こうろ》は、しかし、突如なにかに巻き込まれたようにぐにゃりと曲がった。

「……虹路《こうろ》が干渉された？」

レオウルフが視線を険しくする。油断のない所作で、その絡繰神《からくりがみ》への警戒を強めた。

「なにか問題か？」

問いかけたが、奴《やつ》はこちらも警戒しており、答えようとはしない。

代わりに祝聖天主が言った。

「虹路《こうろ》とは狩猟貴族の良心。この道はなにものにも干渉せず、ゆえになにものからも干渉されない。ただ指し示すだけのもの」

なるほど。

「物体や魔力には左右されぬ、か」

良心に従い、進むべき道を具現化しているだけ。他者に危害を加えることも、敵の攻撃を防ぐこともできない。

自らの内にある心に手を触れることが敵《かな》わぬように、それをただ表しただけの虹路《こうろ》を曲げるなど本来は考えがたいことなのだろう。

「この絡繰神《からくりがみ》の権能と見て間違いあるまい」

曲げられた虹路《こうろ》は、無数の粒子となって、俺たちの周囲をぐるぐると回っている。

それはまるで逆巻く渦だ。この水底に水の流れはほぼない。魔力の流れもだ。しかし、虹路《こうろ》だけがなにかの力に引き裂かれ、《渇望《かつぼう》の災淵《さいえん》》の底で渦巻いている。

「災人の仕業か」

レオウルフが口を開く。

「考えがたきかな」

すぐさまエイフェが否定した。

「イーヴェゼイノがパブロヘタラの学院同盟に入って日は浅い。災人はその間、眠り続けていたがゆえに」

「だろうな。用意周到に策を練るような男とも思えぬ」

絡繰神《からくりがみ》は、パブロヘタラの――すなわち、今は滅びた銀水世界リステリアの魔法技術を駆使して創られたものだ。

不可侵領海、災人イザークといえど、ミリティア世界以外の者は己の世界の秩序に魔法を制限されてしまう。創造魔法の類《たぐい》が得意なようにも見えなかった。

奴《やつ》一人で創ったと考えるには、どうにも疑問が残る。

「しかし、天主。パブロヘタラの石版には、絡繰神《からくりがみ》を創造する方法は書かれていません。別の経路より、それを創る方法を入手したとも」

レオウルフがそう進言する。

「そう考えるならば、これはハイフォリアを滅ぼすために用意した魔法具ということも」

「ないな」

否定してやれば、奴《やつ》は俺に睨《にら》みを利《き》かせてくる。

「災人は先王が来なければ、ハイフォリアを潰すと言った。我々に対抗する切り札を隠し持っていても不思議はない」

「奴《やつ》はオルドフが来ると信じて疑わなかった」

レオウルフは険しい表情を浮かべたまま聞いている。

「オルドフが来なかったときの備えなど、用意しているとは思えぬ」

「……では、なんだというのだ？」

災淵《さいえん》の底へは災人イザーク以外訪れたことがない。不完全な体しか持たぬナーガやコーストリアでは、ここまで辿《たど》り着《つ》くことは難しい。よしんば辿《たど》り着《つ》いたとて、この場で自由に動くことはできまい。

つまり――

「何者かがここに絡繰神《からくりがみ》を仕掛けた。イーヴェゼイノの住人以外がな」

エイフェがその静謐《せいひつ》な顔に疑問を滲《にじ》ませる。

レオウルフは鋭い口調で問うた。

「イーヴェゼイノを滅ぼすためのものだと？」

「この絡繰神《からくりがみ》において、今、確実にわかっていることは一つ。こいつの権能は虹路《こうろ》に干渉するということだけだ」

レオウルフは唇を引き結び、思考を巡らせる。

「ここに仕掛けたのならば、十中八九狙いはイーヴェゼイノだ。それがたまたま虹路《こうろ》にも影響があったと考えた方がよい」

「……虹路《こうろ》と似た性質のものが、この災淵《さいえん》世界に存在すると？」

レオウルフがそう口にすれば、エイフェがはっとしたような表情を浮かべる。

そうして、ぽつりと呟《つぶや》いた。

「──幻獣」

俺はうなずく。

「良心が具現化したのが虹路《こうろ》ならば、渇望《かつぼう》が具現化したのが幻獣だ。この絡繰神《からくりがみ》は目に見えぬ渦にて《渇望《かつぼう》の災淵《さいえん》》に干渉し、一匹の巨大な獣を動かした」

息を呑《の》む二人に、俺は告げた。

「災淵《さいえん》世界イーヴェゼイノという獣をな」

エイフェの瞳に驚きの色が浮かぶ。

目を丸くしたレオウルフが、信じがたいと言わんばかりに口を開く。

「……貴様はこう言いたいのか？　災淵《さいえん》世界イーヴェゼイノは何者かによって操られ、我らが聖剣世界に食らいついた、と」

「虹路《こうろ》に干渉する絡繰神《からくりがみ》の存在を、お前たちは知らなかった。災人イザークが災淵《さいえん》世界の渇望《かつぼう》に干渉されていると思わずとも不思議はない」

よもや自らの世界の中枢に、こんな代物が仕掛けられているとは想像がつくまい。

災淵《さいえん》世界イーヴェゼイノに動き出す前兆があったのは、災人が起きていた頃だ。奴《やつ》の魔眼《め》をかいくぐって、ここに持ってくるなど、不可能に近い。それを真っ向からやってのけたのならば、尋常ではないほどの隠蔽魔法の使い手だろう。

なにより、この隠された絡繰神《からくりがみ》を見つけるためには、虹路《こうろ》が必要だった。災淵《さいえん》世界の住人が気がつくのは至難だ。

「では──」

祝聖天主エイフェが翼をはためかせ、すーっと絡繰神《からくりがみ》の前へ出た。

「こちらを封ずれば、災淵《さいえん》世界の捕食行為は止められるということかな」

彼女は両翼を胸の前で合わせる。そこに虹の光が集った。

光に包まれた翼はやがて消えていき、代わりに虹の輝きが増す。目映《まばゆ》い光の中から現れたのは一振りの聖剣だ。

翼を模したような、虹の剣──

「天道剣《てんどうけん》アテネ」

まっすぐエイフェは飛んでいき、天道剣アテネを振り下ろす。虹の剣閃《けんせん》が走り、絡繰神《からくりがみ》が頭から真っ二つに両断された。

切り離された水銀の体が、どろりと溶ける。そして、その液体がどっとエイフェに押し寄せたかと思うと、天道剣アテネを呑《の》み込んだ。

「…………これは…………？」

溶けた水銀はそのまま剣を伝い、エイフェの腕に食らいつく。祝聖天主は天道剣に魔力を込めるも、その光は絡繰神《からくりがみ》に吸い込まれるばかりだ。

「天主っ……!!」

「《極獄界滅灰燼魔砲《エギル・グローネ・アングドロア》》」

魔法陣の砲塔が照準を定め、黒き粒子が七重の螺旋《らせん》を描く。

主神ならば、滅びはしまい。

エイフェごと焼き払う目算で、終末の火を撃ち放った。すると、液体状だった水銀が再び固形化し、右腕を象《かたど》る。

その手から温かな虹の光が放たれる。祝聖天主エイフェの力だ。

その祝福の光が《極獄界滅灰燼魔砲《エギル・グローネ・アングドロア》》を包み込み、浄化していく。その間にも、祝聖天主の体はみるみる水銀に呑《の》まれていた。

「させんっ！」

すっ飛んでいったレオウルフが、祝聖天主の腕をつかむ。思いきり引くが、しかしびくともしない。奴《やつ》は力を緩めず、そのまま融和剣を液体化した水銀に振り下ろした。

「せいっ!!」

一閃《いっせん》。斬り離された水銀は、しかし、すぐまた接合した。

「ちぃっ……」

「心配なき。放しなさい、レオウルフ」

なにか目算があるのか、祝聖天主がそう告げる。

だが、絡繰神《からくりがみ》の力により彼女の体は水銀に変わっていき、今度は腕を掴《つか》んでいたレオウルフの体さえ呑《の》み込み始めた。

一瞬、顔をしかめるもレオウルフは引かなかった。

「いいえ、天主！　たとえ死せども、この手は――」

「やめておけ」

漆黒に染まった《深源死殺《ベブズド》》の手刀にて、俺は容赦なく奴《やつ》の肩を斬り離した。

「……がっ、あ…………」

更に水銀がレオウルフを呑《の》み込もうと襲いかかってくるが、俺はその体を蹴りつけ、この場から強制的に距離を取らせた。

「そこで大人しくしていろ」

《深掌魔灰燼紫滅雷火電界《ラヴィアズ・ギルグ・ガヴエリイズド》》を壁のようにして行く手を阻《はば》み、レオウルフの動きを封じる。

「余計な真似《まね》をっ……！　たとえ死せどもっ、おれは……‼」

融和剣にて、奴《やつ》は滅びの暴雷を斬りつける。その瞬間、紫電が牙を剝《む》き、レオウルフの全身を撃ち抜いた。

「がっ、があぁぁあっっ……‼」

「お前の主は助けてやる。無駄死にしたくば、好きにせよ」

レオウルフは崩れ落ちるように、そこに膝を折る。荒い呼吸を繰り返し、暴雷の壁越しに俺を睨《にら》んでいた。

あの傷では、しばらく動けまい。

絡繰神《からくりがみ》に視線を移せば、祝聖天主を完全に呑《の》み込み、またぐにゅぐにゅと人型を象《かたど》り始めた。

固形化された水銀の体。まるで絡繰《からく》り人形のような人工の神。そいつの神眼《め》が確かに光り、意思をもって俺の深淵《しんえん》を覗《のぞ》き始める。

そして、カタカタと音を響かせ、口を開いた。

「――それが今の姿か」

ゼンマイ仕掛《じか》けの音を響かせ、無機質な声が水底に木霊《こだま》する。

「堕《お》ちたものだな、魔王」

ほう。

俺を知っている、か。

「お前は何者だ？」

「忘却したか。貴様が捜し続けていた男の存在すら」

絡繰神《からくりがみ》の神眼《め》が俺をまっすぐ射貫《いぬ》く。

「我は隠者エルミデ。かつて、その忌《い》まわしき手により滅ぼされた銀水世界リステリアが元首である」

§57. 【絡繰神《からくりがみ》】

銀水世界リステリアは、オットルルーの世界。本来のパブロヘタラがあった場所だ。

それを俺が滅ぼした、か。

さて、どこまでが事実なことやら?

「どうやら、お前は俺の前世を知っているようだ」

その絡繰神《からくりがみ》――隠者エルミデに言葉を投げる。

「俺がお前を捜していた、と言ったな」

奴《やつ》は微動だにせず、ただこちらを見返すばかりだ。

「どういうことだ?」

「知らぬよ。我が貴様になにをしたのか、露ほどの興味もない。ただ互いに邪魔だと思っていた。それだけの関係だ」

なるほど。それが事実だとすれば、問うたところで答えぬだろうが、

「前世の俺の名は?」

「かつての力を取り戻したいか、魔王」

エルミデは嘲笑《あざわら》うようにそう口にした。

「貴様は弱くなった」

水銀の体から、神々《こうごう》しい光が発せられる。その魔力は、奴《やつ》が吸収した祝聖天主エイフェのも

のに他ならない。

「深淵《しんえん》なる力を捨て去り、その記憶もまた忘却の彼方《かなた》に――」

神の光が一直線に集まり、絡繰神《からくりがみ》の手に天道剣アテネが現れた。

「――我が銀水世界を滅ぼしたときの脅威は見る影もない」

ゆらりと天道剣アテネが持ち上げられる。

「最早《もはや》、我と対等に渡り合うことはできまい」

天道剣アテネがブレ、無数の剣閃《けんせん》が水中に走った。それをかわした直後、更に数倍の剣閃《けんせん》が襲いかかる。一瞬にして、全身が斬り刻まれ、俺の左腕が切断された。

「《極獄界滅灰燼魔砲《エギル・グローネ・アングドロア》》」

右手を軽く捻《ひね》り、終末の火を七発撃ち出す。螺旋《らせん》を描く滅びの魔法に対して、隠者エルミデは真っ向から突っ込んできた。

その背中から、虹の輝きを持った両翼が現れる。祝聖天主のものだ。

「《浄化の祝光《じょうかしゅくこう》》」

絡繰神《からくりがみ》の両翼から光が放たれ、それが《極獄界滅灰燼魔砲《エギル・グローネ・アングドロア》》を優しく照らす。世界を滅ぼす終末の火は祝光に当てられ、あたかも浄化されるように消え去っていく。

その光を切り裂くようにして、絡繰神《からくりがみ》が眼前に迫った。

突き出した黒き《深源死殺《ベブズド》》の指先は天道剣アテネで打ち払われ、そのまま剣先は俺の胸を貫通する。

狙いは根源。本来ならば、魔王の血が溢《あふ》れ出《だ》すはずが、天道剣の祝福により、それは沈黙している。

霊神人剣エヴァンスマナを食らったときと同じように。

「貴様の、その深淵《しんえん》へ迫ろうかという力だけは、このエルミデと通じるものがあった」

憐《あわ》れみの声が、耳朶《じだ》を叩《たた》く。

「それさえ捨て去り、またのこのこと我の前に姿を現そうとは。相も変わらず、理解に遠い男よ」

ぐぐぅと天道剣が押し込まれ、俺の根源を深く抉《えぐ》る。アーツェノンの滅びの獅子《しし》であるこの身に、その祝福の力は絶大な威力を発揮する。

「こちらは一つ、気がついたことがあるぞ、隠者エルミデ」

二律《にりつ》剣を抜き放ち、《深撃《ゼルス》》とともに絡繰神《からくりがみ》を斬りつける。奴《やつ》は咄嗟《とっさ》に剣を引き抜き、素早く後退してそれをかわした。

「《極獄界滅灰燼魔砲《エギル・グローネ・アングドロア》》」

七重螺旋《らせん》の黒き粒子とともに終末の火がエルミデに迫る。奴《やつ》は高速で後退しながらも、両翼を広げ、《浄化の祝光》によってそれをかき消した。

同時に奴《やつ》の正面に六つの魔法陣が描かれる。

「《聖砲十字覇弾《ラエル・フエノン》》」

十字の砲弾が連射される。それは囮《おとり》だ。弾幕に紛れ、奴《やつ》は再び天道剣にて無数の剣閃《けんせん》を走らせた。砲弾をかわしつつ、斬撃を二律《にりつ》剣にて斬り払い、後退する奴《やつ》に押し迫った。

上段から振り下ろした二律《にりつ》剣を、絡繰神《からくりがみ》は天道剣にて受け止める。バチバチと魔力の粒子が弾《はじ》け飛び、天道剣の刃が僅かに欠けた。

「エヴァンスマナほどでないとはいえ、祝聖天主は滅びの獅子《しし》の弱点となる祝福の権能を使うことができる」

そう口にしながらも、俺は七重螺旋《らせん》の黒き粒子を右腕に纏《まと》わせ、二律剣《にりつ》を更にぐっと押し込んだ。

「《極獄界滅灰燼魔砲《エギル・グローネ・アングドロア》》を容易《たやす》く消し、滅びの根源にすら致命的な損傷を与えることができるだろう」

二律剣《にりつ》と天道剣の鍔迫《つばぜ》り合《あ》いで、魔力の火花が水中に舞う。滅びの獅子《しし》とは無関係のこの剣が相手では、祝聖天主の神剣は真価を発揮できぬ。その刃は衝突に耐えきれず、更に欠けた。

「俺がここへ来たタイミングで、たまたま祝聖天主を吸収したと考えるにはあまりに都合がよい」

《深撃《ゼルス》》を使い、天道剣を叩《たた》き斬る勢いで押し込めば、エルミデはその力を抜き、刃を受け流した。奴《やつ》の蹴りが素早く俺の土手っ腹に飛んでくるも、そこに《波身蓋然顕現《ヴェネジアラ》》の二律剣《にりつ》を突き刺す。

傷口からはまるで血のように水銀がどっと溢《あふ》れ出《だ》した。

「最初から、お前はこれを狙っていたのではないか？《渇望《かつぼう》の災淵《さいえん》》に虹路《こうろ》を使わなければ見破れぬカラクリを仕掛け、俺が祝聖天主や狩猟貴族を連れてくるのを待っていた。虎視眈々《こしたんたん》と、遥《はる》か太古の昔から、気が遠くなるほど長くここに隠れ潜んでいた」

鋭く走らせた二律剣《にりつ》の連撃を、エルミデは天道剣にて打ち払っていく。

「俺が来ることを警戒していたのだ。つまり――」

エルミデの右手を二律剣《にりつ》にて斬り落とし、天道剣ごと分断した。そのまま、横薙《な》ぎに剣を振り抜いた。

「――この人形では、俺に敵《かな》わぬということだ」

張られた魔法障壁ごと《深撃《ゼルス》》にて斬り裂いて、絡繰神《からくりがみ》を上下真っ二つに両断する。

その額へ、まっすぐ二律剣《にりつ》を突き刺した。

水銀が血のようにどっと溢《あふ》れ出《だ》す。

「お前の目的はなんだ、隠者エルミデ？　呆《あき》れるほど長い時をかけた仕掛けだ。ただ俺をおびき寄せるのが目的ではあるまい。なぜ災淵《さいえん》世界を聖剣世界に食らいつかせた？」

「かつての貴様ならば、勘づいただろうに」

絡繰神《からくりがみ》の上半身に魔法陣が現れる。

「力を失ったその体で、我と出会ってはならぬことを」

「《深撃《ゼルス》》」

額に突き刺した二律剣《にりつ》を、そのまま真下へ振り下ろす――その寸前で絡繰神《からくりがみ》の手が刃をわしづかみにした。

動かぬ。

先程は容易《たやす》く真横に両断してのけた《深撃《ゼルス》》の二律剣《にりつ》が、絡繰神《からくりがみ》の手に押さえつけられ、びくともしなかった。

斬り離された絡繰神《からくりがみ》の右腕、下半身が半液体状になりぐにゃぐにゃと上半身にくっついていき、再び元の姿を取り戻す。

奴《やつ》が描いた魔法陣に、途方もない魔力が集った。

「《渦《うず》》」

一言、エルミデが呟《つぶや》く。

散り散りになって周囲を回転していた虹路《こうろ》の渦が、更に勢いを増した。

やがてそれは水流の渦と魔力の渦を作り出し、《渇望の災淵《かつぼうのさいえん》》をかき混ぜ始めた。虹路《こうろ》にしか影響を与えていなかった渦が、水流と魔力場に干渉し、ようやく魔眼にはっきりと映る。

途方もない力で、この水底を震撼《しんかん》させているものの正体は――渇望《かつぼう》だ。

この《渇望の災淵《かつぼうのさいえん》》に溜《た》められた人々の心、それが激しく渦巻いている。深層世界においてなお、尋常な力ではなかった。

「《涅槃七歩征服《ギリエリアム・ナヴィエム》》」

絡繰神《からくりがみ》の体を蹴りつけることで一歩目を刻む。二律《にりつ》剣を素早く鞘《さや》に納め、派手に吹っ飛んだ奴《やつ》めがけ、《掌握魔手《レイオン》》にて圧縮した紫電を放つ。

「《深掌魔灰燼紫滅雷火電界《ラヴィアズ・ギルグ・ガヴエリイズド》》」

滅びの暴雷が唸《うな》りを上げ、水底を紫に染め上げた。

だが――

奴《やつ》は無傷。《渦》が絡繰神《からくりがみ》の体を守るように呑《の》み込み、《深掌魔灰燼紫滅雷火電界《ラヴィアズ・ギルグ・ガヴエリイズド》》を一方的に消滅させた。

「《渦》に干渉できるは《渦》のみ」

エルミデは言った。

自らを呑《の》み込んだ《渦》を操るように、奴《やつ》は片手を軽く突き出す。瞬間、掌《てのひら》から《渦》が放出される。

真っ向から向かってくる不干渉の現象を見据え、俺は《掌握魔手《レイオン》》の右手を突き出す。

だが、つかめぬ。

秩序や権能すらもつかむ、夕闇の手を《渦》はすり抜け、俺の体を激しく揺さぶった。

魔王の血が溢《あふ》れ出《だ》し、滅びの根源が暴れ出すように、俺の全身から黒き粒子が滲《にじ》み出《で》る。

急上昇し、その《渦》から身をかわす。

「貴様が思うほどの猶予は最早《もはや》ない」

エルミデの言葉と同時に、《渇望《かつぼう》の災淵《さいえん》》が激しく揺れた。なにが起きたかは明白だ。この災淵《さいえん》世界が再び動き出している。

「祝聖天主が絡繰神《からくりがみ》に取り込まれた今、ハイフォリアはその秩序を弱めている。まもなく聖剣世界は災淵《さいえん》世界に食らい尽くされる。あの若き聖王には防ぎ切れまい」

淡々と言い、エルミデは指を三本立てる。

「残り三〇秒だ」

「エルミデェエっ……!!!」

声とともに絡繰神《からくりがみ》に突っ込んできたのはレオウルフだ。《渦》が暴雷の壁を打ち消し、その穴から抜け出たのだろう。

「天主を返してもらおう!!」

振り上げられた聖剣が、《渦》によって粉々に砕け散る。エルミデの天道剣が、レオウルフの根源を貫いた。

「がっ……ぁ……天……主…………」

「貴様は遅すぎたのだ、魔王」

レオウルフが放り捨てられる。

絡繰神《からくりがみ》を中心に《渦》が現れたかと思えば、それはこの水底を覆い尽くす勢いで一気に広がった。

逃げ場もないほどの広範囲に、不干渉の現象が俺とレオウルフの身に迫る。ガタガタと災淵《さいえん》世界は揺れており、今にも聖剣世界を食らおうと暴れ回っていた。

今、この場は、かつて感じたことがないほどの力に満ちている。

「なるほど」

《渦》を見据え、俺の左目が滅紫に染まった。その深淵《しんえん》に闇十字が浮かぶ。

「…………!?」

静寂がその場を支配する。

不干渉の現象たる《渦》が、渦巻いたままで静止していた。《混滅の魔眼》が、その秩序を滅ぼしたのだ。

「つまり、三〇秒以内にお前を倒し、エイフェを救い、災淵《さいえん》世界の捕食行為を止めればいいわけだ」

口にした頃には、俺は奴《やつ》の眼前に接近を果たしていた。二《に》律《りつ》剣を振り下ろす。闇の斬撃が絡《から》繰神《くりがみ》の体を十字に切断した。

「がっ……⁉」

半液体状になり、四つに分かれた体同士が再び融合しようとするが、再び切断されてしまう。

その理も、その体も、なにもかもが滅ぼされているのだ。

絡繰神《からくりがみ》の断面に俺は手を突っ込んだ。

「ぎっ――！」

「手を取れ、エイフェ。無策で取り込まれたわけではあるまい」

俺の手を、確かになにかが握る。

それを感じとるや否《いな》や、思いきり引っ張った。絡繰神《からくりがみ》の断面から、虹の光に包まれた祝聖天主エイフェが引きずり出されてくる。その権能で根源だけは守り、起死回生の機会を窺《うかが》っていたのだろう。

「わからぬか？　今更エイフェを救おうと、若き聖王は限界だ」

災淵《さいえん》世界が更に激しく震撼《しんかん》する。

エルミデの言葉通り、レブラハルドの《破邪聖剣王道神覇《レイボルド・アンジエラム》》が限界に達しようとしているのだ。突破されれば、一瞬で聖剣世界は食らい尽くされるだろう。

「元首アノス……」

レオウルフを祝福の光で癒やしながら、祝聖天主エイフェが言った。

「その魔眼の影響下では……私の秩序が失われ……このままでは、ハイフォリアが………」

「やってみるがよい。魔眼の発動を止めれば、この体が復活する」

水底へ落ちていきながら、エルミデは言った。

「そして、どのみち止める手段はない。選ぶがよい、魔王。聖剣世界を犠牲に我を倒すか。それとも、魔眼の力なしに我と戦うか」

「──ふむ」

落ちていく奴《やつ》へ向かって行きながら、二律剣《にりつ》を振り上げる。

「つまらぬ駆け引きをするな、隠者エルミデ」

《混滅の魔眼》を発動したまま、闇の斬撃を数度走らせる。絡繰神《からくりがみ》が更に斬り裂かれ、その銀水は消滅した。

「余程、イーヴェゼイノにハイフォリアを食らわせたいと見える」

「……貴、様……いつそれに……」

俺の思惑に勘づいたようにエルミデは言葉を発す。

二律剣《にりつけんせん》の剣閃は、奴《やつ》の体のみならず水底を切断していた。最早《もはや》、滅びゆくのみの絡繰神《からくりがみ》へ、不敵な笑みを返してやる。

「理解に遠いと言ったな。なぜ俺が力を捨て、お前の前に姿を現すのか、と」

闇十字の視線が、絡繰神《からくりがみ》を射貫《いぬ》き、その体が真っ黒な灰に変わっていく。

「お前がどこの誰かは知らぬが、かつての俺は多少力を捨てたところで、なにも変わらぬと思っていただろうな」

滅びていく絡繰神《からくりがみ》を見つめながらも、エイフェとレオウルフは水底に視線を奪われていた。

深く、深く、底が見えないほど深く、《渇望の災淵《かつぼうさいえん》》が切断されている。

「元首アノス……これは……？」

エイフェが問う。

「絡繰神《からくりがみ》の作り出した目に見えぬ《渦》が渇望《かつぼう》に干渉し、この災淵《さいえん》世界を狂わせていた。ならば、その《渦》を取り除いてやれば世界は正気に戻るというものだ」

「見えない《渦》を取り除く……」

どうやって、とエイフェが疑問の表情を浮かべ、レオウルフがはっとした。

「まさか……！」
ド、ドドド、ドオオオオオォォォと世界の終わりと言わんばかりの轟音《ごうおん》が鳴り響き、水底がそっくりそのまま沈んでいく。
信じられないとばかりに、レオウルフは目を見張った。

「この災淵《さいえん》世界の深奥《しんおう》で……秩序そのものである《渇望《かつぼう》の災淵《さいえん》》を、切り離すというのか……!?」

「病巣《びょうそう》が見えぬ以上、まとめて取り除くしかあるまい」

「災人の権能――《凍獄《とうごく》の災禍《さいか》》が、この世界の秩序を傷つける可能性を凍らせるはず……」

エイフェが言う。

「その理《ことわり》は混沌《こんとん》に帰した」

闇十字の魔眼で水底を睨《にら》む。

荒れ狂う水音がとめどなく響き、やがて、黒穹《こっきゅう》が見えた。切り離された水底とその下層にあった大地のすべてが、そこをゆっくりと落ちていく。

水底にはどでかい穴が空いている。だが、俺が斬った部分以外の水は、まるで固形化したかのようにそこに留まり、穴から漏れ出ようとはしない。

次の瞬間、《渇望《かつぼう》の災淵《さいえん》》に亀裂が走った。

水という水がまるで固形物のように割れていく。理《ことわり》など、その一切を無視して。

《混滅の魔眼》を消す。水底が失われた今、この魔眼の力を受け止めるものが災淵《さいえん》世界からなくなった。これ以上はイーヴェゼイノが滅ぶだろう。

「……捜してみるがいい、我を……」

声が響く。

最早《もはや》、消滅寸前の絡繰神《からくりがみ》がこちらに視線を向けていた。

「……前世の貴様も、ついに見つけ出すことはできなかった……」

「気が向けばな」

二律剣《にりつけん》を一閃《いっせん》。絡繰神《からくりがみ》は粉々に砕け散った。

再び轟音《ごうおん》が響く。

どでかく空いた穴からは、行き場を失った災淵《さいえん》世界の一部が、黒穹《こっきゅう》を漂っていくのが見えた。

§58. 【渇望《かつぼう》に衝《つ》き動かされて】

天と地が震え、世界が不気味な音を立てる。

《渇望《かつぼう》の災淵《さいえん》》からイーヴェゼイノ上空にまで響き渡ったその遠鳴りは、あたかも巨大な獣が悲鳴を上げているかのように錯覚させた。

レイにとどめをさそうとしていたイザークが、一瞬動きを止め、眼下を見据える。巨大な水《みず》溜《た》まりである《渇望《かつぼう》の災淵《さいえん》》、その水位が急速に減少しているのだ。

奴《やつ》は獰猛《どうもう》な眼光を、更に鋭くする。

「……なにをしやがった………？」

呟《つぶや》きが漏れる。

それと同時に、災淵《さいえん》世界が一際《ひときわ》大きい悲鳴を上げた。氷の大地に一本の亀裂が走り、それは空にまで広がっていく。《混滅の魔眼》の影響が《渇望《かつぼう》の災淵《さいえん》》の外にまで及んでいるのだ。

耳を劈《つんざ》くような爆音は、なにかがズレた音を彷彿《ほうふつ》させる。《渇望《かつぼう》の災淵《さいえん》》、その水底が地層ごと切りとられ、ゆっくりと災淵《さいえん》世界から離れていく。

まるで世界崩壊の序曲のようだ。しかし、イーヴェゼイノはかろうじてその秩序を働かせ、原形を保っている。

そして、その光景を見ていたのはイザークたちだけではなかった。

「……なによ、あれ……？」

合一エリア。

幻魔族、狩猟貴族の双方と戦っていたサーシャが遥《はる》か彼方《かなた》へ視線を注いでいる。その距離からでも、災淵《さいえん》世界の一部が切り離されていくのがよくわかった。

彼女の隣でミーシャが言う。

「アノスが《渇望の災淵》を切り取った」

「はぁっ⁉」

サーシャは大きく目を見開き、信じられないといった顔をした。

「また無茶苦茶して……」

「捕食が止まる」

ミーシャが眼下に視線を向ける。

境界線のように張り巡らされたレブラハルドの《破邪聖剣王道神覇《レイボルド・アンジエラム》》。そこに食い込み続けていた災淵《さいえん》世界の勢いが、みるみる衰えていく。

次の瞬間、境界線に亀裂が走った。けたたましい音とともに、地割れが起こり、それはみるみる広がっていく。

「ちょっと……これ、大丈夫なの……？」

「元の形に戻るだけ」

少しずつ、ゆっくりと、聖剣世界と災淵《さいえん》世界が離れ始める。それにより、合一エリアの地割れが大きくなっているのだ。

変化はそれに留まらなかった。

「……くっ……！」

バーディルーア工房船。

乗り込んできた幻魔族の爪を避け、エレオノールは鎧剣軍旗《がいけんぐんき》ミゼイオンにてその両足を切り落とす。

だが、止まらない。切断面から泥のような液体が溢《あふ》れ、それが代わりの足を象《かたど》った。

「ギ、ギガガガッ」

「もーっ、きりがないぞっ……！」

彼女の周囲には未《いま》だ十数名もの幻魔族がいる。

ダメージがないわけではない。代わりの足ができようとも、傷が癒えているわけではないのだ。

しかし、どれだけ痛めつけても、絶命するまでは止まらぬとばかりに、ボロボロの体で奴《やつ》らは何度も突っ込んでくる。

滅ぼせば、さすがに止まるだろう。だが、エレオノールは戦《いくさ》を止めるためにそこにいる。命を奪う選択は彼女にはなかった。

「船の外に……ぶっ飛ばすです……」

エレオノールと背中合わせになり、ゼシアが緋翔煌剣《ひしょうこうけん》エンハレーティアを構える。

剣身から放たれた光がいくつもの複製剣を作る。そして、それらがハンマーのような形に早変わりした。

「よおーし、ゼシア。いっくぞぉっ！」

幻魔族たちが、奇声を上げて飛びかかった。迎え撃つため、エレオノールは軍旗を振り、魔法陣を描く。

そのときだ。

耳を劈《つんざ》くような地割れの音が、大きく鳴り響いた。

ピタリと幻魔族たちが足を止める。エレオノールとゼシアが慎重に身構える。

だが、奴《やつ》らが襲いかかってくる気配はない。

「来ないなら……こっちから……です……」

「待って、ゼシアッ！」

飛びかかろうとしたゼシアを、エレオノールが止める。

彼女は魔眼《め]》を凝らし、幻魔族たちの深淵《しんえん》を覗《のぞ》く。

「……様子がおかしいぞ……」

つい数瞬前まで、我が身を犠牲に飛びかかってきた幻魔族たちが、途端に我に返ったかのように脂汗を垂らし、苦痛に表情を歪《ゆが》ませている。

魔力が乱れている。

いや、正常に戻ったというべきか。狂っていた魔力が、制御されつつあるのだ。

その奥底には確かに、理性の光が見えた。

「状況を理解したのかな？　もう君たちに勝ち目はないんだ」

幻魔族たちの異変を察知するや否《いな》や、エレオノールは言った。

「引き下がるなら、追わないぞ」

そう口にして、エレオノールは軍旗を下ろす。真似《まね》するようにゼシアも聖剣を下ろし、複製剣を消した。

「鬼ごっこは……なしですっ……！」

すると、一人の幻魔族が一歩、後ろへ下がった。

それがきっかけだった。堰《せき》を切ったかのように奴《やつ》らは後退していき、次々に工房船の外へと飛び出していく。

同じ光景が船の外でも繰り広げられていた。

銀水船に取りつき、《疑似紀律人形《ジーナレーナ》》に襲いかかっていた幻魔族たちが、次々と船外へ飛び出し、戦闘空域を離脱していく。

彼らが向かっているのは、イーヴェゼイノの方角だ。

その場所だけではない。

シンと交戦中だった連中も、ミサと戦っていた者どもも、参戦していたほぼすべての幻魔族たちが、自らの世界へ引き上げていく。

そのことは、魔法線で視界を共有しているレイにも伝わっている。恐らく災人にも、幻魔族たちの動向は見えているだろう。

災人イザークは、ハイフォリアの方へ視線を注いでいた。

「アノスが見つけたよ」

レイは言った。

「絡繰神《からくりがみ》が《渇望《かつぼう》の災淵《さいえん》》に創り出した《渦》。それが、災淵《さいえん》世界とその住人たちの渇望《かつぼう》を狂わせていた元凶だ」

捕食行為が止まり、災淵《さいえん》世界が離れ始めた以上、戻らなければ、ハイフォリアに置き去りにされる危険性がある。

まともな思考ならば、引き返すのが道理というものだ。

だが、これまでの幻魔族たちに、そんな理性はなかった。《渇望《かつぼう》の災淵《さいえん》》に生じた絡繰神《からくりがみ》の《渦》がイーヴェゼイノの秩序に影響を及ぼしていた。

幻魔族たちの渇望《かつぼう》を後押しし、彼らを獣にしていたのだ。

ゆえに《渦》を世界から切り離したことで、正気を取り戻したのだろう。

「君たちの餌食《えじき》霊杯への執着は小さくなったはずだ」

災人イザークは彼方《かなた》を見つめている。

そのまま、彼は言った。

「……で？　争いをやめろってか？」

「災淵《さいえん》世界の民にも理性はあった。彼らがまだ争いを望んでいると思うかい？」

「は」

レイの言葉を笑い飛ばし、イザークは言う。

「感謝はするぜ。うちのなわばりを荒らしやがった野郎がいるってのはわかった。だが」

猛獣のような視線がレイに突き刺さる。

「端《はな》っからこれはオレの喧嘩《けんか》だ。うちの連中がやんのかやんねえのかは関係ねえな」

ナーガたち、アーツェノンの滅びの獅子《しし》は戦闘不能。幻魔族や幻獣たちも皆、災淵《さいえん》世界へ引き返してきている。

だが、それでもなお、災人イザークの戦意は衰えない。その災爪《さいそう》を冷たく光らせ、レイに迫った。

「聖王は災淵《さいえん》世界を止める必要がなくなった。祝聖天主も無事だ。君一人で、聖剣世界すべてと戦うことになる」

振るわれた災爪《さいそう》を、レイは《廻天虹刃《かいてんこうは》》で受け止める。

「変わんねえな……」

呟《つぶや》きとともに災人の蹴りがレイの土手っ腹にめり込み、体がくの字に曲がった。

「変わんねえ。《渦》が切り離されようと、オレの渇望《かつぼう》はなにも変わりゃしねえ」

言葉とともに、魔力が激しく噴出する。イーヴェゼイノ空域の温度が一気に下がった。

「やりてぇことを、やりてえようにやる！　それでくたばんなら上等だぜっ！」

獰猛《どうもう》な獣の如《ごと》く、災人はレイを追撃する。

「オルドフもこれを狙ってたんなら、傑作だな。うちの連中と違ってオレだけが、素でイカれてたって話じゃねえのっ！」

界殺災爪《かいさつさいそう》ジズエンズベイズを、紙一重でかわし、レイは災人の背後を取った。振り下ろされた聖剣を、奴《やつ》は《災牙氷掌《ガルムンク》》の腕で受け止める。

白虹《はくこう》と冷気が魔力の粒子を散らし、激しく鬩《せめ》ぎ合う。

「落胆してるのかい？」

「あ？」

ぐっと霊神人剣が押し込まれれば、僅かに刃が食い込み、奴《やつ》の腕に血が滲《にじ》む。

「イザーク、君は……本当は変われればよかったと思ってたんじゃないかい？」

「しつけえ野郎だ」

刃が腕に食い込むのも構わず、災人はそれを力尽くで振り払った。

間髪を容《い》れず、災爪《さいそう》がレイを襲った。身を低くしてそれを避け、霊神人剣が奴《やつ》の足下を斬りつける。

「君がおかしいとは思わない」

両足から血を流しながらも、イザークは災爪《さいそう》を振り上げる。だが、レイの方が僅かに早く、奴《やつ》の肩口に霊神人剣を振り下ろした。

「……ぐっ……!!」

エヴァンスマナは肉を斬り裂き、骨に食い込む。断ち切られるより早く、災人が剣身をわしづかみにした。押し返そうとするが、白虹《はくこう》が煌《きら》めくその聖剣はびくともしない。

「たぶん、ハイフォリアもなにかを間違えているよ。僕たちは本当に正しい道を、真の虹路《こうろ》を見つけてみせる。だから、少しだけ時間が欲しい」

牙を覗《のぞ》かせ、イザークは薄く笑った。

「わかってんだろ、ミリティアの不適合者。てめえが見つけたところで、なんの意味もねえぜ」

空からは氷の結晶が降り注ぎ、魔法陣を描きながら、舞い降りてくる。蒼《あお》き氷晶が周囲に漂い、霊神人剣が凍り始めた。

それは物体のみならず、魔力や時間、秩序、根源さえも凍らせ、万物余さず、あらゆる活動を停止させる深層大魔法――《氷獄災禍凜令終天凍土《シヴィラ・エビオン・バルムアーデ》》。

今のレイでは耐えきれぬ。

「――月は昇らず、太陽は沈み、神なき国を春が照らす」

空に響くは、背理の詠唱。

イザークが視線を鋭くする。レイの腕にまで及んでいた凍結が、そこで止まった。

「《背理《はいり》の六花《りっか》》リヴァイヘルオルタ」

燃え盛る氷の大輪を背に、舞い降りてきたのはアルカナだ。

彼女はこの機会を待っていた。

主神の権能を封じるその力にて、災人を止める機会を。

リヴァイヘルオルタがこの場を背理の秩序で満たし、イザークの権能である《凍獄《とうごく》の災禍《さいか》》が封じられる。同時にその力を利用する《氷獄災禍凛令終天凍土《シヴィラ・エビオン・バルムアーデ》》の発動が止まった。

霊神人剣が白虹《はくこう》を放ち、レイの腕が凍結から解かれていく。

だが——奴《やつ》は怯《ひる》まない。

それよりも先にイザークは飛び出し、アルカナへ襲いかかっていた。

「背理剣《はいりけん》リヴァインギルマ」

燃える氷の花——春景立花《しゅんけいりつか》が集まり、彼女の手にリヴァインギルマが現れる。

「《災牙氷掌《ガルムンク》》」

蒼《あお》き掌《てのひら》がアルカナの顔面を叩《たた》く。

「災人の子。この身は永久不滅の神体と化した」

「不滅だろうが凍《こお》んだろ」

《災牙氷掌《ガルムンク》》の冷気が、一瞬にしてアルカナの全身を凍結させる。だが、表面だけだ。すぐさま、その氷は砕け散った。

しかし、その一瞬の間に、すでにイザークは燃え盛る氷の大輪――《背理《はいり》の六花《りっか》》に迫っていた。

「《狂牙氷柱滅多刺《ガーズ・ヴォイド》》」

包囲するように無数の魔法陣が描かれ、蒼《あお》き氷柱《つらら》が出現する。それらは一斉に発射され、《背理《はいり》の六花《りっか》》に牙を剝《む》いた。

神族に対しては無類の強さを誇る《背理《はいり》の六花《りっか》》だが、災人は半神半人。封じたのは主神としての権能のみだ。それを失ってなお、奴《やつ》は遥《はる》か膨大な魔力を有す。

氷柱という氷柱が突き刺さり、背理神の権能は氷の墓標と化していく。

「秩序は歪《ゆが》みて、背理する――」

リヴァインギルマを鞘《さや》から抜き放ったアルカナが、災人へ迫る。

白銀の剣閃《けんせん》が鋭く走った。

「――我は天に弓引くまつろわぬ神」

「は」

交錯した両者。

魔力の火花が散り、災人の《災牙氷掌《ガルムンク》》がアルカナの心臓を貫いていた。《背理《はいり》の六花《りっか》》が完全に凍結され、リヴァインギルマが消滅したのだ。

「オレが主神の力に頼ってるとでも？」

アルカナを放り捨てるように、イザークが腕を無造作に振るう。

彼女はゆっくりと落ちていく。そのとき一瞬、地上が光った。

バルツァロンドの《氷縛波矢《ガリッド》》が風を切り、目にも止まらぬ速度で疾走した。

災淵世界《さいえん》に起きた異変、不意を突いたアルカナ。二重の陽動を仕掛けてなお、しかし災人は
その矢を寸前でかわした。

「見えてんぜ、オルドフの息子」

《氷縛波矢《ガリッド》》を避け、イザークは災爪《さいそう》を振り下ろす。

空間を引き裂く爪撃は、射撃後のバルツァロンドを容赦なく斬り裂き、大地を割る。夥《おびただ》しい
鮮血が大地を血に染め、がくん、と彼は膝を突く。

「……見えたのは一本だけだ、災人……」

血だまりの中に崩れ落ちながら、しかしバルツァロンドは笑みをたたえる。

「天地命弓《てんちめいきゅう》、秘奥《ひおう》が壱――」

バルツァロンドが同時に放った矢は合計四本。

災人が避けたことで、ちょうど奴《やつ》はその四つの矢の内側に移動している。

「――《風月《ふうげつ》》ッ!!」

四本の矢がそれぞれ魔法線をつなげ、三角錐《かくすい》の結界を構築する。《氷縛波矢《ガリッド》》の魔力が解き
放たれ、結界内が凍りついた。

イザークの動きが一瞬止まる。凍結の魔法を得意とするイザークを、僅かとはいえ足止めす
るほどの氷結結界。バルツァロンドは宣言通り、災人の動きを奪ったのだ。

「レイッ!!」

バルツァロンドが叫ぶ。

承知の上とばかりに、レイはエヴァンスマナを構えていた。

「霊神人剣、秘奥《ひおう》が伍《ご》──」

レイの背後に浮かぶ三三本の虹刃がくるりと回転し、地上に刃を向ける。凍りついたイザークへレイは真っ向から飛び込んだ。

《氷縛波矢《ガリッド》》と《風月《ふうげつ》》による氷の結界に亀裂が走る。

レイが霊神人剣を振り上げれば、虹刃が目映《まばゆ》く輝いた。

一閃《いっせん》。

災人の胸がぱっくりと斬り裂かれ、その体に三三本の虹刃が突き刺さる。その一本一本に含まれているのは、《廻天虹刃《かいてんこうは》》にて斬り裂いた祝聖天主と災人の魔力だ。

虹刃が明滅し、溜《た》めた力を一気に解放する。

「──《廻天虹刃《かいてんこうは》・転《てん》》ッッ!!」

三三本の刃から虹の輝きが発せられ、天を丸々覆うほどの大爆発を引き起こす。

虹刃に変えることで吸収した魔力に、自らの力を上乗せして敵を斬り裂く《廻天虹刃《かいてんこうは》・転》。

地力で勝る相手に打ち勝つための、それはまさに廻天《かいてん》の一撃であった。

レイは静かに息を吐く。

その瞬間、彼は目を見開いた。爆煙の中からぬっと腕が伸びてきた。

「……ぐっ……ぁ……っ！」

災人の指先が、レイの腹を貫いていた。

「惜しかったな」

聖ハイフォリアの祝福、界殺災爪《かいさつさいそう》ジズエンズベイズ。その魔力を溜《た》めた虹刃三三本をまともに受けてなお、災人イザークは止まらぬ。

滅びなど知らぬとばかりに、全身からは蒼《あお》き冷気が溢《あふ》れ出《だ》す。災淵《さいえん》世界の空に悠々と君臨するその姿は、まさに不可侵領海と呼ぶに相応《ふさわ》しい。

「根源が七つあるたあ驚いたが、残りは一つだ。てめえは死ぬぜ」

災人の手が、体内にあるレイの根源をつかんだ。

レイは動きを見せず、さりとてなにも言わず、ただイザークを見返している。

その瞳には、怯《おび》えや恐怖など微塵《みじん》も感じられない。

「……気に入らねえな」

すぐにとどめを刺そうとはせず、奴《やつ》は言った。

「まだなにか手があんのか？」

「……聞きたいかい？」

数秒の沈黙の後、災人は口を開く。

「いや――」

「変えてみせるよ、ハイフォリアを」

根源を潰そうとした災人の手が、ピタリと止まった。

「外から大層なご高説を垂れたところで、ハイフォリアは変わらねえ。端《はな》っから虹路《こうろ》が見えねえんなら、奴《やつ》らも正義に狂いやしなかった。てめえに――」

災人の目の前に光が走った。

レイの体から立ち上るそれは、確かに虹路《こうろ》である。災人が言葉を失う中、虹路《こうろ》はある魔法陣を描く。

《契約《ゼクト》》の魔法陣を。

そこに記述された契約内容は――

「僕が聖王になる」

イザークが目を丸くする。

レイの言葉に、初めて明確な驚きを見せたのだ。

「くく……くっくっくっく……なにを寝ぼけてやがる。てめぇが？　ミリティアの不適合者が、ハイフォリアの聖王になれると思ってんのか？」

「聖剣世界では、霊神人剣を抜いた者にその資格があるはずだよ」

興味深そうに奴《やつ》はレイを見つめ、そして問うた。

「わからねぇな。なにがてめぇを駆り立ててんだ？」

「大した理由はないよ。ただ、約束したんだ。先王オルドフと、彼の息子と」

レイはいつものように爽やかな笑みを見せる。

「約束は守らなきゃね」

くく、と再び微《かす》かな笑声がこぼれた。

それはどことなく、先程よりも穏やかな響きだ。

そうして、奴《やつ》は天を仰ぐ。彼方《かなた》を見つめ、イザークは静かに口を開いた。

「……ちょうど三日か。てめぇらの言う通り、あの野郎は来なかった……」

牙を覗《のぞ》かせ、イザークは笑う。

「だが、確かに寄越しやがったぜ。代わりの大馬鹿野郎をな」

レイの胸から腕を抜き、イザークは血を払う。

「一月《ひとつき》待ってやる。できなきゃ、てめえは終わりだ」

「構わないよ」

イザークは《契約《ゼクト》》を書き換え、レイはそれに調印した。

奴《やつ》は身を翻《ひるがえ》し、ゆっくりと飛んでいく。

「ナーガ。生きてんだろ？」

災人が呼ぶと、魔法陣が描かれ、そこにナーガが転移してきた。

「他の連中に伝えな。喧嘩《けんか》は仕舞いだ」

「それには賛成だけれど、ボボンガとコーストリアが捕縛されたままよ」

「弱《よえ》え」

災人が舌打ちする。

「どうするの？」

「しち面倒くせえ。放《ほ》っとけ」

「……ちょっと、災人さんっ！」

去っていく災人を、ナーガが追いかけていく。

コーストリアとボボンガを滅ぼせば、再びイーヴェゼイノとの戦争になる。ミリティアもいる以上、ハイフォリアとて下手な扱いはできぬと踏んだのだろう。もっとも、面倒だというのも嘘《うそ》ではあるまい。

「イザーク」

レイの言葉に、災人が振り向く。

「オルドフは僕たちの世界にいる。君を、待っていると思う」

「はっ」

イザークは軽く笑い飛ばした。

「大馬鹿野郎が」

そのまま振り返らず、彼は去っていく。

境界線の地割れがますます広がり、イーヴェゼイノとハイフォリアは少しずつ離れていった。

§59. 【師と弟子】

二日後。転生世界ミリティア。

ミッドヘイズ上空に、ハリネズミのような巨大な船が浮かんでいた。バーディルーアの工房船だ。

その船はゆっくりと高度を下げ、デルゾゲードの真上で滞空した。煙突から、五つの人影が飛び出してきたかと思うと、魔王学院の裏門に降り立つ。

ベラミーと老鍛冶師たちである。ずらりと並んだ銅の水車と風車を興味深そうに眺めながら、彼女らはその道を歩いていく。

「ばぁばっ……」

奥の方から、楽しげな声が響いた。

ゼシアとエンネスオーネが勢いよく走ってくる。二人は満面の笑みを浮かべ、ベラミーに飛びついた。

「おー、よしよし。今日も元気がいいねぇ」

エンネスオーネを片手で抱え、ベラミーは足下にしがみついたゼシアの頭を撫《な》でる。

「元気は……任せる……です……！」

「ねー」

ゼシアが背を反るように胸を張り、エンネスオーネが頭の翼をぱたぱたと動かす。無邪気な笑みにつられるように、自然とベラミーも笑顔になった。

「エレオノールはどうしたのさ？」

「ママは……ごちそう、作ってます……！」

ゼシアが両拳を握ると、エンネスオーネが指を立てた。

「アップルパイだよー」

「ばぁばに……食べてもらう……です……！」

「こーら」

窘《たしな》めるような声が響く。

転移してきたエレオノールが、頬を膨らませて、そこに仁王立ちしていた。

「嘘《うそ》ついて、アップルパイを作らせようとしてもだめだぞ」

ゼシアとエレオノールは、横目で互いをチラリと見た。

「バレ……ました……」

「バレちゃったねー……」

エレオノールが悪戯《いたずら》っ子だなぁ、といった表情を浮かべた後、ベラミーに視線をやった。

「ようこそ、ミリティアへ。ここが魔王学院デルゾゲード。次代の魔皇を育てる学院だぞ。あ、魔皇っていっても、字が違って、元首のことじゃないんだけど。ミリティア世界の住人には、まだ元首のことがあんまり浸透してないから」

「よくまあ、それで平和に回ってるもんだねぇ」

呆《あき》れ半分、感心半分にベラミーが言う。

「ボクたちはボクたちの世界が普通だから、あんまり不思議はないんだけど」

ベラミーが抱きかかえているエンネスオーネをエレオノールが受け取り、踵《きびす》を返《かえ》す。

歩き出した彼女の横に、ベラミーは並んだ。

「元首アノスに話をつけてくれて助かったよ」

「え？」

「昨日の今日さ。ミリティアに来たいって言ったって、いい顔はしなかっただろう？」

「あー、全然だぞっ。アノス君、そういうの気にしないから」

のほほんと笑うエレオノールの隣で、ゼシアが「魔王……です……」と口にし、得意気な表情を浮かべている。

「敵対した世界の元首が来るのに、気にしないってことがあるかい？」

くすくすっとエレオノールが笑う

「そういう人なんだぞ、ボクたちの魔王様は。ハイフォリアの人にも声をかけたみたいだし」

ベラミーは怪訝《けげん》そうに見返す。

「……オルドフの転生は、ハイフォリアの許可をとってないんじゃなかったかい？」

「バルツァロンド君がさらってきたって聞いたぞ」

それを聞き、ますます呆《あき》れたようにベラミーはため息をつく。

「だったら、わざわざ火種を作るようなもんじゃないか。ハイフォリアはミリティアの転生には懐疑的な立場さ。火露《ほろ》を奪う行為だってね。それを先王でやられちゃあ、見過ごせるものも見過ごせなくなるさ」

「確か、バルツァロンド君もそんなこと言ってたぞ」

「じゃ、なんだってそんなことしたのさ？　黙ってりゃ、まだ落としどころも見つかっただろうに。正式に通達されたんじゃ、レブラハルド君でも抑えられやしないよ」

「んー、ボクは難しいことはわからないけど、アノス君が言うには、ハイフォリアには転生の文化がないから、死に目に会いたい人はいるだろうって」

面食らったように、ベラミーが目を丸くする。

「あんたんとこの元首は、つくづく算盤《そろばん》を弾《はじ》くのが苦手みたいだねぇ」

「そこが良《い》いところなんだぞ」

ピッとエレオノールが人差し指を立てる。

思わずといったようにベラミーは笑った。

「まぁ、そうかもしれないねぇ」

地下へ続く水路が見え、エレオノールたちは《飛行《フレス》》で浮かび上がる。そのまま水路の上を飛んでいった。

しばらくして、辿《たど》り着《つ》いたのはデルゾゲードの最深部だ。

彼女らの姿が、俺の肉眼にも見えてきた。

「元首アノス」

着地すると、ベラミーは俺のもとへ来た。

「急な申し出ですまないねぇ」

「なに、オルドフを連れ去ったのはこちらの方だ。本来ならば、ハイフォリアで看取《みと》ることができたであろう」

そう言って、俺は踵《きびす》を返《かえ》す。

「ミリティアの秩序じゃ、そのままの人格で転生するってんだろう？」

「オルドフの容態では、いつどこで生まれるか、どこまで記憶を引き継げるかもわからぬ。バーディルーアの文化で言えば、ただ死ぬのと変わらぬだろう」

「さあてねぇ」

後頭部に手をやりながら、ベラミーが僅かに天井に視線を向けた。

「銀海にゃ、やるせないことがごまんとある。たまには、都合の良《い》い夢にすがりたくもなるもんさ」

彼女はそう言った後、また前を向いて軽く手を振った。

「ただの独り言さ。忘れとくれ」

ベラミーは俺とは違い、強権を振るう為政者ではない。公では民意に背く発言も、そうはできぬだろう。迂闊《うかつ》に本音など漏らしていれば、誰に足をすくわれるやもわからぬ。この独り言はミリティアへの義理と、そして信頼の証《あかし》だろう。

先の戦いは、ベラミーが予想したよりも、遥《はる》かにバーディルーアの被害が少なかったということだ。無論、エレオノールの功績も大きい。

「なかなか気苦労が絶えぬようだな、バーディルーアは」

「悪いことばかりじゃないさ。なにせ頭と胃を痛めてさえいりゃ、災淵《さいえん》世界の一部を切り離すなんて無茶な真似《まね》をする必要がないんだからねぇ」

ベラミーがニヤリと笑みを向けてくる。

くくっ、と俺は笑声をこぼした。

「違いない」

「それはそうと、あんたが言った通り、ボボンガとコーストリアはパブロヘタラに預けたよ。オットルルーに引き渡してね。まあ、そのうちナーガ辺りが接触してくるだろうから、そこで正式に交渉することになるだろうねぇ」

ミリティア世界で預かる手もあったが、パブロヘタラの方が脅しにはなるだろう。ルールに厳格なオットルルーに身柄を引き渡しておけば、ナーガも迂闊《うかつ》には動けまい。

「ハイフォリアとは落としどころがつけられそうなのかい？」

「今日、レブラハルドが来るならな」

ベラミーが苦笑いを浮かべ、肩をすくめた。

前方にはシンの姿があった。

ここに外敵はいないが、油断のない視線で周囲に気を配っている。彼の背中から、ほんの僅かに、鋼色の髪とゴーグルが覗《のぞ》いているのが見えた。

ベラミーが一瞬そちらに視線を向けると、髪とゴーグルはシンの陰に隠れる。ベラミーは気がついていない様子で、レイとバルツァロンドがいる場所まで歩いていく。

「よろず工房の魔女にお話があったのでは？」

背中に隠れたシルク・ミューラーに、シンはそう語りかけた。

『……別に……アタシは、ハイフォリアの勇者オルドフを看取《みと》りに来ただけだし……』

《思念通信《リークス》》でシルクは言う。

鉄火人は耳がいい。自分の声がベラミーに拾われるのを避けたのだろう。

「面識がありましたか？」

シルクはばつの悪そうな顔で沈黙した。

『…………ないけど……』

言いながら、彼女はシンの背中から顔を出す。視線の先には、ベラミーとレイ、バルツァロンドがいた。

「イザークを止めてくれて助かったよ。あんたたちが失敗してたら、ちょいとまずいことになってたからねぇ」

「災人に道を説いたのはレイだ。私はなにもしてはいない」

　バルツァロンドがそう断言すると、ベラミーがレイを見た。

　彼は困ったように苦笑する。

「あまり持ち上げられても困るんだけどね。猶予が一ヶ月のびただけだよ」

「あのイザークと交渉できただけ大したものさ。話なんて、聞くような輩《やから》じゃあないからねぇ」

　しみじみとベラミーが言う。

「しかし、エレオノールといい、あんたといい、魔王学院は腹の据わった連中ばかりで羨ましいねぇ。うちの若いもんにも見習わせたいぐらいだよ」

　シルクの耳がピクリと反応する。

　シンの背中に隠れていた彼女は、ますます体を小さくした。いたたまれない表情で、シルクはじっと地面を見つめ、唇を噛《か》む。

「バーディルーアの若き鍛冶師は、その腕前も剣を愛する心も、並外れたものだったよ」

　僅かにベラミーが目を見開く。

　レイの手に光が集っていた。召喚されたのは、霊神人剣エヴァンスマナだ。

「彼女が鍛え直したこの剣がなかったら、僕たちは災人と話すことさえできなかった」

　はん、とベラミーは笑う。

「まだまださ。ま、だけど」

　誇らしげな表情で彼女は言う。

「今回はよくやったさ。ぎりぎり及第点ってところだよ」

シルクによって鍛え直されたその聖剣を見ながら、ベラミーはどこか嬉《うれ》しそうに目を細める。

弟子の仕事に、満足がいったと言わんばかりに。

「非の打ちどころがない仕事だと思うけど？」

「そんなのは出来て当たり前さ。あの馬鹿弟子は、あたしが一から仕込んだんだ。腕だけなら、今のあたしなんか、とっくに超えてるよ」

隠れて聞き耳を立てながら、シルクは信じられないといった表情を浮かべる。

「直接そう言ってあげればいいんじゃないかい？」

「冗談じゃないよ、まったく。ただでさえ天狗《てんぐ》になってるのに、そんなこと言ったらどうなるってんだい？　鉄火人の職人ってのはね、剣と同じさ。熱いうちに叩《たた》けば叩《たた》くほど、強くなる。あたしが若いときは、師匠に褒められたことなんかなかったね」

ベラミーがぶっきらぼうに言うのを見て、レイは苦笑する。

「鉄火人のやり方もあるとは思うけどね。彼女を一人前だと認めてるなら、少しぐらいは腹を割って話してもいいんじゃないかな？」

柔らかく言ったレイに、ベラミーは目を丸くする。

「二人とも誤解があるから、彼女はよろず工房を出ていったんだよね？」

痛いところを突かれたといったベラミー。

バルツァロンドが、隣で大きくうなずいていた。ぎろりとベラミーが睨《にら》むと、彼はつーと視線をそらした。

はあ、と彼女はため息をつく。

「……まあ、戻ってこいとは言ってみるさ……あの跳ねっ返りが、素直に言うことを聞くとは思えないけどねぇ……」

その言葉を聞き、ほんの僅か、シルクの肩が震えた。

「……なにさ……今更……」

ぼそっと彼女は呟《つぶや》く。

微《かす》かに、口角が上がっていた。

彼女の呟《つぶや》きに反応するように、ベラミーが不思議そうに振り向く。

あっ、と口を開け、シルクはそこから逃げ出すように出口へ向かって走り出した。

ベラミーの位置からは、水車の陰になって、シルクの姿が見えない。なにかを察したように彼女は頬を緩め、またレイに向き直る。

彼はいつも通り、爽やかな笑みをたたえていた。

「オルドフも、あんたみたいにお節介だったねぇ」

「なんの話だい？」

ベラミーは朗らかに笑う。

「あんたはいつか、とんでもない馬鹿をやらかすって話さ」

§60. 【別れのとき】

レイ、バルツァロンドに案内され、ベラミーはデルゾゲード深奥部《しんおう》の中央へ進んでいく。

そこには四名の神、樹理四神《じゅりししん》が立っている。立体魔法陣が描かれており、中心は淡く光り輝いていた。

魔眼《めめ》を凝らせば、その光の中にオルドフが横たわっているのが見える。

終わりは、もうすぐそこまで迫っていた。

生誕神ウェンゼルが盾を、深化神ディルフレッドが杖《つえ》を、終焉神アナヘムが剣を、転変神ギエテナロスが笛を掲げる。

オルドフを包む光が更に力強く輝き始め、室内を目映《まばゆ》く照らした。

深化神ディルフレッドが、厳かに口を開く。

「この者の根源は、終焉が転変へと変わる境へ誘《いざな》われた。最後の輝きが放たれる。あるいは旅立つ彼と言葉を交える可能性が発生するだろう」

ベラミーがレイを振り向くと、彼はうなずいた。

彼女は数歩前へ出て、眠ったように目を閉じているオルドフを見つめる。

「……年を食ったもんだねぇ、お互い……」

ぽつりとベラミーは呟《つぶや》く。

「あたしがやっとこさ独立して、第三ハイフォリアに工房を構えたら、あんたがやってきた。

あたしの剣を見た途端、船に乗ってほしいと誘われたときは面食らったねぇ。店を構えてまだ一月も経《た》ってなかったんだから」

意識のないオルドフに、ベラミーは昔話を語り始める。温かで、どこかもの悲しい、そんな声が室内に響いていた。

「自分の工房を持つのが夢だったんだと教えたら、あんたは聖王の剣を打たせてやると言った。自分が聖王になるってねぇ。ハイフォリアから出たばかりのひよっこが、よくもまあ大ボラを吹いたと思ったものさ」

昔を懐《なつ》かしむような顔で、「けど……」と彼女は微笑《ほほえ》んだ。

「あんたはそれを叶《かな》えちまった。初めて会ったときから、ずっと……無理なんて言葉をあんたは持ち合わせちゃいなかった。おかげでこっちは散々巻き込まれて、気がつけばバーディルーアの元首なんてもんになっちまったよ」

オルドフの体が光を増していく。根源がその力を強く発揮するが、彼が口を開くことはなかった。

「まったくとんでもない話さ。あんたにゃ、散々文句を言ったけど、この話題になる度に逃げるもんだから。いつか、しっかり謝ってもらおうと思ってたんだがねぇ」

ベラミーが唇を引き結ぶ。

生気のないオルドフの顔をじっと見つめた。

「そんなところまで、逃げるこたぁないじゃないか」

オルドフは答えない。

ベラミーは悲しげに笑い、続けて言った。

「あたしの負けだよ。悪かない人生さ。人付き合いが苦手だったあたしが、山ほどの弟子に囲まれてるなんてねぇ。てっきり、武器を打ちながらくたばるもんだと思ってたよ」

いつものように、変わらぬ調子で話すベラミーの表情はとても穏やかだった。

「なんでだろうねぇ。最近、たまに思い出すんだ。あんたの船で一緒に銀海を旅したあの一年間。あのときが、妙に懐《なつ》かしくてねぇ」

彼女の手が伸びて、オルドフの顔にそっと触れる。

「……まったく。偉くなんかなるもんじゃないよ……」

ベラミーはしばらく、旧友を見つめた。

その顔を心に刻みつけるように。そうして、しばらくした後、ベラミーは静かに手を離した。

彼女が踵《きびす》を返《かえ》すと、バルツァロンドが丁寧に頭を下げた。

「きっと、父も喜んでいます」

「……あんまり思い詰めるんじゃないよ。レブラハルド君も、来たくないわけじゃないさ」

バルツァロンドを気遣うように、ベラミーは彼の肩をそっと叩《たた》く。

「…………兄は、きっと来ます……」

ベラミーは無言で見返した。

バルツァロンドは唇を真一文字に引き結び、頑《かたく》なな目を向けている。

彼は兄が来ると信じている。いや、信じたいのだろう。

「聖王陛下にも、立場ってものがあるのさ。ハイフォリアは、転生を認めるわけにはいかない。

だから、あんたも無理矢理さらってきたんだろう？」

「…………それは…………」

バルツァロンドは返事に窮し、俯《うつむ》いた。

だが、すぐさまなにかに気がついたように顔を上げた。

地上へ続く水路から、人影が現れる。ミーシャ、サーシャ、そしてミサが案内してきたのは、祝聖天主エイフェとレオウルフ男爵だ。

「天主、レオウルフ卿《きょう》」

バルツァロンドが二人を出迎えた。

「よく来てくださいました」

レオウルフは一瞥《いちべつ》しただけで、口を開こうとはしない。

この場に訪れたのは不本意だというのをありありと態度から発していた。

ハイフォリアの者ならば、先王オルドフをさらったことに、思うところがないわけもあるまい。それでも、主神の護衛のため、渋々ついてきたのだろう。

エイフェが言った。

「オルドフは？」

「こちらに」

オルドフのもとへ、バルツァロンドが案内していく。一瞬、彼は出口の水路に視線をやった。

誰かを探すかのように。

それに気がついたか、静謐《せいひつ》な声でエイフェが言う。

「聖王から言伝《ことづて》を預かった」

バルツァロンドが、エイフェを振り向く。

「葬儀には列席する、と」

「……それは、ミリティアには来られぬという意味でしょうか？」

エイフェは静かにうなずく。

「なぜ……？」

「なぜもなにもない」

沈痛な表情を浮かべるエイフェの代わりに、レオウルフがぴしゃりと言った。

「そもそも、だ。バルツァロンド卿《きょう》、貴公は聖王陛下の命に背き、先王を転生世界ミリティアへ運んだ。その処罰がなかっただけ僥倖《ぎょうこう》と思え」

「レオウルフ。私が彼に行けと命じたがゆえ、責は私に」

窘《たしな》めるようにエイフェが言う。

一瞬口を閉ざすも、改めてレオウルフは言った。

「天主の口添えがあったからこそ、この件は不問となった。あくまで、今のところはな。聖王陛下は先王の移送を公《おおやけ》にしたくないとのお考えだ」

「公にせずとも、来ることぐらいはできるはずだ」

バルツァロンドが食い下がる。

「不実の道を歩める御方ではない」

淡々と言い放ったレオウルフに、バルツァロンドは義憤を燃やして声を上げた。

「貴公は父を看取《みと》ることが、不実だというのかっ？」

「不服なら、聖王陛下に直訴しろ」

すげなく言われ、バルツァロンドは押し黙る。

「彼を連れてくることができなかったのは、私の責ゆえ」

エイフェがそう謝罪した。

「……いえ」

それ以上はなにも言えず、バルツァロンドは無言で歩を進ませた。

魔法陣の場所に到着する。

ベラミーと軽く挨拶を交わした後、祝聖天主エイフェは、オルドフの前に歩み出た。

「オルドフ」

優しい視線が、彼の体を撫《な》でる。

「あなたと会って、確かめたかったことがあった。けれど、それは心配なきこと。私たちの勇者は、どのような強大な壁が立ち塞がろうと、決して諦めることはなかった。あなたと、その息子たちと、そしてあなたの息子が連れてきた異世界の勇者は、奇跡を起こし、私たちのハイフォリアを守り通してくれた」

別れを告げるように、彼女は言う。

「私も勇気をもって、前へ進む。だから――」

エイフェは両翼を広げる。

虹の光が、オルドフを祝福するように照らし出した。

「ありがとう、オルドフ。聖剣世界のために最期《さいご》まで戦い続けた偉大なる勇者よ。あなたのこれからの旅路に、幸あらんことを」

オルドフを送り出すように、彼女は黙禱《もくとう》した。

やがて祝福の光が収まっていき、ゆっくりとエイフェは目を開ける。彼女は踵《きびす》を返《かえ》して数歩下がり、また彼に向き直った。

俺たちは輪になって、中心にいるオルドフを見守っている。

もうまもなく、刻限だ。

「あんたが来りゃ、喋《しゃべ》るかと思ったんだけどねぇ」

ベラミーが、エイフェに言った。その声音には、一抹の寂しさがある。

「決して足を止めず、その正しき道を歩み続けたのが彼の人生だった。最後ぐらいは、ひととき休息を」

「確かに、働きすぎだったからねぇ」

二人は悲しげに、旅立つ勇者を見守った。

「――時は満ちた。境を越え、今、終焉は転変へと変化する――」

深化神ディルフレッドが言い、樹理四神《じゆりししん》が《転生《シリカ》》の魔法陣に、各々《おのおの》の秩序を働かせる。

彼は死に、そしてこの転生世界ミリティアで新しく生まれ変わるだろう。

いつの日か、どこかで、また会うこともあるかもしれない。それがこのミリティアの――優しい世界の理《ことわり》だ。

「…………だ……」

誰かが、そっと呟《つぶや》いた。

「……まだだ……！」

全員が振り向く。

バルツァロンドが訴えるように、樹理四神《じゅりししん》に言った。

「もう少しだけ……時間が欲しい。父は待っている。最期《さいご》の言葉を、兄に伝えるために。だから……」

掠《かす》れた声を、彼は絞り出す。

「だから……喋《しゃべ》らないのだ……もう少し……父が満足して逝《ゆ》けるだけの時間を──」

「境に長く停滞すれば、終焉に引き戻される」

ディルフレッドが淡々と告げる。

「この者の転生は不可能となるだろう」

言葉を失い、バルツァロンドは歯を食いしばる。項垂《うなだ》れる彼の肩に、ベラミーが、手を回した。

「私は……まだ、なにも……父になにもしてやることが……」

「馬鹿言うんじゃないよ」

力強く、ベラミーはバルツァロンドの肩を抱く。

彼女の瞳に涙が滲《にじ》んでいた。

「あんたはオルドフの名誉を守るために、死地へ飛び込んできた。大馬鹿野郎の夢を、命がけで守ったんじゃないかっ。こんな親孝行な息子はいないよ。なあ。オルドフも満足してるさ」

オルドフから発せられる光がみるみる強くなる。

ベラミーに肩を抱かれながら、バルツァロンドは、大粒の涙をこぼす。エイフェも、そしてレオウルフも、偉大なる勇者が消えゆく瞬間に涙を滲《にじ》ませた。

「──辛気くせぇ」

張り詰めた空気をぶち破るような、傲慢な声が響く。

底冷えする冷気とともにそこへやってきたのは、獣のたてがみのような蒼《あお》い髪の男。災淵《さいえん》世界イーヴェゼイノの主神にして元首、災人イザークであった。

警戒するようにレオウルフが祝聖天主の盾となり、聖剣を抜いた。間髪を容《い》れずそれが災人の体を薙《な》ぐも、一瞬にして凍りつき、ポキンと折れた。

レオウルフが身構える。

だが、イザークはまるで眼中にないといったように歩を進めていく。

そうして、オルドフの前で立ち止まった。

「よう、老いぼれ」

イザークが言う。

「くたばっちまうそうだな」

彼はゆっくりと片手を上げ、握った酒瓶を見せた。

「持ってきな」

オルドフの傍《かたわ》らに、イザークが酒瓶を置く。すると、彼のまぶたがピクリと動いた。

はっとしたようにバルツァロンドが目を見張る。

その場の誰もが、僅かに戻ったオルドフの魔力を見つめながら、固唾を呑《の》んで見守った。

ゆっくりと、本当にゆっくりとオルドフが目を開く。

そうして確かに災人の顔を見たのだ。

彼は、小さく口を開く。

「……すまんな。私は下戸だ」

牙を見せ、災人はいつものように獰猛《どうもう》に笑う。それでもいつもとは違い、どこか嬉《うれ》しそうに。

「……イザーク……」

力の入らぬ唇を、オルドフは精一杯動かした。

「なあ……私の息子は……大したものだろう……」

弱々しい声で、それでも誇らしく彼は言った。

僅かにイザークは目を丸くする。

だが、一瞬の沈黙の後、理解したといった顔でイザークは答えた。

「ああ。てめえによく似てやがんぜ」

満足そうにオルドフは笑い、その姿が光の粒と化していく。

「もし……本当に生まれ変われるというのならば……次こそは……」

震えるオルドフの拳が災人に伸びる。

彼はそれを微動だにせず、眺めていた。

遅々として進まぬ拳を必死に伸ばし、それは確かにイザークの膝を打った。

「……お前と道を……違《たが》えることなく……」

ふっと風にさらわれたように、オルドフの体は完全に光の粒となり、流されていく。

遠ざかっていく光を見上げ、イザークは言った。

「あばよ、大馬鹿野郎」

《転生《シリカ》》の魔法陣とともに、オルドフの根源は完全に消滅する。

後に残された五本剣の勲章――ハインリエル勲章だけが、生前の彼の魔力を宿していた。

§ エピローグ　【～残された疑惑～】

その夜。

デルゾゲード深奥《しんおう》部に、バルツァロンドの姿があった。

傍《かたわ》らにはレイが座っている。

二人は無言だった。

バルツァロンドの手には亡《な》き父の遺《のこ》したハインリエル勲章がある。

《聖遺言《バセラム》》が込められているものだ。狩猟貴族は滅び去る前に、その力にて心を遺品に遺《のこ》すことができる。

先王オルドフが伝えたかったこと。

恐らくは、彼を泡沫《ほうまつ》世界に幽閉していた者の手がかりがあるはずだ。だが、バルツァロンドは《聖遺言《バセラム》》に耳を傾けようとはしていない。そこに視線を注ぎ、ただじっと何事かを考えていた。

俺が歩いていけば、バルツァロンドがはっと顔を上げた。

「……兄上っ……!!」

反射的に足を踏み出すも、やってきたのが俺だということに気がつき、彼は唇を引き結んだ。

「待っているのか？」

イザーク、ベラミー、エイフェが転生世界ミリティアから去った後も、バルツァロンドはずっとこのデルゾゲード深奥部《しんおう》にいた。

エイフェから事情は聞いていたというに、それでも来ないはずがないとばかりに、頑《かたく》なにそこから動こうとはしなかったのだ。

「エイフェもハイフォリアに到着した頃合いだろう。さすがにこれから来ることはあるまい」

「……この場を借りていることは、申し訳ない……」

切実な声が、耳朶《じだ》を叩《たた》く。

来ないはずがない、と考えたわけではないのやもしれぬ。

来なければならないのだ、と、彼の表情はそんなことを物語っているように思えた。

「構わぬ。納得いくまで待つことだ」

俺は二人のそばまで歩いていく。

レイと視線を合わせれば、彼は僅かに微笑《ほほえ》んだ。バルツァロンドは思い詰めたように俯《うつむ》いたままだ。

しばらく、静寂だけがその場を支配していた。

「……この……」

ふいに、バルツァロンドがぽつりと呟《つぶや》く。

「……このバルツァロンドにとって、弓は邪道の技……以前に、そう貴公たちに話したことがあったな……」

イーヴェゼイノとの銀水序列戦のときだ。この男は剣や魔法よりも、弓に優れる。だが、その力を普段はあえて使わずにいた。

「聖剣世界の秩序に反する、だったか？」

イザークを拘束するために使った《氷縛波矢《ガリッド》》は、天然の魔力場から魔力をかき集め、矢を構築するものだ。

災淵《さいえん》世界に立ちこめる魔力場を意のままにするというのは、確かに聖剣世界の秩序とは言い難《がた》い。狩猟貴族の有する魔力と、イーヴェゼイノの魔力は相反するものだ。

本来ならば、まともに操れぬはず。それができたのは――

「確かに、祝福の魔力が少しも感じられなかったね」

レイが言う。

バルツァロンドは静かにうなずいた。

「ハイフォリアの狩猟貴族は、皆、祝聖天主エイフェの祝福を受けて生まれ落ちる。ゆえに、魔力を使えば、必ず祝福の恩恵を受けるのだ」

銀水聖海のどの小世界でも同じことだ。魔力を使えば、自らが生まれ落ちた世界の属性が伴うのが普通だろう。

今のところ例外は、この転生世界ミリティアのみだ。

「だが、私が弓やそれに関連した魔法を扱うときに限っては、聖剣世界の祝福を受けることができない。私はおかしいのだ」

「だけど、それほど不思議なことでもないんじゃないかな。ミリティアじゃ、誰も世界の限定秩序に縛られてはいないよ。ハイフォリアにも、一人や二人ぐらい、そんな人が生まれることもあるかもしれない」

「……生まれるか、生まれないかの問題ではないのだ」

バルツァロンドが言う。

「貴公らの世界では、大したことではないのだろう。だが、ハイフォリアにおいて祝福を伴わぬ魔力というのは、大いなる祝聖天主エイフェの秩序に反する忌《い》むべき存在」

彼は苦虫を嚙《か》みつぶしたような表情を見せた。

「つまり、私は不適合者なのだ」

「なるほど」

ありえぬ話ではないな。

泡沫《ほうまつ》世界に不適合者が生まれるのだから、深化した世界に生まれることもあろう。

「だから、弓は隠していたのかい？」

レイが問う。

パブロヘタラでの魔王学院に対する扱いを見れば、ハイフォリアで不適合者がどう扱われるかは想像に難《かた》くない。

「そうだ。だが、かつて一人だけ、私の弓を見た人物がいる」

「それは？」

重苦しい顔で、バルツァロンドは答えた。

「我が兄、レブラハルドだ」

レイが不可解そうな表情を浮かべた。

「知る者は最早《もはや》いない、と言っていたと思ったが？」

俺がそう口にすれば、バルツァロンドはうなずく。

「兄も私もまだ幼かった。五聖爵に憧れ、狩りの技を磨いていた私は独学で《氷縛波矢《ガリッド》》を身につけた。しかしそれを見た兄は言ったのだ。私の弓は、邪道……他の者には見せない方がいい、と」

邪道、か。

「祝福の魔力が伴っていないことに気がついたか？」

「当時の私たちは半人前以下。限定秩序のことすら理解に乏しかった。理屈がわかったわけではないはずだ。しかし、兄は優れた才能を持っていた。私の弓に、祝福の魔力が宿らぬ違和感を、幼いながらに感じ取っていたのかもしれない」

ハイフォリアには祝福の魔力が伴わぬものは存在しない。幼くとも、違和感に気がつくことはあるだろう。

「私の弓は強い。それでも、その道はよくない、と兄は言った。私は兄を尊敬していたがゆえに、それを忠実に守った。弓の鍛錬には気が進まなくなり、それ以来、人前では矢を番《つが》えることすらしなくなった」

あれだけの腕前を持ちながら、ろくに鍛錬を積んでいないとはな。

惜しいことだ。

「やがて、限定秩序のことを学んだ私は、自らがハイフォリアの秩序に刃向かう者——不適合者であることを悟った。幼き日の兄は、それを他者に知られ、私が迫害されるのを未然に防いでくれたのだと思った。兄はそういう勘がよく働いたのだ」

過去を語る度に、バルツァロンドの口が心なしか重くなっていく気がした。

「あるとき、兄は私に言った。人は変わる。思いは変わる。もしも、自分が誤った道を進んでいると思ったなら、そなたの弓を向けてほしい、と。そうすれば、必ず立ち止まり、歩んだ道を振り返る。反対に私が道を違《たが》えたなら、兄がその正しき剣を向けてくれる。私と兄しか知らない誓いだ」

一瞬、そのときのことを思い出したか、バルツァロンドは唇を引き結んだ。

数秒の沈黙の後、また彼は口を開く。

「兄が聖王となった後、一度だけ尋ねた。なぜ、私の弓は邪道なのか、と」

うつむきながら、バルツァロンドは言った。

ここまでの話からして、その顚末《てんまつ》は想像できる。

「覚えていなかったというわけだ」

バルツァロンドは、小さくうなずいた。

「……どういう意味か、と聞き返された……」

目を伏せ、彼は続けた。

「……だが、所詮は幼き日の話だ。あのときの兄は、私の弓が聖剣世界の秩序に反しているなど夢にも思わず、ただ感じたままに口にしただけだったのだろう。幼子が、ただ気まぐれに発した言葉を覚えていなくとも、なんの不思議もありはしない」

バルツァロンドはゆっくりと顔を上げた。

「ならば、不適合者の弟がいるなどと、聖王になったばかりの兄に重荷を背負わせるつもりはない。知れば、必ず兄は私のために心を痛めることになるだろう。そう思い、口を噤《つぐ》んだ」

彼は言う。

「重要なのは兄と交わした誓いの方だと――そう思っていたのだ」

平静さをたもとうとする表情に、少しずつ、彼の胸中に渦巻く動揺が滲《にじ》み出《で》てくる。

「これまでは」

重たい言葉が、こぼれ落ちた。

静寂が再び辺りを包み込む。

水車と風車の回る音が、妙に耳に響いた。

「先の戦いで、私の弓を兄は見ていたはずだ」

レブラハルドの前で、バルツァロンドは何度も矢を放った。

ならば、災人を拘束した天地命弓の秘奥《ひおう》と《氷縛波矢《ガリッド》》が、誰の仕業かというのも気がついたはずだ。

「見ていたならば、来るはずだ。幼き日のように、その弓は邪道だと。その道に進むべきではない、と。なにを差し置いても言いにくると思ったのだ」

それで、オルドフが転生した後も待っていたというわけだ。自分が間違った道に進めば、兄は必ず止めにくると信じていたのだろう。

だが、レブラハルドは来なかった。

「聖王は変わってしまった。私が尊敬した義理と誇りを尊ぶ兄は、もうどこにもいはしない」

それは、以前もバルツァロンドが言っていた言葉だ。

「だが……本当にそうなのか……？」

バルツァロンドが自問するようにそう問うた。

「本当に、というと？」

レイが問う。

「継いだはずの父の夢を切り捨て、父を屠《ほふ》った大提督ジジに日和《ひよ》り、父の死に目にすら姿を現さない」

吐き捨てるようにバルツァロンドが言った。

「私の弓にさえも、なんの便りも寄越さない」

一つ一つならば、バルツァロンドもただレブラハルドが変わったのだと諦めるしかなかっただろう。

「なにより、私が弓を向ければ、兄は立ち止まり、その道を振り返ってくれるはずだった！　来ないはずがないのだっ！　あの兄が、誓いを破るはずがないっ!!」

だが、あまりに違和感を覚えさせる出来事の連続が、彼に疑念を抱かせた。

「こんなにも人が変わるものか？　あの誇り高い兄が、義理のために命さえ投げ出した兄が、こんなにも！　私には到底信じられないっ！　そんなはずがないのだっ！」

明確な根拠はあるまい。

それでも、直感に衝《つ》き動かされるようにバルツァロンドは訴えた。

その疑念が当たってほしくないと彼は思っていた。

考えたくもないことだと思っていた。

だから、待ち続けていたのだろう。

「ふむ。つまり、こう言いたいのか、バルツァロンド」

彼の疑念を代弁するように、俺は告げる。

「今の聖王は別人だ、と」

了

あとがき

十三章のメインストーリーに関わってくる先王オルドフと災人イザークですが、こういった最大の敵が最大の理解者であるという関係性が好きなのですよね。

二千年前の魔王アノスと勇者カノンも同じ構図なのですが、アノスとレイがかつての自分たちのような二人に関わるときにどのような物語が生まれるのか、アノスとレイはかつての自分にどんな言葉を投げかけるのか、そういったことを考えながら書き上げた章でした。

勿論《もちろん》、イザークとオルドフは関係性こそ似ているものの、アノスたちとは別人ですし、置かれている状況が違う部分もあります。だとしても、アノスとレイだからこそ、わかることや言えることがあるのかもしれないな、と書きながら思っていました。

幽閉され、今にも滅びそうだったオルドフに、レイが言葉をかけるシーンが、私の中ではお気に入りで、これまでレイが経験してきたことがあったから言えた言葉なんじゃないかな、という風に思います。こういう台詞《せりふ》が書けますと、長い巻数を頑張って書いてきた甲斐《かい》があったと感じ、報われた想《おも》いがします。まあ、私の自己満足なので、読者の皆様はどうかなという不安もあったりします。お楽しみいただけていましたら、とても嬉《うれ》しく思います。

またアノスたちはハイフォリアとイーヴェゼイノの確執には完全な部外者ということから、落としどころをどうしようかと、けっこう迷っていた気がします。

ハイフォリアとイーヴェゼイノの戦争を止める、という目的はあるものの、イザークの性格的に先王オルドフ以外の言葉で止まるのか、というのを考えた末に、ああいった結末に落ち着きました。

さて、今回もしずまよしのり先生には素晴らしいイラストを描いて頂きました。バルツァロンドは生真面目だけど、ちょっと抜けているところがあるというキャラなのですが、そのイメージ通り、またそれ以上に、精悍《せいかん》かつ愛嬌《あいきょう》のあるデザインになりまして、とても嬉《うれ》しいです。ありがとうございます。

また担当編集の吉岡《よしおか》様には大変お世話になりました。いつも魔王学院のためにご尽力いただき、大変助かっております。

そして、最後にここまで本作を読んでくださいました皆様に心より感謝を申し上げます。ありがとうございます。

次巻も頑張りますので、応援いただけましたらとても嬉《うれ》しいです。

二〇二三年三月二〇日　秋《しゅう》

◉秋著作リスト

「魔王学院の不適合者
～史上最強の魔王の始祖、転生して子孫たちの学校へ通う～　1～13〈下〉」（電撃文庫）

「魔法史に載らない偉人
～無益な研究だと魔法省を解雇されたため、新魔法の権利は独占だった～　1～2」（同）

本書に対するご意見、ご感想をお寄せください。

ファンレターあて先
〒 102-8177　東京都千代田区富士見 2-13-3
電撃文庫編集部
「秋先生」係
「しずまよしのり先生」係

本書は、「小説家になろう」に掲載された『魔王学院の不適合者　～史上最強の魔王の始祖、転生して子孫たちの学校へ通う～』を加筆修正したものです。

電撃文庫

魔王学院《まおうがくいん》の不適合者《ふてきごうしゃ》 13〈下〉

～史上最強《しじょうさいきょう》の魔王《まおう》の始祖《しそ》、転生《てんせい》して子孫《しそん》たちの学校《がっこう》へ通《かよ》う～

秋《しゅう》

2023年５月10日　初版発行

発行者　山下直久
発行　株式会社KADOKAWA
〒102-8177　東京都千代田区富士見2-13-3
0570-002-301（ナビダイヤル）
装丁者　荻窪裕司（META＋MANIERA）
印刷　株式会社暁印刷
製本　株式会社暁印刷

ISBN978-4-04-914874-9　C0193　Printed in Japan

電撃文庫　https://dengekibunko.jp/

電撃文庫創刊に際して

文庫は、我が国にとどまらず、世界の書籍の流れのなかで〝小さな巨人〟としての地位を築いてきた。古今東西の名著を、廉価で手に入りやすい形で提供してきたからこそ、人は文庫を自分の師として、また青春の想い出として、語りついできたのである。

その源を、文化的にはドイツのレクラム文庫に求めるにせよ、規模の上でイギリスのペンギンブックスに求めるにせよ、いま文庫は知識人の層の多様化に従って、ますますその意義を大きくしていると言ってよい。

文庫出版の意味するものは、激動の現代のみならず将来にわたって、大きくなることはあっても、小さくなることはないだろう。

「電撃文庫」は、そのように多様化した対象に応え、歴史に耐えうる作品を収録するのはもちろん、新しい世紀を迎えるにあたって、既成の枠をこえる新鮮で強烈なアイ・オープナーたりたい。

その特異さ故に、この存在は、かつて文庫がはじめて出版世界に登場したときと、同じ戸惑いを読書人に与えるかもしれない。

しかし、〈Changing Times,Changing Publishing〉時代は変わって、出版も変わる。時を重ねるなかで、精神の糧として、心の一隅を占めるものとして、次なる文化の担い手の若者たちに確かな評価を得られると信じて、ここに「電撃文庫」を出版する。

1993年6月10日
角川歴彦

電撃文庫DIGEST　5月の新刊

発売日2023年5月10日

続・魔法科高校の劣等生
メイジアン・カンパニー⑥
著／佐島 勤　イラスト／石田可奈

IPUで新たな遺物を見つけた達也たち。遺物をシャンバラへの『鍵』と考える達也は、この白い石板と新たに見つけた青、黄色の石板の3つの『鍵』をヒントに次なる目的地、IPU連邦魔法大学へ向かうのだが――。

創約　とある魔術の禁書目録《インデックス》⑧
著／鎌池和馬　イラスト／はいむらきよたか

『悪意の化身』アンナをうっかり庇ってしまった上条。当然の如く未曾有のピンチに見舞われる。彼らを追うのは、『橋架結社』の暗殺者ムト＝テーベ……だけでなく、アレイスターや一方通行勢力までもが参戦し……！

魔王学院の不適合者13〈下〉
～史上最強の魔王の始祖、転生して子孫たちの学校へ通う～
著／秋　イラスト／しずまよしのり

《災淵世界》と《聖剣世界》の戦いを止める鍵――両世界の元首が交わした「約束」を受け継ぐのは聖剣の勇者と異端の狩人――!?　第十三章《聖剣世界》編、完結!!

ウィザーズ・ブレインⅨ
破滅の星〈下〉
著／三枝零一　イラスト／純 珪一

衛星を巡って、人類と魔法士の激戦は続いていた。戦争も新たな局面を迎えるも、天樹錬は大切なものを失った衝撃で動けないでいた。そんな中、ファンメイとヘイズは人類側の暴挙を止めるため、無謀な戦いへと向かう。

楽園ノイズ6
著／杉井 光　イラスト／春夏冬ゆう

伽耶も同じ高校に進学し、ますます騒がしくなる真琴の日常。病気から復帰した華園先生と何故か凛子がピアノ対決することに？　そして、夏のライブに向けて練習するPNOだが、ライブの予定がダブルブッキング!?

妹はカノジョにできないのに 4
著／鏡 遊　イラスト／三九呂

家庭の大事件をきっかけに、傷心の晶穂が春太の家に居候することに。一方、雪季はついに受験の追い込み時期へ突入！　二人の「妹」の転機を前にして、春太がとるべき行動とは……。

新作
命短し恋せよ男女
著／比嘉智康　イラスト／間明田

恋に恋するぽんこつ娘に、毒舌クールを装う元カノ、金持ちヘタレ男子とお人好し主人公――こいつら全員余命宣告済！？　命短い男女４人による前代未聞な多角関係ラブコメが動き出す――！

新作
魔導人形《ホムンクルス》に二度目の眠りを
著／ケンノジ　イラスト／kakao

操蟲と呼ばれる敵寄生虫に対抗するため作られた魔導人形。彼らの活躍で操蟲駆逐に成功するが、戦後彼らは封印されることに。200年後、魔導人形の一人エルガが封印から目覚めると世界は操蟲が支配しており――。

新作
終末世界のプレアデス
星屑少女と星斬少年
著／谷山走太　イラスト／刀 彼方

空から落ちてきた星屑獣によって人類は空へと追いやられた。地上を取り戻すと息巻くが、星屑獣と戦うために必要な才能が無いリュートと、空から降ってきた少女カリナ。二人の出会いを境に世界の運命が動き出す。

第29回
電撃小説大賞
金賞
受賞作
夢の中で「勇者」と称えられた少年少女は、
美しき女神の言うがまま魔物を倒していた。
――その魔物が〝人間〟だとも知らず。
勇者症候群
Hero Syndrome
[著] 彩月レイ
[イラスト] りいちゅ
[クリーチャーデザイン] 劇団イヌカレー（泥犬）
少年は《勇者》を倒すため、
少女は《勇者》を救うため。
電撃大賞が贈る出会いと再生の物語。
電撃文庫

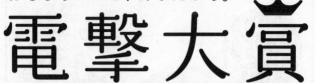